상상 인간 이야기

상상인간 이야기

강병융 지음 ★ 김수진 그림

이가서
Leegaseo publishing

| 차례 |

자신의 작품이 외국어로 번역되어 외국 독자의 손에 쥐어
진다는 것은 작가에게는 영광이며, 아주 기쁘고 행복한 일입
니다. 자신의 이름이 새겨진 책이 이국의 책방 책꽂이에 꽂혀
있다가, 그것이 낯모르는 누군가에게 선택되고, 생경한 위인
이 그려진 화폐에 의해 구입되고, 함께 집까지 가서 책상 위
에 올려지고, 외국 독자에 의해 펼쳐지는 광경을 상상하면 가
슴이 뜁니다. 대체 어떤 사람일까? 어떤 집일까? 그리고 외국
에선 얼마에 팔릴까?

아래 나올 이야기는 당연히 외국이 아닌 한국에서의 일입

니다. 『상상 인간 이야기』를 읽은 한 젊은 여성[2]과 메신저로 대화를 하던 도중, 그녀는 이렇게 말했습니다. 서울의 도심 어느 카페에서 폭신한 소파에 앉아 차를 홀짝거리며 소설을 읽고 있던 중, 갑자기 소파에서 떨어져버렸다고. 그녀는 어떤 대목을 읽는 순간 너무나도 웃겨서 깔깔거리며 몸을 비틀었고 과도하게 몸부림을 치다가 소파에서 그만 바닥에 주저앉게 된 것입니다. 물론 사람들은 그녀를 봤을 것이고, 그녀도 창피했을 것입니다.

하지만 저는 그녀에게 그 이야기를 듣고 무척 기뻤습니다. 더없이 행복한 기분이 들었습니다. 다른 어떤 것도 아닌 제가 직접 쓴 소설이 그녀를 움직여 엄청난 일을 해낸 것입니다.

저는 그런 '소설의 효용'을 믿고 있는 단순 작가입니다. 이론이니 사조니 어떤 주의니 뭐니 하는 것들은 전혀 알지도 못하고 관심도 없습니다. 뭐가 어찌되었든 저는 실제로 사람을 움직이는 소설을 쓰고 싶습니다. 상대가 여자이든, 남자이든, 노인이든, 젊은이든, 아기든, 어린이든 심지어 개든 고양이든, 물론 한국사람이든, 일본사람이든, 그런 것에 관계없이 독자들의 몸 혹은 마음을 조금이나마 움직이고 싶다는 생각으로 소설을 쓰고 있습니다.

만약 다행스럽게도, 제 소설이 당신을 지금 있는 곳이 아닌 다른 장소로 인도할 수 있다면, 그보다 더 큰 기쁨은 없을 것입니다.

2005. 6
강 병 융

---

1) 상기 서문은 서문쓰기로 이틀간의 고통을 받던 중에 갑자기 떠오른 무라카미 하루키 씨의 데뷔작 「바람의 노래를 들어라」 앞에 붙은 한국어판을 위한 서문이 떠올라 하루키 씨의 허락 없이 적당히 인용 및 패러디했음을 밝힙니다.

2) 젊은 여성은 이름이 김설아라고 했으며, 1980년에 태어나 부산 경성대학교 국어국문학과를 졸업하고, 현재 서울 명지대학교 대학원 문예창작학과를 다니고 있답니다. 그녀가 쓴 「무지개빛 비누방울」이라는 소설이 2004년 「현대문학」 신인추천작으로 뽑혀 소설가라고 불리기도 한답니다.

小説試作

小說試作 |소설시작|

… 이야기를 시작하며

어느 하루.

전날 말도 안 되는 **'메일 인터뷰'** 때문에 꽤 늦게 잤다. 그런 탓에 눈을 뜨니, 이미 점심때였다. 해는 당연하다는 듯 중천에 떠 있었다. 잠자리를 대충 구석으로 쓱 밀어두고 책상에 앉았지만 아무것도 떠오르지 않았다. 소설을 쓰기 위해 이곳에 온 지 벌써 석 달째. 이룬 것은 없었다. 아내는 주방에서 점심 식사를 준비하고 있는지 똑딱거리고 있었다. 아이는 방바닥에 누워 쪽쪽거리며 과자봉지를 빨고 있었다. 김치찌개 냄새가 폴폴 났다. 마음은 적당히 우울했지만, 기분이

나쁘진 않았다. 막말로 아직 **'불알 두 쪽'**이 튼실하게 남아 있으니, 문제가 될 것도 없었다. 지금부터 시작해도 늦지 않다고 연신 자기 최면을 걸고 있었다. 그런데 문뜩 이런 생각이 들었다. 어느 날 갑자기 불의의 사고로, 이 튼실한 '불알 두 쪽'마저 없어진다면? 확 사라져버린다면? 이미 아내와 자식까지 있으니, 불알이 있어도 그만, 없어도 상관없을 법했다. 물론 없어지길 바라는 것은 아니지만. 대충 몽상을 접고, 정신을 차리고 컴퓨터를 켰다. 늘 그렇듯이 포털사이트를 열어 뉴스를 보았다. 재미있는 외신 하나가 눈에 들어왔다. 얼굴이 두 개인 고양이가 태어났다는 소식. 정말 자세히 보니 고양이 얼굴이 묘하게 두 개였다. **'눈은 네 개'**, 코는 두 개, 입도 두 개. 뭐 이런 식이었다. 언뜻 보면 징그럽기도 했지만, 계속 보고 있으니 귀엽기도 했다. 얼굴 하나인 고양이보다 더 귀여운 것 같기도 하고. 관심이 가는 뉴스들을 대략 훑어보고 작업을 하기 위해 소설 파일을 여는 순간, 핸드폰이 울렸다. 모르는 번호였다. 받을까, 말까를 1초 정도 망설이다, 받았더니 가장 친한 친구 J였다. J는 안부를 물었고, 난 안일하게 대답했다. J는 가장 친하다는 놈이 친구 전화번호도 모른다고 핀잔을 줬다. 난 **'내가 무슨 전화번호부'**냐고 오히려 큰소리를 쳤다. 전화번호 따위는 외울 필요 없다고. J는 황당해 하며 나처럼 숫자를 못 외우는 인간은 처음 봤다고 했다. 난 소설을 쓰고 있으며 **'이기호'**라는 선배 작가의 책을 읽고 있다고 했다. J는 이기호가 누구냐고 물었다. 난 역시 안일하게 대답했다. J는 친구 S의 이야기를 꺼냈다. 친구 S가 **'성기 확대 수술'**을 하겠다며 난리를 친다는 것이었다. 난 갑자기 무슨 성기 확대냐고 되물었다. S는 오랜만에 사창가에 갔는데, 3분도 버티지 못하고 조기 사정하는 자신이 너무 부끄럽고 안타깝고 심지어 통탄스러워 수술을 하기로 결심했다나. 난 어이가 없었다. 조기 사정과 성기 크기가 무슨 관계라고. 난 수술의 부당성에 대해 열변을 토하고 있었다. 아내가 불렀다. 식사해야 한다며. 난 알았다고 했다. 잠시 뒤(난 잠시라고 느꼈지만 아내는 명백히 상당한 시간으로 느꼈을 것이다), 아내가 방으로 들어왔다. 점심 먹으라고. 열 번 불렀는데, 대답도 제대로 안 하고 밥도 안 먹고 전화통만 붙잡고 있을 거냐고 했다. **'난 못 들었다'**고 말했다. 사실 정말 아내가 열 번이나 불렀는지 몰랐다. 점심을 먹고, 진짜 작업을 시작하려고 했는데, 아내가 머리가 너무 길고 지저분하다고, 미용실에나 다녀오라고 했다. 미용사 역시 내 머리가 참 길고 지저분하다고 했다. 나는 미용실 자주 안 오게 **'머리카락이 자라지 않게 도와주는 약'**은 없냐고 물었다. 미용사는 대꾸도 하지 않았다. 미용사의 무대응에 기분이 나빠졌다. 이발을 다했지만 영 마음에 들지 않았다. 미용사는 가뜩이나 긴 나의 얼굴이 더더욱 길어 보이게 만들어 놨다. 서비스도 엉망, 실력도 개판. 난 계산을 하고 미용사에게 **'똥이나 먹을 년'**이라고 소리 지르고 후다닥 도망 나와 버렸다. 집에 오니 아내가 아이를 안고 인터넷을 하고 있었다. 내가 뭐하냐고 묻자, 아내는 서로 **'사랑해서 손가락을 나눠 먹은 연인'**이 있다고 호들갑을 떨었다. 난 이미 아까 읽은 기사라고 했다. 그리고 일본소설에서는 흔히 나오는 얘기라고 말하고, 작업하게 자리에서 나오라고 했다. 아내는 아이를 안고 자리를 떴다. 그리고 다시 뚝딱뚝딱 저녁 준비를 시작했다. 곧 된장찌개 냄새가 구수하게 났다. 뚝딱거리는 아내에게 물이나 한잔 떠 달라고 하니, 단호하게 싫다고 했다. 정확히 말하자면, 손이 없어, 발이 없어, **'혼자 물도 못 먹어'**라고. 난 혼자 물 먹기 위해 냉장고 문을 열었지만, 물은 한 방울도 없었고, 결국 집 앞 슈퍼마켓에 가서 물을 한 통 샀다. 슈퍼 주인아저씨는 **'솔직히 말하는 것인데'**, 내가 고른 물이 사실 비싸기만 하고 유통기간도 길고, 질은 더 떨어진다며 다른 물을 권했다. 난 아저씨가 추천한 물을 들고 집에 왔다. 문을 열자 아이 우는 소리가 들렸다. 오줌을 싼 아이가 젖은 기저귀가 찝찝했던지 앙앙 울고 있었다. 난 '꽃무늬가 잔뜩 그려진 팬티' 기저귀를 골라 아이에게 입혀 줬다. 꽃무늬가 잔뜩 그려진 팬티 기저귀를 입은 아이는 방실거리며 웃었다. 그러더니 나를 보며 '꺽 하고 트림'을 했다. 내 자식이지만 냄새가 정말 지독했다. 방에 들어가 진짜 작업을 시작하려 하는데, 다시 아내가 식사하라고 불렀다. 식사를 하면서 텔레비전을 보았다. 유명한 치과의사와 아름다운 여자 연예인이 결혼을 한다고 발표하고 있었다. 난 치과의사가 부럽다고 했고, 아내는 내가 부끄럽다고 했다. 그리고 아내는 원래 그 '치과의사는 여자 킬러이고, 양다리에 세 다리'까지 걸치는 스타일이라고 했다. 난 다 헛소문에 불과하니 괜히 비방하지 말라고 했다. 식사를 마치고 방에 다시 들어와 책상에 앉았는데, 왠지 모르게 글쓰기가 싫어졌다. 그래서 마르셀 에매의 '벽으로 드나드는 남자'를 읽었다. 다 읽고 나니, 써야겠다는 생각이 들었다. 눈에 힘을 주고 자판을 두드리기 시작하려는데, 아내가 고생한다면서 과일을 가지고 들어왔다. 아내와 잠시 '수다'를 떨었다. 수다를 마치고 다시 본격적으로 쓰기 시작했다. 문득 내게 하루 동안 있었던 일을 써봐야겠다는 생각이 들었다. 그래서 정말 그러기로 결심했다. 손가락에 힘을 주고, 자판을 두드리기 시작했다. 따닥따닥. 첫 문장은 대략 이런 것이었다.

"어느 대륙이든 백수의 생활은 대동소이하다….."

계속 자판을 쳤다. 따닥따닥 따닥따닥.

개뻘강이 보이는 그라산 정상에서

작자로부터

무고환인

無睾丸人

無睾丸人 | 무고환인 |

어느 대륙이든 백수의 생활은 대동소이하다. 아프리카, 아메리카, 아시아, 유럽 어디든. 만국의 백수들은 비슷하다. 자고로 백수란 오전 중에 눈을 뜨면 안 된다. 집에 있다면 하루 종일 텔레비전을 보는 것이 마땅하다. 텔레비전이 없다면 라디오를 들어야 한다. 라디오도 없다면 공상을 해야 한다. 하지만 친구가 부르면 잽싸게 나가야 한다. 특히 돈 잘 쓰는 여자 친구가 죽으라면 응당 죽는 시늉이라도 해야 한다. 그것이 바로 만국 백수들의 강령이다. 그는 백수 강령에 충실한 인간이다.

그가 눈을 뜨자, 태양은 그라(Koora)산[1] 정상 위에서 웃는
다. 대부분의 남자들이 그렇듯이 그는 잠자리에서 몸만 살짝
뽑는다. 몸이 빠진 이불은 동굴 모양을 한 채 그를 물끄러미
바라보고 있다. 가다키(Kadacci) 구렁이[2]처럼 이불 동굴을 빠
져나와 팬티 속으로 오른손을 집어넣는다. 딴딴해진 자신의
성기를 움켜쥐고, 뿌듯함이 묻어나는 미소를 지으며, 욕실로
향한다. 발걸음도 미소처럼 당당하다. 오줌 줄기는 그라산의
화산처럼 사방으로 튄다. 하지만 그는 자신의 오줌 줄기에 무
심하다. 화장실에서 나와 텔레비전을 켠다. 음악 방송에서 아
프리칸 팝이 흐른다. 귀에 익었지만, 제목은 떠오르지 않는
다. 백수의 기억력은 언제나 선별적이며 한정적이다. 하지만
그의 몸은 아프리칸 팝 리듬을 사뿐히 탄다. 백수답지 않은
발랄함이 손동작을 통해 사방으로 퍼진다. 딴딴함을 자랑하
며 팔방으로 활화산의 마그마와 같은 오줌 줄기를 뿜어대던
그의 성기도 어느새 축 늘어져 이리저리 춤을 추고 있다. 성

---

1) 아프리카의 작은 섬나라 스카리니아에 있는 유일한 산. 활화산이며 화산 폭발에 노출되어 있다. 1970년에 화
산 폭발로 2,300여 명의 목숨을 앗아갔다. 그러나 여전히 스카리니아 사람들은 그라산을 신성시하고 있으며, 그라
산 주변에 모여 살고 있다. 전상훈 저, 『아프리카 산행기』(서울 : 총명출판사, 1998) p 128.

2) 뱀목 코브라과의 파충류로 길이는 0.1~2m까지 다양하다. 주로 남아프리카와 중앙아프리카에 살고 있다. 본
래 육식을 즐기는 습성이 있었으나, 10년 전부터 아프리카 지역의 기근으로 서식지에서 육식을 할 수 없게 되
자, 최근에는 초식 동물의 습성을 띠며 살고 있다. 다라가이 루시키 저, 류기청 역, 『뱀에 관한 다양한 고찰 ― 아
프리카 편』(안양 : 도서출판 유니콘, 2002) p 27.

기 밑 음낭은 물론이고, 그 속에 자리 잡고 있던 두 개의 싱싱한 고환도 덩실덩실 춤을 춘다. 출렁이는 성기와 음낭과 고환. 졸릴 때까지 잠을 자고, 일어나자마자 춤출 수 있는 여유. 역시 백수만의 축복이다. 그것도 발랄한 기분을 지닌 특급 백수만의 특권이다. 음악이 끝나기도 전에 그는 춤에 싫증을 느끼고 소파에 누워버린다. 그리고 리모컨을 찾는다. 채널버튼을 수십 차례 눌러 보지만 별반 다를 리 없다. 텔레비전은 백수에게 가장 진부한 가전제품일 뿐이다. 그는 다시 가다키 구렁이처럼 소파 위에 똬리를 틀고 앉는다. 그리고 천장을 보며 회상한다.

둘은 좁은 돗자리 위에 누워있다. 물론 처음에는 둘 다 앉아있었겠지만. 누운 자세가 둘 다 불편해 보인다. 아직 완전히 화산을 포기하지 않은, 도심 가운데 기형적으로 자리 잡은 그라산의 중턱에 떡 하니 돗자리를 편 두 사람. 어둠이 다가오는 것도 모른 채 적당히 서로를 만지고 있었다. 불편한 자세를 그대로 유지한 채. 그는 산 아래로 보이는 도심의 불빛을 한 번 보고, 그녀를 한 번 보고, 불빛을 한 번 보고, 그녀를 두 번 보고, 불빛을 한 번 보고 그녀를 세 번 보고, 불빛, 그녀, 그녀,

그녀, 그녀, 그녀, 불빛, 그녀, 그녀, 그녀, 그녀, 그녀, 그녀, 그녀, 이윽고 그녀만 보더니 혀를 그녀의 입 안에 넣었다. 혀는 구렁이처럼 느리고 부드럽고 자연스럽게 움직였다. 능수능란하게 그녀의 입 안으로 잠입했다. 마치 아이스크림이 녹듯 그녀의 입 안에서 그의 혀가 사르르 녹아내렸다. 그의 혀는 그녀의 입 속으로, 그의 손은 그녀의 치마 속으로 들어갔다. 짧은 치마 그리고 좁은 돗자리 덕에 손은 금세 팬티와 만났다. 그는 손가락 끝에 눈이라도 달렸으면 얼마나 좋을까, 상상했다. 그리고 아쉬워했다. 그는 좁디좁은 돗자리 위에서 그녀의 입 안에 혀를 집어넣고, 그녀의 팬티에 오른손을 집어넣고, 그녀의 가슴에 왼손을 집어넣었다. 팔이 한두 개 더 있었다면 그는 그녀를 꼭 안았을 것이다. 부족한 손을 아쉬워하는 사이 별들이 보이기 시작했다. 그라산에 돗자리를 들고 올라간 연인들의 91.54%가 입 맞춘다는 통계를 검증이라도 하듯 둘은 다정하게 입을 맞추고 하산했다. 물론 팔짱도 꼭 끼고 내려왔다. 해발고도가 낮아질수록 도심의 불빛이 강하게 느껴졌다. 해발고도가 낮아질수록 둘의 거리는 좁아졌다.

　도심 거리는 어수선했다. 만국의 백수들이 다 같은 것처럼 만국의 자정 도심도 유사하다. 오늘에서 내일로 넘어갈 시점,

취객들이 많았고, 주당들이 활개를 쳤다. 택시들은 분주했고 네온사인이 더 반짝였다. 오랜만에 만난 친구들과 2차까지 마시고, 3차로 넘어가기 딱 좋은 시간에, 그는 그녀와 함께 산에서 내려왔고, 그는 그녀를 범하고 싶어졌다. 그리고 그 범행을 사랑이라는 이름으로 포장할 마음의 준비도 되어 있었다. 산에서 내려와 난데없이 술을 권했다. 그는 동방의 어느 나라에서는 산행 후에 민족 고유의 술을 마시는 풍습이 있다는 얘기를 들었다며 그 나라처럼 함께 술을 한잔하는 것이 어떠냐고 물었다. 그녀는 충분히 거절할 수 있었지만, 거절하기엔 적합한 수만 가지 이상의 이유가 있었지만 거절하지 않았다. 그리고 원래 그 나라에 관심이 많았다고 말했다. 노천 주점 원탁에 앉아 둘은 맥주를 마셨다. 첫 번째 잔은 두 번째 잔을 불렀고, 두 번째 잔은 세 번째 잔을 강요했고, 그 뒤엔 무아지경으로 거푸 마셨다. 음주량과 정직도는 정확히 비례하기 마련. 내면 본색을 드러나게 하는 정직의 액체, 술. 원탁 위에 빈 맥주병이 손가락 숫자보다 많아지는 순간, 그는 과감한 인간으로 변신했다. 그는 그녀와 자고 싶다고 말했다. 그녀는 당연히 놀라지 않았다. 그러나 자연스럽게 살짝 놀란 척했다. 눈은 커졌지만 다리는 여유 있게 꼬고 있었다. 구깃구

깃해진 치마 밖으로 허연 종아리가 드러났다. 그의 말투가 느려졌다. 그리고 자신이 그녀를 얼마나 사랑하는지 설명하기 시작했다. 자신의 사랑을 개뻔(Gaipeon)강[3] 물에 비유했다. 한결같이 흐르는 강물, 마르지 않는 강물. 술은 논리를 빼앗고 감상을 불어넣는 법. 시간이 흐르면 감상도 빼앗고 본능이 그 자리를 차지한다. 그는 논리와 감상을 포기하고 본능만 내세우고 있었다. 자고 싶다는 말만 반복하는 그. 자고 싶고 자고 싶어서 자야 하며 잘 것이라고 말했다. 논리성이 깨져버린 남자를 좋아하는 여자는 없다. 그녀는 지금은 아니라고 일관했다. 지금은 아니다. 지금은! 원탁 위에 맥주병이 더 늘어났다. 그 안에 있던 본능이 음주량만큼 늘어났다. 여전히 그는 자고 싶다고 반복했고, 그녀의 대답은 안 돼로 시작해서, 안 돼, 안 돼에, 아니 되에, 아니 되에에, 니 되에에, 니으 되에에, 으 되에에, 되에, 돼가 되어버렸다. 그러나 단서 하나를 붙였다. 지금은 아니라고! 내일 밝은 정신으로 만나서 하고 싶다고. 그는 씩 웃었다. 밝은 정신이라. 밝은 낮에 밝은 정신으로.

그는 천장을 보고 씩 웃는다. 밝은 낮이다. 밝은 정신이다.

---

3) 스카리니아를 동서로 가로질러 흐르는 강. 매년 여름에 크게 범람하며, 범람으로 인해 막대한 재산 피해와 많은 사상자가 생기지만 맑은 물과 수려한 경관 때문에 강 주변의 인구밀도가 여전히 높다. 그누이또 창 저, 이정호 역, 『그 나라의 젖줄 – 세계의 강을 찾아서』(서울 : 윤정프레스, 1987) p 78.

그는 그녀를 떠올린다. 훤칠하다는 표현 이외에 형용이 불가
능한 152cm의 키 그리고 너무나도 아담한 132kg의 몸무게 그
리고 땡그란 안경에 시꺼먼 얼굴, 게다가 두꺼운 살로 만들어
진 삼중 턱까지. 뿐만 아니라 옆구리 밖으로 활화산처럼 터져
버릴 듯 붙어 있는 살점들. 상상만 해도 입 안이 바짝 마른다.
그녀의 몸 구석구석을 더듬을 생각만 해도 아랫도리가 뻐근
하다. 상상은 성욕의 코어. 그가 그녀에게 전화를 한다. 그녀
는 아침 일찍 일어나 모든 것을 준비한 사람인 양 반듯한 목
소리로 전화를 받는다. 밝은 낮. 그녀의 밝은 정신이 느껴진
다. 그녀는 화장대에 앉아 통화하고 있을 것이다. 옷도 이미
다 입었을 것이다. 전날의 숙취 흔적을 찾아볼 수 없는 밝은
목소리. 그의 졸음과 숙취까지 한 방에 사라져버린다. 그녀는
그그슈 대학(Gkshue University)[4] 근처에서 만나자고 한다. 대학
가에는 여관이 많다는 말도 잊지 않는다. 여관이라는 단어에
그는 놀란다. 그녀의 당당한 제안에 그는 흥이 절로 난다. 알
았다고 말하고 샤워를 한다. 구석구석 몸을 씻는 일이 이렇게
즐거울 수 있다니. 샤워를 마치고 욕실에 붙은 전신 거울로

---

4) 스카리니아 최고의 사학. 지난 2001년, 명성에 걸맞지 않게 세계 최고의 부정 입학 대학으로 선정되었지만,
여전히 스카리니아 고등학생들과 학부형들이 가장 선호하는 대학교이다. 이무원 저, 『대학 따라 떠나는 세계 여
행』(서울 : 성충출판, 2001) p 310.

자신의 몸을 비춰 본다. 132Kg의 그녀와 딱 어울릴 만한 군살 없는 자신의 모습을 보니 뿌듯하다. 그리고 곧 딴딴하게 발기될 자신의 성기도 자랑스럽게 바라본다. 성기 밑 주머니 안에 살포시 담긴 두 개의 고환마저 그 순간 너무 사랑스럽다. 싱싱한 두 개의 고환마저.

그그슈 대학가는 늘 젊음으로 넘실거린다. 그의 집에서 그곳까지 가려면 개뻔강을 건너 전차를 두 번 갈아타고 가야 한다. 객관적으로 귀찮고 지루한 길이다. 허나 그는 마냥 행복하기만 하다. 환승을 위해 이동하는 동안 다리가 좀 아프다. 그래도 즐겁다. 주관적으로 사랑스럽고 행복한 길이다. 그는 전차에서 내리자마자 그녀를 만나기로 한 대학 정문까지 뛴다. 그녀의 빨강과 파랑이 조화롭게 어우러진 고깔모자가 눈에 확 들어온다. 분홍색 주름 미니스커트 역시 눈에 확확 들어온다. 회색 조끼에 초록색 체크 남방도 또한 눈에 확확확 들어온다. 그는 그녀를 단숨에 알아보고 속도를 더욱 높인다. 긴 혀로 솜사탕을 날름 핥아 먹는 그녀 앞에 그는 거친 숨을 몰아 쉬며 멈춰 선다. 그녀는 웃으며 팔짱을 낀다. 조금 남은 솜사탕을 날름 핥아버리는 그녀. 그는 그녀에게 묻는다.

"어디로 갈까요?"

마지막 음절 '요'는 아주 작게 말하는 그. 그녀는 웃으며 '자기' 마음대로 하라고 대답한다. '자기'라니. 그녀가 그에게 처음으로 '자기'라는 말을 한 것이다. 둘은 팔짱을 풀고 손가락 깍지를 낀다. 그는 여관들이 즐비한 골목으로 자연스럽게 발길을 옮기려 하지만 절대 자연스럽게 되지 않는다. 두리번거리는 모습이 주인이 먹다 버린 사과를 빼앗는 스호쉬 고양이(Sfosi cat)[5]와 같이 느리고 우둔해 보인다. 여관촌의 골목골목을 스무 번 가까이 반복 왕복하며 두리번거리지만 아무 곳에도 들어가지 못한다. 그의 머리 위를 부유하는 수십 개의 여관 이름들. 수많은 간판들이 머리 위를 둥둥 떠다니지만, 어느 하나 잡히지는 않는다. 그녀는 설탕이 말라붙은 솜사탕의 나무젓가락을 골목 구석에 휙 던져버린다. 그녀의 손에는 끈적이는 설탕 기가 남아 있다. 그 손으로, 그 끈적끈적하고 더러운 손으로 그의 손을 잡는다. 그리고 말한다.

"자기야, 이제 들어가자! 나 다리 아파."

그는 더욱 쑥스럽다. 아무렇지 않은 척하는 모습이 더더욱 어색하다. 그는 그녀의 손을 놓고 가장 가까운 여관의 문을

---

5) 식육목 고양이과의 한 품종. 원래 페르시아가 원산지이나 지금은 아프리카와 북유럽에 많이 서식한다. 생선만큼 과일을 좋아하고, 그중에 사과를 무척 좋아한다. 버린 음식을 잘 먹지 않는 애완고양이와는 달리 주인이 버린 음식을 아주 좋아하는 습성을 지니고 있다. 서상현 저, 「고양이 대백과」(서울 : 도서출판 오무, 1994) p 123.

민다. 여관 주인으로 추정되는 중년의 남자가 소리를 지른다.

"야, 나가 봐라!"

"예!"

짧은 대답과 동시에 청년 하나가 카운터로 나온다. 20대 중반의 남자. 남자는 그와 그녀를 보며 오른쪽 집게손가락을 계속 만지작거린다.

"쉬었다 가실 거죠?"

그와 그녀는 아무런 대답을 하지 못한다. 엄밀히 말하자면 쉬었다 가는 것은 아니므로. 그녀는 그의 대답을 기다리고, 그는 그녀의 대답을 기다린다. 그는 어색함에 입을 열지 못한다. 기다림의 짧은 시간 동안에도 남자는 집게손가락의 끝이 간지러운지 계속 만지작거리고, 살짝 긁어 보기도 한다. 엄지로 검지를 긁던 남자가 답답한지 재차 쉬었다 갈 거냐고 묻는다. 그는 고개를 끄덕이며 대충 얼버무리려 하는데, 그녀가 크게 대답한다.

"네! 키나 주세요!"

남자는 왼손으로 303호 키를 내주고, 오른손은 계속 긁적거린다. 남자는 계단을 가리키며 3층으로 올라가라고 한다. 그녀가 앞장선다. 그는 고깔모자를 벗으며 계단을 오르는 그녀

의 뒤통수를 바라보며 말없이 뒤를 졸졸졸 따른다. 그녀는 걸어 올라가면서 빨강과 파랑이 조화롭게 어우러진 고깔모자를 벗어 손에 든다. 아직 설탕 기가 남아 있다. 3층과 2층 사이에 커다란 액자가 보인다. 그라산의 화산 모습이다. 그녀는 계속 3층으로 오르고, 그는 잠시 멈춘다. 그는 더 자세히 보고 싶지만 포기한다. 그는 303호 앞에서 잠시 섰다. 남자에게 받은 열쇠로 방문을 연다. 난생 처음 맡아보는 냄새가 그의 코끝을 자극한다. 이름하여 여관 냄새. 그와 그녀 사이에 어색함이 맴돈다. 그녀와 그는 침대에 앉는다. 침대는 엄연히 누우라고 있는 것인데. 그리고 아무 말도 하지 않는다. 둘 다 분명히 입이 있는데. 그가 먼저 그녀의 손을 잡고 자연스러운 척 입을 맞춘다. 그라산 중턱, 돗자리 위에서의 키스가 떠오른다. 그는 그녀의 입술에 자신의 입술을 좌측으로 45도 기울인 뒤, 살포시 포개고 3초 정도 있다가 다시 우측으로 92도 돌려서 포갠 뒤, 7초 정도 빤다. 포개고 돌리고 빠는 일을 반복한다. 혀를 깊게 넣고 두 번 좌측으로 돌리고, 우측으로 한 번 돌리고, 다시 우측으로 네 번 돌렸다가 금세 좌측으로 여섯 번 돌렸다가 그녀의 혀를 자신의 입 안으로 끌어당기기도 하고, 자신의 혀를 그녀의 목젖까지 쭉 밀어넣기도 한다. 그녀는 그에게 몸, 아니 정확히 말하자면 혀를 맡긴다. 그녀는 손에 들고 있던 빨강과 파랑이 조화롭게 어울린 고깔모자를 바닥에 떨어뜨린다. 그들의 코끝을 자극했던 묘한 여관 냄새는 사라져버린다. 가장 단순한 감각기관, 코. 짧은 분홍색 주름치마는 더욱 주름이 잡힌다. 회색 조끼와 초록색 체크 남방이 답답하게 느껴진다. 그녀는 솜사탕 설탕이 묻은 손을 씻고 싶다. 그리고 회색 조끼와 초록색 체크 남방을 벗어버리고 싶다. 주름치마에 더 이상 주름이 생기는 것도 참을 수 없다. 그의 손은 회색 조끼 위를 더듬다가 회색 조끼와 초록색 체크 남방 사이로 들어간다. 132kg에 딱 어울리는 탐스럽고 복스러운 그녀의 가슴을 그가 더듬고 있다. 아니 주물럭거리고 있다. 그녀의 입에서 웃음이 샌다. 피식. 하지만 그녀는 그 순간 웃으면 안 된다는 것도 안다. 새는 웃음을 틀어막고 있는 그녀. 그는 그녀를 침대에 눕히려고 한다. 둘의 자세는 전날 그라산 돗자리 위에서처럼 어색하다. 그녀는 넘어갈까 말까를 고민한다. 그는 계속 그녀를 눕히려 하지만 그녀는 쉽게 넘어가지 않는다. 그의 성기는 이미 딴딴해져 있다. 음낭은 바짝 수축되어있다. 그녀는 샤워를 하고 싶다고 말한다. 그의 코에 다시 여관의 묘한 냄새가 침투한다. 그녀는 화장대 위의 칫솔, 치약 그리고 일회용 샴푸를 챙겨 욕실로 들어간다. 그는 그녀가 욕실로 들어가는 것을 보고 침대에 벌러덩 누워버린다. 그녀는 샤워 중. 물소리가 욕실로부터 흘러나온다. 그는 누워서 여관방을 둘러본다. 2인용 침대, 빛바랜 벽지, 텔레비전과 비디오가 하나로 일체된 가전제품, 화장대, 벽에 걸린 옷걸이 두 개, 문이 하나 달린 냉장고. 여관은 세계 어디나 같은 형태이다. 그는 몸을 일으켜 문이 하나 달린 냉장고의 문을 연다. 마실 거리가 보인다. 자양강장음료이다. 동방의 어느 나라에서 약재로 쓰이는 버섯으로 만든 것. 메이드 인 동방의 어느 나라. 몸으로 느끼는 생기, 영지버섯음료. 상표가 터무니없이 조악하게 인쇄되어 있다. 카페인이 없는 음료라는 말도 없다. 물론 카페인이 많이 들었다는 주장도 없다. 영지버섯음료라는 상품명 밑에 네 인생은 너의 것이다, 인생을 즐겨라, 라고 써 있다. 이름과 절묘하게 어우러져 있는 명언.

"네 인생은 너의 것이다! 인생을 즐겨라!"

그리고 그 아래 깨알 같은 글씨로 적혀 있는 성분들. 액상과당과 드링크 향, 니코틴산아미드, 안식향산나트륨 그리고 설탕. 인생을 즐기기에는 턱없이 부족한 첨가물들. 여전히 욕실 문틈으로 물소리가 흘러나온다. 그는 음료수의 뚜껑을 돌린다. 그리고 한입에 마신다. 마치 전날 맥주를 마시듯 자양강장음료도 한입에 털어 넣는다. 그리고 다시 병을 재차 훑어본다. 유통기한이 보인다. 한 달 전에 지구상에서 사라졌어야 하는 음료이다. 그녀는 목욕타월로 몸을 가리고 나온다. 그에게 샤워하라고 한다. 그는 알았다고 하며 침대에서 일어난다. 화장대 위에 빈 음료수 병을 올려둔다. 그녀는 음료수 병을 유심히 본다. 그리고 그에게 칫솔과 치약을 건네며 말한다. 다시는 여관 냉장고 속에 있는 음료수는 먹지 말라고. 그는 다 마신 음료수의 뚜껑을 닫아 문이 하나 달린 냉장고 안에 다시 넣는다. 그리고 욕실 안으로 들어간다. 네 인생은 너의 것이다! 인생을 즐겨라!

그는 옷을 벗어 변기 위에 올려둔다. 욕실 창밖으로 대학이 보인다. 학생들이 벤치에 앉아 책을 본다. 학생들을 보며 깨닫는다. 샤워한 지 3시간도 채 지나지 않았다는 것을. 아무것도 걸치지 않은 몸은 여전히 자랑스럽다. 132kg의 그녀와 어울릴 만한 군살 없는 자신의 모습을 보고 그는 다시금 뿌듯한 마음이 생긴다. 그리고 아직 발기되지 않았지만, 곧 딴딴하게 발기될, 아니 당장이라도 마음만 먹으면 발기될, 성기를 보고만 있어도 흐뭇하다. 성기에서 아우라가 느껴진다고 착각하고 있다. 그리고 성기 밑 주머니 안 두 개의 고환에게도 갈채를 보내고 싶다. 그는 비누로 대강 거품을 내서 몸 구석구석에 문지른다. 그리고 성기 주변도 닦는다. 성기 그리고 음낭 그리고 고환을 움켜진다. 아니 움켜지려고 했지만 성기와 음낭만 잡힌다. 성기와 음낭만. 성기와 음낭뿐!

고환이 자랑스러움을 마무리시켜 줘야 하는데, 그것이 잡히지 않는다. 두 개의 탐스러운 고환을 담고 있어야 할 음낭 주머니는 당당히 성기 밑에 붙어 있는데, 고환이 사라진 것이다. 음낭은 물론이고, 음낭 주변에 털까지 가지런히 박혀 있는데, 반드시 있어야 할 두 개의 고환만 사라져버린 것이다. 그는 욕실 바닥에 주저앉아 사라진 자신의 고환을 찾는다. 음낭의 구석구석을 더듬어 본다. 하지만 아무것도 잡히지 않는다. 그는 혹시 몸속으로 고환이 사라져버린 것이 아닌가 하는 착각을 한다. 음낭 안으로 사라져버린 고환이 창자 안쪽으로 들어가 버린 것은 아닌가? 토끼의 간도 아닌데, 고환을 집에 두고 왔을 리도 없는데, 고환이 사라져버리다니. 짧은 분홍색 주름치마, 회색 조끼, 초록색 체크 남방, 물방울무늬 브래지어, 곤색 망사 팬티, 흰색 양말을 모두 벗고 이불 속에 들어가 있는 그녀가 그를 부른다. 물론 '자기'라는 호칭으로. 게다가

비음까지 섞어서 말이다. 천천히 그리고 깨끗하게 그리고 구석구석 씻고 말끔하게 그리고 물기 없이 그리고 뽀송뽀송하게 닦고 나오라고. 하지만 그에게 그녀의 말이 들릴 리 없다. 그가 관심을 가져야 하는 것은 사라진 고환. 고환이 사라진 마당에 섹스가 무슨 의미가 있다는 말인가? 깨끗한 몸이 무슨 필요이고, 뽀송뽀송한 피부가 무슨 필요란 말인가? 전날 돗자리의 키스, 술자리의 유혹, 개뻘강을 건너 그그슈 대학가까지 온 수고가 무슨 소용이란 말인가? 여관촌을 계속 맴돌며 쑥스러웠던 것, 어색하게 303호까지 오는 과정. 그리고 인생을 즐겨야겠다는 결심까지. 모두 부질없는 것이 되기 직전이다. 그의 눈에서 눈물이 흐른다. 고환이 사라져버릴 줄이야. 그는 그녀와의 이별을 상상한다. 고환 없는 남자를 좋아할 여자는, 사랑할 여자는, 그런 남자와 섹스할 여자는 없을 거라 생각한다. 우울함과 슬픔을 양어깨에 짊어지고 샤워기를 조절하는 밸브를 돌린다. 따뜻한 물이 그의 등을 타고 내려온다. 샤워라고 말하기에 무색할 지경으로 몸을 대강 씻고, 몸에서 물이 뚝뚝 떨어지는 수준으로 몸을 닦고 욕실을 나온다. 그의 몸에서 물이 계속 뚝뚝뚝 떨어진다. 그녀는 짧은 분홍색 주름치마, 회색 조끼, 초록색 체크 남방, 물방울무늬 브래지어, 곤색 망사 팬티, 흰색 양말을 모두 벗고 침대 위에서 자는 척하고 있다. 그는 사실대로 말할까, 아니면 그냥 다른 핑계를 대고 밖으로 나갈까 고민한다. 다시 음낭을 만져 보지만 역시 그 안에 아무것도 없다. 고환은 없다. 자는 척하고 있는 그녀를 앞에 두고 고민 또 고민 또 고민 재차 고민한다. 그 순간 그녀가 그에게 손을 내민다. 손에 설탕 기는 없다. 그를 침대 안쪽으로 잡아당긴다. 침대 위에서 그와 그녀는 다시 입술을 포갠다. 그녀는 그의 발가락, 무릎, 허벅지, 배꼽, 가슴, 목, 귀, 입술을 순차적으로 핥는다. 솜사탕을 빨 때보다 더 큰 소리를 내며, 더 강한 흡입력으로 빤다. 쪽쪽쪽 쩝쩝쩝. 그리고 자신의 입에 그의 성기를 담는다. 그리고 빤다. 후루룩 쩝쩝 후루룩 짭짭. 그는 불안하다. 여전히 성기 아래 음낭 속에는 고환이 없기에. 그래도 그녀는 아무것도 모른 채 후루룩 쩝쩝 후루룩 짭짭. 후루룩 쩝쩝 후루룩 짭짭 소리가 반복될 때마다 그의 등은 활처럼 휘어진다. 휘어진 등에서 땀이 줄줄 흐른다. 정확히 후루룩이 열두 번 반복되고, 그때 처음으로 그의 활처럼 휜 등이 파르르 떨린다. 그 뒤로 그의 등은 열두 번 더 파르르 떨린다. 그녀의 입 덕에 다섯 번 떨고, 그녀의 질 덕에 일곱 번 떤다. 그사이 여관 밖은 어두워졌고, 쉬었다가는 손님보다 자고 가는 손님들이 하나 둘씩 늘기 시작한다. 그와 그녀는 팔짱을 끼고 303호를 나온다. 3층과 2층 사이에 있는 그림은 안중에도 없다. 2층에서 1층으로 내려오자, 누군가가 손님 간다고 소리를 외친다. 그리고 들어올 때 본 남자가 카운터로 뛰어나온다. 여전히 남자는 집게손가락 끝을 만지작거리고 있다. 그는 남자에게 303호 열쇠를 건넨다. 남자는 너무 오래 계시네요, 라고 웃으며 말한다. 그녀는 싱긋 웃으면서 빨강과 파랑이 조화롭게 어울린 고깔모자를 눌러쓴다. 남자는 그에게 그럼 다음에 꼭 오라는 말도 잊지 않는다. 그는 끄덕이며 여관 문을 밀고 나간다. 그와 그녀는 대학까지 함께 걷는다. 화장실이 급한 그는 대학 건물 화장실에 가서 바지를 내리고 소변을 본 뒤, 다시 자신의 고환을 확인해 보지만 고환은 여전히 없다. 주글주글한 음낭만 성기 밑에 붙어 있다. 화장실에서 나오니 그녀가 그를 기다리고 있다. 그녀의 키는 여전히 152cm였고, 몸무게는 1~2kg 줄어 130kg 정도 돼 보인다. 그 역시 여전히 성기와 음낭만 있고 고환은 없다. 그래도 두 사람은 참으로 행복해 보인다. 서로 다정하게 팔짱을 끼고 어디론가 가는 두 사람. 발걸음이 가볍다. 총총총.

다목인
多目人

多目人 | 다목인 |

"정말 참 재미있는 아르바이트군요."

"예, 정말 재미있을 뿐만 아니라 근무 조건도 아주 훌륭한 아르바이트였죠. 그곳에는 정말 별처럼 다양한 사람들이 온답니다. 언젠가는 이런 커플이 왔었지요."

그의 말에 많은 사람들이 귀를 쫑긋 세웠다. 그는 다시 입을 열었다. 손가락을 까닥거리고 있었다.

"남자는 정말 말쑥하게 생겼지요. 언뜻 봐도 명문대 학생 아니면, 다국적 기업에 다니는 능력 출중한 사원처럼 보였답니다. 반면 여자는 영 엉망이었어요. 돈이 많은지, 마음이 착한지 속사정까지 모르겠지만 외모는 엉망 그 자체였습니다. 몸무게가 적어도 100kg은 넘어 보였고, 카운터에서 머리가 제대로 보이지 않을 정도로 키도 작았지요."

　그와 일행들은 원탁에 앉아 개뻔강 물로 만들었다는 드가 (Dga)[6]라는 술을 마셨다. 드가는 예로부터 눈을 밝게 해준다는 속설이 있었다. 속설은 속설일 뿐이지만. 그가 잠시 말을 멈추자, 한 사람이 벌떡 일어나서 건배를 권했다. 다들 건배와 함께 드가를 쭉 들이켰다. 모두들 눈이 반짝반짝거렸다. 술집 창밖으론 그라산이 보였다. 그의 일행을 제외한 다른 주객들은 맥주를 마시고 있었다. 그는 참 신기한 커플이라면서 얘기를 계속 이어갔다. 대략 이런 내용이었다. 여자는 작고 뚱뚱하고 못생겼고, 남자는 크고 멋있고 똑똑해 보였지만, 남자보다는 여자가 더욱 당당한 모습이었다고. 마치 여자가 남자를 여관까지 데리고 온 것 같다는 말도 덧붙였다. 여자가 먼저 당당하게 계단을 오르니, 남자가 졸졸졸 그 뒤를 따랐다

---

6) 드가는 개뻔강 물과 강변에서 자란 식물들로 만든 증류주이다. 기원전 3세기경부터 개뻔강 주변에 사는 사람들이 마시던 술인데, 예로부터 눈에 좋은 술로 알려져 있었다. 하지만 최근 들어 개뻔강 물은 물론이고, 드가 또한 시력 향상에는 전혀 도움이 안 된다는 발표가 있었다. 그럼에도 불구하고 현재까지 스카리니아 술집에서는 드가를 눈 밝아지는 술로 선전하고 있으며, 손님들도 그렇게 믿고 있다. 장윤서 저, 『세계 주류의 허와 실』(서울 : 국어랑, 2005) p 120.

고 했다. 건배를 권했던 남자가 말했다.

"별일이 다 있군!"

맞은편의 여자는 약간 취한 목소리로 변태라고 소리 질렀다. 그 여자 옆에 조숙하게 앉아있던 다른 여자가 그렇다고 변태라고 말하는 것은 조금 '오버'라고 했다. 그녀가 '오버'라는 단어를 말할 때, 입 모양이 동그랗게 되었는데, 그는 그 동그란 입 모양이 너무 예뻐 보였다. 순간 그는 말을 멈추고, 그 입 모양에 심취했다. '오버'라고 한다기보다 '여보'라고 하는 듯 보였고, 입 모양이 너무나도 아름다웠다. 아름다운 입 모양, 오버 혹은 여보.

"변태까지는 아니더라도 참 이상한 커플이었어요. 제가 카운터에서 쉬었다 가실 거죠?라고 물었더니만 남녀 모두 아무 말도 못하고 있다가 남자도 아닌 여자가 답답했던지 키나 주세요!라고 소리를 빽 지르더라니까요. 그런데 순간 얼마나 웃음이 나던지. 그 여자는 고깔모자를 썼는데, 빨간색과 파란색이 마구 섞여 있었고, 회색 조끼와 초록색 남방을 입고 있었어요. 상상만 해도 웃기죠? 그리고 그 남방에 체크무늬까지 있었다니까요. 더 웃긴 건 그 몸매에 짧은 치마까지 입었다는 거죠."

짧은 치마라고 말하는 대목에서 다들 놀라는 표정이었다. 혼자 드가를 한잔 마신 사람도 있었다. 여보의 입 모양을 한 여인도 살짝 놀란 표정이었다. 그는 그녀를 보고 있었다. 다른 사람들은 100Kg이 넘는 거구의 여자가 고깔모자를 쓰고, 괴상한 상의를 입고, 잘생긴 남자와 여관에 간 사실에 대해 계속 상상하고 있었다. 건배를 권한 사람 옆에 앉아있던 사람이 어떤 종류의 치마냐고 물었다. 그는 기억을 더듬고 있었다. 질문을 한 남자는 살짝 머리카락을 이마 위로 넘겼다. 그 순간 이마 정중앙에 자리 잡은 눈이 보였다. 그는 주름치마라고 대답했고, 남자는 이마 중앙에 자리 잡은 눈을 깜박거렸다. 물론 남자의 이마에 난 눈을 보고 놀라는 사람은 없었다. 물론 그도 놀라지 않았다. 그는 여보의 입 모양을 한 그녀를 보며 이야기했다. 그리고 자신의 손가락 끝에 난 눈을 만지작거렸다.

"아주 짧은 주름치마였지요. 진분홍색의 주름치마요."

사람들은 웃었다. 깔깔깔깔. 분홍치마라니 깔깔깔깔. 개뻘 강이 범람하듯 웃음이 넘쳐흘렀다.

모임이 끝나고 돌아오는 길에 그는 안도의 한숨을 여러 차레 내쉬었다. 그리고 동석했던 오버를 여보라는 입 모양으로 말하는 여인을 생각했다. 처음 자신의 '새로운 눈'을 발견한 날이 바로 그 괴상한 커플을 만난 날이었다. 그는 평소와 같이 오전 수업을 마치고, 아르바이트를 하기 위해 여관으로 뛰어갔다. 그가 다니던 그그슈 대학 근처에는 유난히 유흥주점이 많았고, 여관도 참 많았다. 처음에 별과 같이 많은 유흥주점 중 한 군데에서 일을 하다가 그곳 사장의 소개로 여관에서 일을 하게 되었다. 환상의 아르바이트로 불리는 여관 카운터 보이! 나중에 알고 보니 여관 주인이 유흥주점 주인이었다. 한마디로 사장은 유흥주점에서 일하는 사람 중 모범 직원을 뽑아 여관에 투입시켰던 것이다. 유흥주점도 비교적 어렵지 않게 돈을 벌 수 있는 곳이었지만, 여관은 그곳보다 더 편했다. 말 그대로 천국이었다. 일은 단순했다. 오후 1시부터 6시까지 카운터를 보는 것이 주된 업무인데, 한마디로 "사과나무에서 사과를 따먹어도, 돈만 받으면 되는 직업이다"라는 오래된 속담처럼 너무나도 쉽고 간단한 일을 하고 돈을 벌 수 있는 자리였다. 카운터 보이인 그는 손님이 들어오면, 남녀, 남남, 여여를 불문하고 혹은 남남녀나 여여남 혹은 더 이상한 남녀 조합이 들어오더라도 놀라지 않고 그냥 한마디 던지면 그만이었다.

"쉬었다 가실 거죠?"

그럼 상대는 십중팔구 고개를 끄덕이며 긍정의 대답을 한다. 그러면 그는 장부를 보고 빈방을 확인하고, 기록한 뒤 해당 방의 열쇠를 주면 임무 완수. 간혹 손님들이 그라산이 보이는 전망 좋은 방으로 달라고 하면, 애석한 척하면서 방금까지 있었는데, 방금 찼네요, 라고 말하면서 아무 방이나 내주면 된다. 물론 돈을 받는 일을 잊으면 안 되고, 손님들이 나갈 때, 한마디 던지는 것도 잊지 말아야 한다.

"안녕히 가세요."

이때 주의할 점은 절대 "수고하셨습니다"라든가 "또 오세요"와 같은 말을 던지면 안 된다는 것이다. 대신 너무 오래 있다 나간 사람들에 한해서 "너무 오래 계시네요" 정도의 말을 살짝 던져주는 것은 좋다. 물론 그때 웃음을 함께 던져야 한다. 또 하나 주의할 점은, 이 모든 이야기를 진지하게 해야 한다는 것이다. 농담 기가 있거나 말투가 장난스럽거나 손님이 조롱당하고 있다는 느낌을 주면 절대 안 된다. 진지하게 그리고 친절하게 그러나 웃음을 머금고 할 말만 해야 한다. 그것이 여관 종업원의 필수 덕목이다.

　그날, 그가 새로운 눈을 발견한 날, 역시 다른 날과 같이 수많은 남녀, 남남, 여여 등의 커플들이 오후 1시부터 들어왔다. 그 역시 평소처럼 "쉬었다 가실 거죠"와 "안녕히 가세요"를 반복했다. 친절함과 진지함이 적당히 배어 있는 목소리로. 그날 역시 일은 순조롭게 풀려나가는 듯했다. 한 가지 이상한 것은 평소와 달리 검지 끝이 간지럽기 시작했다는 것. 오후 1시 첫손님이 들어오기 시작했을 때부터 서서히 간지럽기 시작한 손가락 끝은 3시가 되자, 도저히 참을 수 없을 정도로 간지러워졌다. 그래서 그는 내실에 들어가 계속 손가락 끝을 긁었다. 그때, 바로 미남과 100kg이 넘는 여자가 등장했다. 정신없이 손가락 끝을 긁고 있던 그는 사장의 "야, 나가 봐"라는 소리를 듣고 나서 놀라 카운터로 뛰어나갔다. 그리고 정신없이 손가락을 긁다가 여관비도 못 받고 열쇠만 주고 다시 내실로 들어와 버렸다. 내실에서 돈을 안 받았다는 사실을 알고 퇴실할 때 반드시 받아야겠구나, 라고 생각하고 있었지만, 나갈 때도 계속 간지러움에 거의 정신을 잃은 채 "너무 오래 계시네요"라는 말만 하고 숙박료는 받지 못했다. 거기까지만 했다면 다행이겠지만, 그는 "다음에 또 오라"는 말까지 해버렸다. 그 말 속에는 조롱과 짜증이 담겨 있었다.

물론 친절함도 진지함도 없었고. 그는 퇴근시간까지 정신없이 집게손가락 끝만 벅벅 긁다가 퇴근 후, 버스를 타고 집으로 향했다. 집에 오는 길에 자신이 한 실수에 대해 고민했다. 왜 그런 말을 했을까? 그러면서 계속 손가락 끝을 긁었다. 오른손 집게손가락의 끝. 다음날, 유흥주점 및 여관 사장은 그에게 전화했다. 내용은 예상대로였다. 길지도 않았다. 그만 나오라는 통보, 그뿐이었다. 그는 여관비를 제대로 받지 못했고, 다시 오라는 말까지 해버렸으니 당연한 일이었다. 알다시피 숙박업계는 피도 눈물도 없는 곳이다. 전국의 대학생들은 여관에서 아르바이트를 못해 환장하며, 여관 및 숙박관련 업소 취업 경쟁률이 평균적으로 165:1을 넘는다는 것은 이미 너무 널리 알려진 사실이다. 그는 결국 여관 카운터 보이에서 장렬하게 잘렸고, 이른바 백수가 되어버렸다. 그리고 손가락 끝은 여전히 간지러웠다. 그는 모든 것을 잊고 싶어 잠을 청했다. 그리고 10시간 37분 21초 만에 눈을 떠보니 세상이 요상하게 보이기 시작했다. "모든 일은 다 갑자기 시작된다"는 칼스텍 리셀버그(Lizelbug, Kallssdak)[7]의 말처럼. 그의 눈앞의 세상이 갑자기 요상하게 변해버렸다. 간지럽던 손가락 끝에 눈이 하나 더 생겨버린 것이었다. 졸지에 그는 눈이 세 개 달린 사람이 되었다.

　그는 얼굴에 달린 눈과 손가락 끝에 달린 눈을 마주 보았다. 몹시 어지러웠다. 손가락 끝에 생긴 눈을 깜빡깜빡거려 보았다. 손가락 끝의 눈과 얼굴에 달린 눈을 서로 마주 보게도 했다. 어질어질했다. 그는 초점을 잃은 사람처럼 정신이 없었고, 수시간 동안 정신이 혼미한 상태로 방바닥을 뒹굴 수밖에 없었다. 5시간 정도가 지나자, 그는 서서히 자신의 새로운 눈에 적응하기 시작했다. 아니 그의 새로운 눈은 그의 오래된 몸에 적응하기 시작했다. 얼굴에 달린 눈과 손가락에 달린 눈의 시선을 조절할 수 있게 되었다. 어지러움 없이 얼굴(에 달린) 눈과 손(에 달린) 눈을 서로 마주 볼 수도 있게 되었다. 또한 얼굴 눈을 감고 손 눈만 뜨고 사물을 볼 수도 있었다. 물론 그 반대도 가능했다. 가장 놀라운 것은 텔레비전과 책을 동시에 볼 수 있다는 것이었다. 텔레비전은 얼굴 눈으로 책은 손 눈으로 볼 수 있었다. 손 눈 사용이 익숙해지자 그는 걱정이 되기 시작했다. 혹시 이것이 무시무시한 병의

---

7) 스카리니아 최고의 석학이다. 식품영양학부터 서양철학까지 섭렵한 근래에 보기 드문 학자이자 지도자이다. 하지만 2004년 여름 그가 사망한 뒤, 그의 모든 업적들이 사실은 그의 아내인 줄리엣 리셀버그(Lizellbug, Jullet)의 몫이라는 주장이 제기되기도 했다. 하지만 여전히 20세기와 21세기를 빛낸 스카리니아 최고의 석학으로 존경받고 있다. 데이빗 리셀버그 저, 김원일 역, 『석학의 신비』(서울 : 순복 출판, 2005) p 98.

전조는 아닐까? 죽을병의 출발은 아닐까? 아니라면 자신이 외계인이 된 것은 아닐까? 그래서 이 눈 때문에 사회로부터 완전 격리 수용되지는 않을까? 그렇지 않더라도 이 눈이 알려져 다른 사람들이 자신을 고립시키지는 않을까? 애인이라도 생기면 이 눈을 어떻게 설명해야 하나? 감춰야 하나? 아니면 고백해야 하나? 등등의 수많은 걱정들이 머리를 아프게 했다. 손가락 끝의 눈도 벌겋게 충혈되었다. 그는 한동안 방 안을 빙빙 돌았다. 빙빙빙. 얼굴에 달린 두 눈을 지그시 감고 손가락 끝에 난 눈으로 방바닥을 보면서 계속 방바닥을 빙빙 돌았다. 빙빙 돌면서 그는 두 가지를 깨달았다. 첫째, 손 눈이 얼굴 눈보다 시력이 훨씬 좋다는 것. 그는 빙빙 돌면서 방바닥에 있는 작은 먼지까지 다 볼 수 있었음은 물론이고, 작은 벌레들의 움직임까지 속속들이 파악할 수 있었다. 개미들의 색깔까지 속속들이 구별할 수 있었다. 저놈은 빨간 개미, 요놈은 파란 개미. 둘째, 이대로 있을 수는 없다는 것. 자신과 같은 증상을 지닌 사람 혹 증상이라고까지 부르기 뭐하다면, 자신과 비슷한 상태의 사람들을 찾아보자. 그리고 자문을 구해 보자는 것이었다. 자문을 구할 수 없다면 하소연이라도 해보자. 하소연을 못한다 하더라도 좋다. 얼굴이라도

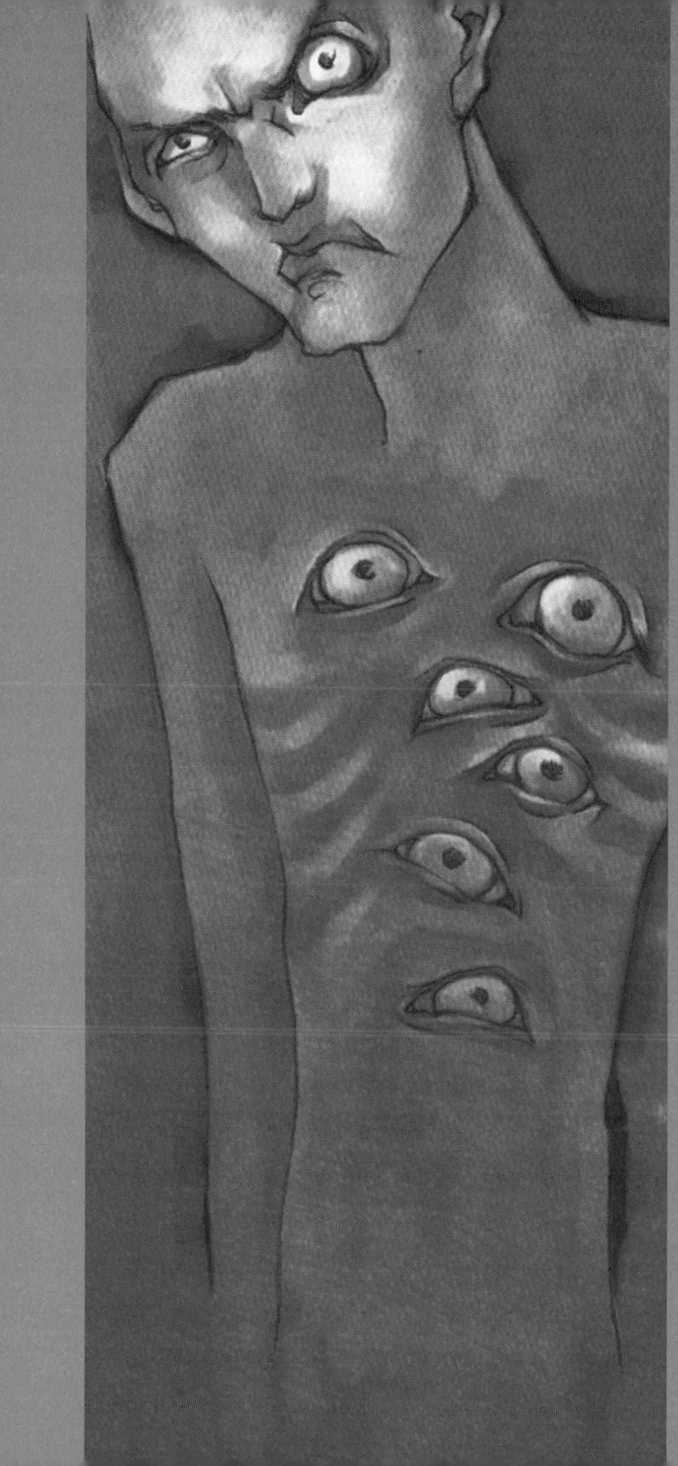

보자. 가장 먼저 떠오른 것이 인터넷이었다. 그는 컴퓨터를 켜고 인터넷을 접속해 검색을 시도했다. 물론 자판을 칠 때는 검지 끝에 달린 눈을 질끈 감았다. 검색 사이트에서 손에 달린 눈이라는 검색어를 치자 무려 1,934,678개의 검색 결과가 나왔다. 그는 그것들을 하나하나 읽어보기 시작했다. 하루가 지나고 이틀이 지났다. 피곤하면 얼굴 눈을 감고 잠을 청했다. 손 눈은 여전히 검색 결과를 훑어보았고, 또 손 눈이 피곤하면 얼굴 눈으로 검색 결과를 살펴보았다. 8일째 되는 날, 그는 놀라운 것을 발견했다.

눈이 세 개 이상인 사람들만 오세요.
다정하고 화목한 모임 다목회(多目會, http://www.muti-eyeculb.com)
입니다.

다목회! 그의 세 눈이 번쩍 뜨였다. 사이트는 이름과 같이 눈이 세 개 이상인 사람들의 모임이었다. 세계 각지의 사람들이 모여서 이야기를 나누고 있었다. 자신과 같은 사람들이 모인 동호회였다. 정기 모임은 물론이고, 정기 채팅으로 정보를 공유하고 있었고, 여러 가지 형태의 다목인(多目人)들이 친목을 도모하는 클럽이었다. 말 그대로 눈이 여러 개인 사람들의 모임이었다. 그는 클럽을 꼼꼼히 살펴보고, 회원 가입을 하고 정기 모임을 기다렸다. 회원 가입 절차는 다른 동호회와 조금 달랐다. '기본 정보 + 눈 정보'를 기입해야만 했다. 기본 정보는 말 그대로 기본 정보이고, 눈 정보는 다음과 같았다. 눈은 몇 개인가? 눈은 어디에 났나? 선천적인가? 후천적인가? 이러한 문항들이 있었다.

처음으로 모임에 나간 날, 그는 놀라지 않을 수 없었다. 자신과 같은(눈이 세 개 이상이라는 점에서) 혹은 다른(손가락 끝이 아닌 다른 부위에 눈이 있다는 점에서) 사람들이 한자리에 모여 있다는 사실이 아주 놀라웠다. 하지만 그들도 다 같은 사람일 뿐이었다. 즐겁게 얘기하는 것을 좋아하고, 약간의 술을 즐길 줄 아는 사람들이었다. 그는 자신에게 새로 생긴 눈에 대해 이야기를 했다. 그리고 술이 약간 취한 뒤, 여관에서 일하면서 겪었던 일도 말했다. 사람들은 그의 새로운 눈 얘기보다는 독특한 아르바이트 이야기에 더 많은 관심을 두고 있는 듯 보였다. 새로운 눈이라고는 하지만 이미 모임 사람들에게는 익숙한 것이었기에. 그는 그렇게 다목회의 일원이 되었고, 다시 일상으로 돌아오게 되었다. 학업에 충실한 다목회 회원이었다. 그리고 '오버'라는 단어를 마치 '여보'라고 하는 듯 동그랗게 입 모양을 만들어 너무나 아름답게 말하는 여인을 만난 그.

다목회 모임에 정기적으로 참가하면서 회원들도 많이 알게 되었다. 그중에는 발바닥에 눈이 달린 사람, 콧구멍 안에 눈이 달린 사람, 이마 중앙에 눈이 달린 사람, 눈이 열다섯 개나 있는 사람, 팔꿈치에 눈이 세 개 달린 사람 등등. 회원의 수도 많았고, 각자의 개성들도 다양했다. 그리고 회원들 간에는 알게 모르게 자신의 새로운 눈에 대한 자부심이 느껴졌고, 자신의 그런 눈을 자랑스럽게 말하는 것 또한 당연하게 보였다. 하지만 유독 자신의 다목에 대한 정보를 밝히지 않은 사람이 있었다. 그 사람은 여자였는데, 외견상으로는 별다른 다목의 흔적을 볼 수가 없었다. 수려한 외모와 세련된 말솜씨로 다목회의 꽃이라 불렸다. 그녀에 대한 소문 또한 무성했는데, 첫 번째는 그녀가 사실은 다목회 회원이 아니라는 설이다. 그녀는 직업은 사진가(실제로 그렇다)인데, 그녀는 독특한 사진을 찍기 위해 위장 가입했다는 설이다. 그래서 그녀의 다목, 즉 또 다른 눈은 다름 아닌 사진기 렌즈를 의미한다는 소문. 두 번째는 그녀가 다목회의 창설자이자, 세계 최초로 다목 교정 수술을 한 사람이라는 설이다. 다목에 대한 두려움 때문에 다목 제거 수술을 한 뒤, 다목에 대한 향수가 생겨 다목회를 만들었다는 소문. 세 번째는 두피에 다목이 있다는 설이다. 그녀의 트레이드 마크는 긴 생머리였는데, 어떤 사람들이 그 안에 눈이 있는 것을 봤다며 떠들어댔다. 아무튼 이런저런 설이 있지만, 이런저런 이유로 그녀의 이런저런 의문에 대해 그녀에게 직접 물어보는 사람은 단 한 명도 없었다. 그녀의 신비는 이른바 캐물을 수 없는 견고한 불문의 금고가 되어버렸다. 그는 처음 정기 모임에 나갔을 때부터 그녀를 유심히 보았다. 대부분의 사람들이 그녀에게 집중하는 이유는 그녀의 놀라운 미모 때문이었다. 하지만 그는 조금 달랐다. 물론 미모도 미모지만, 그를 사로잡은 것은 바로 입 모양이었다. '오버'라는 말을 할 때 동그랗게 변하는 입 모양, 마치 '여보'라고 살짝 외치듯 아름답게 원을 만드는 바로 그 입 모양이 그를 끌리게 했다. 여관 얘기를 열심히 하는 와중에 그녀를, 그녀의 입을 유심히 응시했다. 눈에 띄게 예쁜 여인이었다. 뿐만 아니라 목소리 또한 다소곳하니 아름다웠다. 그녀는 한마디로 작지만 귀에 잘 들리는 목소리를 지닌 사람이었다. 그리고 여운이 있는 그런 목소리의 소유자였다. 이를테면 그가 처음으로 다목회 모임에 나갔을 때, 그녀가 그에게 건넨 말은 딱 한마디였다. 헤어지기 직전에 건넨 딱 한마디.

"처음인데 어색하지는 않으셨나요?"

그는 작지만 선명한 그녀의 목소리를 들었다. 아니 귓속에 담아두었다. 아니 자연스럽게 그녀의 목소리가 그의 귀에 담겼다. 그리고 집으로 갔다. 그녀의 목소리를 잊고 있었다. 아니 잊은 줄 알았다. 그런데 자려는 순간, 침대에 누워, 이불을 목까지 끌어올리는 바로 그 순간, 그녀의 목소리가 떠올랐다. 마치 귓속에 담아둔 목소리가 흘러넘치듯이.

"처음인데 어색하지는 않으셨나요?"

그리고 동그란 입 모양이 떠올랐다. 그녀는 진정 여운이 있는, 잊혀질 듯한 순간에 다시 떠오르는 신비한 매력을 지니고 있었다. 그것이 그녀의 목소리이자, 그녀였다. 다목회를 자주 참석하게 되면서 그는 그녀와 자주 만나게 되었다. 그리고 둘은 자연스럽게 친해졌다. 존댓말에서 반말을 하는 관계로, 인사만 하는 관계에서 안부를 묻지 않아도 서로의 안부를 속속들이 잘 아는 관계로, 여럿이 만나는 관계에서 단둘이만 만나는 관계로.

그녀는 그의 당당함이 좋다고 했다. 그녀는 자신에겐 없는 그런 당당함이 그에게 있어서 너무 좋다고 했다. 그는 그녀가 느끼듯 항상 당당했다. 다목회의 일원이 되면서 자신이 특별하다고 느꼈고, 그 특별함이 자신감으로 발전했다. 그리고 항상 그의 곁에 그녀가 있었기에 더욱 당당할 수 있었다. 보통 사람들이 지닌 다목에 대한 편견 앞에서도 당당했다. 가끔 식당이나 대중교통 수단 안에서 그의 손가락 끝에 달린 것이 무엇이냐고 사람들이 물으면 서슴지 않고 눈이라고 했다. 사람들이 믿거나 말거나. 사람들이 징그러워하거나 말거나. 그리고 다목회에서도 그는 당당하게 그녀가 좋다고 말했다. 다른 회원들이 군침만 흘리고 있을 적에, 다가가지 못하고 구경만 하고 있을 적에, 그는 당당하게 그녀에게 다가섰다. 그는 그녀와 가까워지자, 그녀의 소문에 대한 궁금증이 커졌다. 물론 주변에서도 한몫 거들었다. 그녀의 비밀을 캘 수 있는 사람은 그밖에 없다고들 말했다. 다목회의 꽃, 그녀가 지닌 비밀. 과연 그녀는 눈이 몇 개나 있을까? 있다면 어디에 있을까? 그는 사랑하는 그녀의 눈이 궁금해졌다. 그가 지나가는 말로 그녀에게 몇 차례 물어봤지만, 그녀는 웃기만 하고 대답해주지 않았다. 하지만 그 역시 쉽게 포기하지 않았다. 묻고, 묻고, 또 묻고 다시 묻고 재차 묻고 한 번 더 물었다. 그가 질리도록 집요하게 묻자, 그녀는 의미 있는 날에 말해주고 싶다고 했다.

의미 있는 날. 그 후로 그는 더 이상 그녀를 괴롭히지 않고 묵묵히 의미 있는 날을 기다렸다.

두 사람이 만난 지 100일째 되던 날, 그는 꽃다발처럼 포장한 눈깔사탕 100개를 들고 그녀가 사는 오피스텔 앞에서 그녀를 기다렸다. 그녀가 나오기로 약속한 시간이 30분이나 지났지만 아무런 소식이 없었다. 지루한 나머지 그는 오피스텔 현관 계단에 앉아 눈깔사탕 숫자를 세고 있었다. 하나 둘 셋 넷…. 그때 오피스텔 건물에서 문소리가 나면서 누군가가 계단으로 내려왔다. 그는 그녀일지도 모른다는 생각에 귀를 쫑긋이 세웠다.

"어, 그래서 A 전화가 000-123-4567이라고 고맙다. 아, 그럼 B는? 어 B 번호가 000-111-2222라고."

누군가가 현관문을 빠져나오자마자 전화번호 타령을 했다.

"C 번호도 알지? 그래, 그래 귀찮다. 그냥 A부터 Z까지 내 핸드폰에 문자로 좀 보내라! 그럼 용량 충분하니까 걱정 말고 보내. 그래 고맙다. 그럼 너만 믿는다. 어어, 모르는 번호 있으면 언제든지 전화할게. 그려, 수고해!"

현관문을 나오자마자 친구에게 전화번호를 묻던 남자는 바쁜지 어디론가 사라져버렸다. 친구에게 전화번호를 묻는 목소리가 아주 거칠고 듣기 거북했다. 그녀의 여운 음성과는 거리가 너무나 먼 목소리였다. 전화번호를 묻던 남자가 그의 시선에서 사라질 무렵, 그녀에게 전화가 왔다. 그녀는 303호로 올라오라고 했다. 그는 알았다고 말했으나 쉽게 발이 떨어지지 않았다. 눈깔사탕 100개를 다시 한 번 차근차근 센 뒤 계단을 올랐다. 303호의 벨을 누르자, 그녀는 귀에 스며들 듯 감미로운 목소리로 말했다.

"들어와!"

그녀의 음성에서 향이 폴폴 났다. 그는 문을 살짝 열고 100개의 눈깔사탕을 그녀에게 건넸다. 그녀는 놀람과 행복이 가득한 얼굴로 환히 웃었다. 그리고 샤워를 해야겠다고 했다. 그도 놀람과 행복이 가득한 얼굴로 환히 웃었다. 집 안 구석구석에 그녀가 찍은 사진들이 많이 걸려 있었다. 소문대로 다목인들의 사진이 정말 많이 걸려 있었다. 다목을 주제로 사진전을 열어도 전혀 손색이 없을 듯했다. 잠시 뒤, 그녀가 샤워가운만 걸치고 나왔다. 소파에 앉아있던 그는 깜짝 놀랐다. 그녀는 그의 무릎에 앉았다. 소파에 앉아있던 그는 더욱 놀랐다. 그녀는 그의 무릎에 앉은 채 긴 생머리를 수건으로 탈탈 털면서 말렸다. 그는 손 눈으로 그녀의 머리카락 사이로 살짝 보이는 두피를 훑어보았다. 손 눈에 물이 튀겼다. 두피에도 눈은 없는 것 같았다. 머리를 대충 말린 그녀는 그의 무릎에 앉아 살짝 다리를 꼬았다. 소파에 앉아있던 그는 더더욱 놀랐다. 그는 오른손을 내려 살며시 목욕 가운 안쪽을 들여다보았다. 그녀의 허벅지가 살짝살짝 보였다. 그녀는 조용히 말했다. 그가 손 눈으로 자신의 허벅지를 보거나 말거나. 그가 놀라거나 말거나.

"자기, 내 눈 찾고 있지? 그렇게 궁금해?"

그는 숨을 크게 몰아쉬며 그렇다고 말했다. 그는 차분해질 필요가 있다고 생각했다. 그는 잔잔히 흐르는 개뼌강을 생각했다. 그녀는 자신의 눈이 달린 위치와 둘 간의 애정에 일말의 연관관계가 있는지 물었다. 예컨대 자신의 눈이 발가락 사이에 달렸다고 하더라도 자신을 계속 만날 거냐고 물었다. 그는 당연히 아무런 관계가 없다고 말했다. 그녀는 정말이냐고 재차 물었다. 그는 당연, 당연하다고 거듭 대답했다. 그녀는 그럼 지금 알려줄게, 라고 부드럽게 말하며 가운을 벗었다. 그의 머릿속에서 유유히 흐르던 개뼌강이 마구 범람하기 시작했다. 그라산의 화산도 춤추듯 덩실덩실 폭발하기 시작했다. 그는 아무런 대답을 하지 못했다. 하지만 얼굴 눈은 그녀의 몸을 전체적으로 훑고 있었고, 손 눈은 그녀의 사타구니 쪽으로 향하면서 시각적, 촉각적 만족을 느끼고 있었다. 몸의 구석구석을 아무리 보아도 그녀의 눈은 보이지 않았다. 그의 손 눈은 그녀의 사타구니로 점점 다가가고 있었다. 그녀 또한 그것을 알고 있었으며 느끼고 있었다. 그의 손 눈이 그녀의 샅의 정점에 닿을 무렵, 그녀는 그에게 얼굴에 달린 두 눈은 감아 달라고 부탁했다. 그는 얼굴 눈을 질근 감고, 손 눈을 깜박거렸다. 그녀는 그렇게 꽉 감지 않아도 된다고 했다. 지그시 감고, 마음은 편히 가지라고 했다. 그의 손가락 끝에 달린 눈이 음흉하게 눈웃음을 쳤다. 그녀는 여운 담긴 목소리로 말했다.

"놀라지 마. 이제 내 눈을 만나게 될 거야!"

그는 눈을 만난다는 말에 놀랐다. 그녀는 다시 여운을 담아 발설했다.

"그 안에 나의 눈이 있어! 그 안에!"

그는 이해할 수 없었다. '안'이라니. 그가 '안'에 대해 고민하고 있을 때, 그녀의 손가락은 자신의 성기를 가리키고 있었다. 하지만 그는 그녀의 손가락을 볼 수 없었다. 그녀가 그에게 얼굴에 달린 눈을 지그시 감고 있으라고 했기에. 그는 좌뇌로 안에 대해 생각하며, 우뇌로 샅을 만지작거리고 있었다. 그의 손가락 끝에 달린 눈은 계속 그녀의 사타구니 안쪽으로 파고들어갔다. 그리고 질 안으로 들어갔다. 그는 질 안을 둘러보았다. 그 안에서 애액이 흘렀다. 그는 손 눈을 깜박거렸다. 한 번, 두 번 세 번째 깜박거리면서 눈을 뜨는 순간, 그는 놀랍게도 그 안에서 또 다른 눈을 발견했다. 손가락 끝에 달린 그의 눈이 질 안쪽 벽에 달린 그녀의 눈을 발견했다. 두 눈이 마주쳤다. 그는 3초간 놀라 굳어 있다가 4초 만에 질 안에서 손가락을 뺐다. 그녀는 얼굴 눈을 지그시 감고 여운 담긴 목소리로 내뱉었다.

"왜 들어오다 말아! 내 눈이 싫은 거야?"

그녀의 질 안쪽 벽에 달린 눈은 사랑을 갈구하는 눈빛이었다. 놀란 그가 살며시 그녀에게서 몸을 빼내자, 질 안쪽 벽에 달린 눈의 눈가에 눈물방울이 맺혔다. 그 눈물이 질 바깥으로 흘러내렸다. 뚝뚝뚝. 그는 다시 마음을 다잡고, 그녀와 눈을 맞추러 질 안으로 들어갔다. 안에서 그녀는 눈웃음을 쳤다. 그리고 나지막이 웃었다. 호호호.

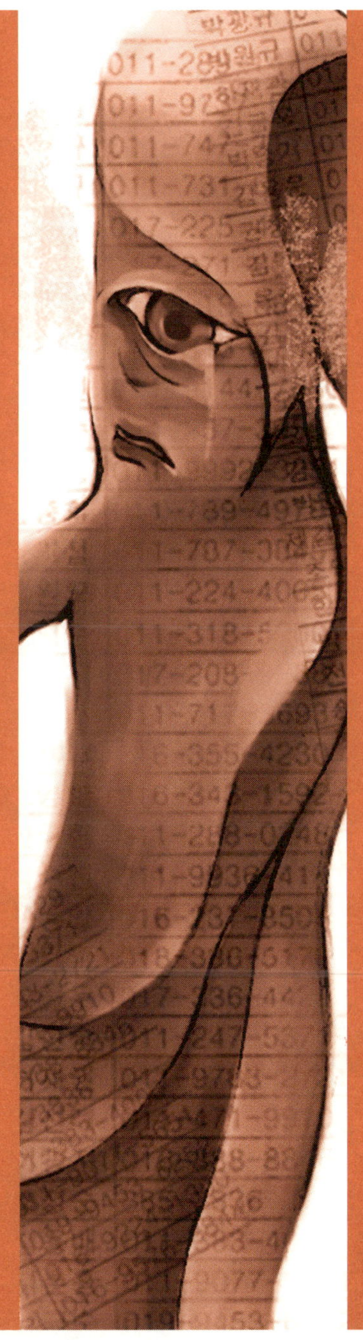

수 치 기 억 인

數値記憶人

數値記憶人 |수치기억인|

··· 나 는 야 외 로 운 전 화 번 호 부

　　무슨 말을 먼저 해야 할지 잘 모르겠네요. 그냥 답답하고 힘이 들었습니다. 뭐가 힘이 들었냐고 묻는다면 딱히 할 말도 없네요. 대부분의 사람들은 저를 이해하지 못할 테니까요. 전 좀 더 가치 있는 사람이 되고 싶었습니다. 전화번호만 알려주는 사람이 아닌 더 좋은 일을 하는 사람이 되고 싶었습니다. 차량번호나 외우는 일 말고, 더욱 가치 있는 일을 하고 싶었습니다. 주민등록번호를 외우는 일도 역시 의미 있는 일 같지는 않았습니다. 그런데 정말 가치 있는 일이 뭔지 잘 모르겠더군요. 그것이 저의 한계인가 봅니다. 숫자를 외우는 일 외에 제가 할 수 있는 일을 전 스스로 찾을 수가 없었어요. 고작 숫자나 달달달 외우는 것이 제 일이었죠. 제가 할 수 있는 유일한 일!"

　핸드폰 벨이 울렸다. 그는 보이스 레코더의 일시정지 버튼을 눌렀다. 수화기 너머에서 친구의 목소리가 들렸다. 친구가 묻는 것은 또 다른 친구 A의 전화번호였다. 친구는 A를 만나러 가는 길이라고 했다. 방금 집에서 나왔다고 했다. 친구는 그의 안부에 대해서는 일체 묻지 않았다. 친구가 궁금한 것은 그의 안부가 아니었기 때문이다. 보이스 레코더의 일시정지 기능은 시간이 지연되어 완전정지로 바뀌었다. 친구는 집 앞에 어떤 미친놈이 눈깔사탕 다발을 들고 서성인다고 말했다. 친구는 눈깔사탕이라는 단어를 얘기하면서 깔깔거렸지만, 그는 웃지 않았다. 친구는 한두 개도 아니고 100개가 넘어 보인다며, 100이라는 말과 동시에 피식거렸다. 물론 그는 피식거리지 않았다. 그가 친구에게 A의 전화번호를 알려주자, 친구는 B의 전화번호도 물었다. 그 전에 친구는 A의 전화번호가 000-123-4567임을 재확인했다. 그 뒤, B의 전화번호를 재차 물었다. B의 전화번호가 000-111-2222임까지 재확인하고

C, D, E, F, G, H, I, J, K, L, M, N, O, P, Q, R, S, T, U, V, W, X, Y, Z까지 순차적으로 물어봤다. 그리고 귀찮은 듯 모든 번호를 문자로 보내 달라고 했다. 물론 고맙다는 말도 없었다. 단지 또 궁금한 번호가 생기면 다시 연락하겠다는 말만 남겼다. 그는 당연히 기억하고 있는 A, B, C, D, E, F, G, H, I, J, K, L, M, N, O, P, Q, R, S, T, U, V, W, X, Y, Z의 전화번호를 차례대로 문자로 보냈다. 그리고 핸드폰을 방바닥에 내려놓고 다시 보이스 레코더 앞에 앉았다. 그리고 녹음 버튼을 눌렀다.

"어릴 적 저는 제가 지닌 능력에 대해 참으로 자랑스러웠습니다. 아버지와 어머니께서도 무지하게 좋아하셨지요. 가끔 행복했던 어린 시절이 기억이 나요. 3살 때였죠. 정확히 말하자면 1986년 4월 8일 늦은 8시 37분부터 일어났던 일입니다. 무슨 요일인지는 기억이 나지 않네요. 그건 숫자가 아니니까요. 우리 집에서 마을 반상회가 있었죠. 무언가 중요한 안건이 있었던지 그라산 너머에 사는 사람들까지 왔었지요. 저는 아줌마들 틈에서 여러 가지 질문들을 받았답니다. 이를테면 몇 살이니? 엄마가 좋아? 아빠가 좋아? 같은 것들이었지요.

그러던 중 안방에 계시던 아버지가 나오셔서 제 능력을 사람들에게 자랑하시기 시작했습니다. 반상회에 참석한 18명의 사람들에게 전화번호와 번지수를 기록하게 하시더라고요. 그리고 저한테 한번 읽어 보라고 하셨지요. 아버지의 말씀대로 큰소리로 읽었습니다. 티티고 주라리 아저씨 00-11-2432, 98764-99630, 무루치 사키로니 어쩌구 아주머니, 즈라라리 조나니 할머니 저쩌구 등등 뭐 이런 사람들이었습니다. 그리고 잠시 뒤, 아버지께선 저를 다시 부르시더니, 한번 외워 보라고 하셨답니다. 당연히, 쉽게, 문제없이, 술술 외웠죠. 제겐 숫자를 외우는 것이 세상에서 가장 쉬운 일이었거든요. 그랬더니 사람들이 다들 놀라더라고요. 어떤 아주머니가 제게 칼스텍 리셀버그와 같은 좋은 학자가 되겠다고 하시자, 아버지와 어머니는 활짝 웃으시면 어깨에 힘을 주시더라고요. 저는 그 뒤로 그라산의 신동으로 불렸답니다. 때론 어린 칼스텍으로 불리기도 했고요. 하지만 초등학교에 들어간 뒤로는 더 이상 누구도 절 신동이라고 부르지 않았지요. 오히려 이상한 아이 취급을 받았답니다. 초등학교 들어가기 전까지 전 정말 많은 관심과 사랑을 받았는데, 정말 그때는 참 행복했답니다. 관심의 대상이 되는 것은 사람을 참으로 행복하게 하는 일이지요. 그것보다 좋은 일은 없을 거예요."

　그는 레코더의 일시정지 버튼을 눌렀다. 냉장고에서 생수 한 병을 꺼냈다. 냉장고 앞에 개미들이 보였다. 빨간 개미를 파란 개미들이 둘러싸고 있었다.[8] 하지만 파란 개미들은 빨간 개미 가까이에 가지는 않았다. 주변을 맴돌기만 하는 파란 녀석들. 그는 생수를 한 모금 쭉 들이켰다. 방으로 돌아와 다시 일시정지 버튼을 누르자, 녹음기가 다시 돌아가기 시작했다.

　"초등학교에 입학한 뒤로 제 별명은 전화번호부가 되었답니다. 누군가가 저한테 한번 말해준 전화번호는 절대 잊어버리지 않았기 때문이죠. 물론 지금까지도 모든 전화번호를 기억하고 있답니다. 초등학교 때, 처음 제가 외운 전화번호까지 모두 기억한답니다. 1학년 1반 1번 이미라스 기니 02-999-0909. 그 당시, 키가 132cm였답니다. 물론 얼굴은 전혀 기억이 나지 않지만요. 제가 공식 전화번호부가 된 뒤로 친구들은

---

8) 언뜻 보면 다 비슷한 색의 개미들도 자세히 보면 다양한 색을 지니고 있다. 가장 흔한 검은색 개미나 황토색 개미뿐만 아니라 지역에 따라 빨간 개미, 파란 개미도 있으며, 다양한 색의 개미가 서로 교미를 해 또 다른 색의 개미가 태어나기도 한다. 하지만 개미들 사이에서 색은 아무런 의미도 지니지 않는다. 개미들은 원천적으로 색을 구별하지 못하기 때문이다. 박진용 저, 『우리가 알지 못하는 개미의 세계』(서울 : 누노, 1997) p 31.

전화번호를 외우지 않았답니다. 전 처음에는 제 주변의 친구들 번호를 외웠고, 2학년이 되어서는 학년 전체의 전화번호를 외어야 했고, 4학년 때는 전교생의 전화번호를 5학년 때부터는 선생님들 번호는 물론이고, 학교와 관련 있는 단체들 전화번호까지 완전히 외웠답니다. 물론 내선번호도 포함해서요. 친구들은 물론이고, 선생님들까지 제게 수많은 번호를 물어봤답니다. 심지어 후배들도 제게 전화번호를 묻곤 했죠. 학창시절, 저는 문자보다 숫자로 된 말을 한 10배 정도 많이 했을 겁니다. 친구들과의 대화도 대부분 숫자로만 했으니까요. 아무튼 덕분에 전 학교에서 아주 유명해지긴 했답니다. 하교 후에도 적게는 대여섯 통, 많게는 수십 통의 전화번호 문의를 받았답니다. 그 때문에 우리집 전화는 늘 북새통이었답니다. 초등학교 입학 전까지 절 자랑스럽게 생각하시던 부모님도 그 무렵부터 저를 서서히 미워하시기 시작했답니다. 항시 어머니께서 제게 하시던 말씀이 생각납니다. "아들 하나 있는 게 전화번호나 알려주고 앉아있으니 공부는 언제 하나? 아이고, 속 터져." 아버지도 거드셨습니다. "저 머리로 공부하면 좀 좋아. 왜 전화번호만 외우고 다니냐!" 아버지, 어머니 이 머리로 할 수 있는 것은 숫자 외우기밖에 없답니다. 그래서

너무 죄송합니다.”

　그의 눈에 눈물이 맺혔다. 눈물은 똑똑똑 세 방울 떨어졌다. 그는 레코더를 잠시 정지시키고 핸드폰을 찾았다. 어머니의 목소리가 듣고 싶어서. 그러나 친구와 통화를 마친 뒤, 핸드폰을 어디에 두었는지 도통 기억이 나지 않았다. 거실에 나가 보았으나 여전히 핸드폰은 보이지 않았다. 냉장고 안에도 물론 없었다. 20분 정도 핸드폰을 찾다가 다시 자리에 앉았다. 핸드폰은 그가 앉아있던 자리 바로 옆에 가지런히 놓여있었다. 그는 핸드폰을 찾긴 찾았으나, 왜 핸드폰을 찾았는지를 잊었다. 핸드폰 주위에 빨간 개미 한 마리가 서성였다. 그는 다시 녹음 버튼을 눌렀다.

　“아아, 예 그런 식으로 학창시절을 쭉 보냈습니다. 전 스스로 제 인생을 전화번호부 인생이라고 불렀지요. 이런 저를 보고 친구들을 저를 위한 노래도 만들어주었답니다. ‘나는야, 외로운 전화번호부! 전화번호가 없으면 난 정말 외로울 거야.’ 뭐 그런 식의 노래였습니다. 물론 제가 전화번호만 외우고 있는 것은 아니었습니다. 주민번호나 차량번호도 아주 기차게 외웠습니다. 물론 번지수도 잘 외웠답니다. 아무튼 숫자에 관한 모든 것은 듣거나 보는 동시에 외워졌습니다. 의사 선생님들은 제가 가진 능력을 병이라고 진단하셨습니다. '다수강박암기증'이라는 병이랍니다. 그리고 저 같은 사람들이 감호되어 있는 '수치기억인' 병동도 있다고 했습니다. 숫자에 관해 강한 강박이 있어 그것을 다 암기해버리는 환자들이 모여 사는 곳이죠. 신문에서 보니, 그곳에서는 숫자를 하나도 쓸 수 없다고 하더라고요. 예를 들면 1층, 1층이라는 말 대신 비둘기층, 뻐꾸기층이라고 한다는군요. 모든 것이 문자화되어 있어서, 그곳에서 오랫동안 생활을 하면 수치기억능력이 보통 사람 수준으로 내려갈 수도 있데요. 물론 그런 경우가 드물기는 하지만. 여하튼 아직 이 병에 대한 정확한 원인은 밝혀지지 않았다고 합니다. 일상생활에 큰 지장이 없다면 일반인들과 함께 사회에서 어울리는 것이 좋다고 말하더군요. 아직 의사 선생님들께서 제 병의 심각성을 모르시기에 그런 말씀을 하시는 것이겠죠. 물론 그렇다고 제가 병동에 가고 싶다는 말도 아닙니다. 이래나 저래나 저의 전화번호부 인생은 계속 이어졌습니다. 친구들, 선후배들, 친척들, 이웃들이 항상 저에게 많은 도움을 청했습니다. 단지 숫자에 대해 무언가를 물어보기 위해서요.”

방바닥에 있던 그의 핸드폰에서 신호음이 울렸다. 빨간 개미는 놀라 순식간에 어디론가 사라졌다. 목소리가 굵었다. 그의 큰아버지였다. 정확히 얘기하자면 아버지의 14촌 형님, 그와는 15촌 관계인 큰아버지의 전화였다. 그는 큰아버지와 통화를 했다. 큰아버지는(정확히 말하자면 그의 16촌 형이었지만, 그냥 사촌이라고 부르는) 형의 여자 친구전화번호를 혹시 알고 있냐고 물었다. 그는 지난달 큰집에 갔을 때, 사촌형의 수첩에서 형의 여자 친구전화번호를 본 적이 있다고 말했다. 그러자 큰아버지는 그의 말이 다 끝나기도 전에 대뜸 비행기 화통을 삶아먹은 듯 큰소리로 전화번호를 알려 달라며 고함을 질렀다. 사촌형이 사흘째 집에 들어오지 않아서 걱정이 된다나. 그런데 여자 친구랑 같이 있는 것 같다나. 물론 그의 안부에 대해선 일체 묻지 않았다. 숫자에 대한 궁금증이 풀리면 그것으로 끝이었다. 나이가 적으나 많으나 다를 바 없었다. 큰아버지가 필요한 것은 오로지 숫자뿐. 11개의 숫자일 뿐. 그 이상도, 그 이하도 아니었다.

10분 후에 그의 전화가 다시 울렸다. 사촌형이었다. 사촌형의 목소리는 몹시 상기되어 있었다. 왜 여자 친구의 전화번호를 큰아버지에게 알려줬냐면서 소리를 지르는 사촌형. 그는 형에게 어디냐고 물었다. 형은 병원이라고 했다. 어느 병원이라고 묻자, 형은 알거 없다고 했다. 형은 개뻔강북에서 개뻔강남의 그그슈 대학으로 가려고 하는데, 버스 번호가 00-1인지 00-3인지 기억이 안 난다고 했다. 그는 00-2를 타라고 말했다. 00-2라는 말이 끝나기 무섭게 사촌형은 전화를 끊었다. 그는 순간 파란 개미를 생각했다. 그는 거실로 나가 TV 리모컨의 전원 버튼을 눌렀다. 앵커가 말쑥하게 차려입고 뉴스를 진행하고 있었다. 멀리 어떤 섬나라에서 발견된 새로운 종류의 양에 관한 소식을 전하고 있었다. 최근 동물학계는 그동안 발견되지 않았던 라이버스(Raybus)[9]라는 새로운 종의 양이 등장했다고 했다. 라이버스는 다른 양들과 달리 목이 길고 다리가 두껍다고 했다. 그는 라이버스를 보고 조금 놀랐다. 양 같으면서도 양이 아닌, 양이 아닌 것 같으면서도 양인 모습을 한 라이버스. 동물학자들은 라이버스가 다른 양들에 비

---

9) 라이버스가 기린과 양 사이에서 만들어진 개체라는 설도 있지만, 일반적이지는 않다. 대부분의 동물학자들은 라이버스를 단순한 돌연변이로 보고 있다. 라이버스의 겉모습은 다른 소목 솟과 양속의 동물들과 달리 긴 목을 가지고 있다. 하지만 양 무리 속에서 아무런 문제 없이 함께 지낸다. 도크나취 바르락 저, 가지원 역, 『양들의 외침』(서울 : 학원사, 2003) p 432.

해 멀리 볼 수 있고, 주력이 뛰어나지만 그 외 다른 특징은 없다고 했다. 일반 양들과도 잘 어울리며 아무런 탈 없이 살고 있다고. 하지만 라이버스에 관한 연구는 계속 이어지고 있다고 했다. 라이버스에 관한 뉴스를 본 뒤, 그는 방으로 들어가 녹음을 다시 시작했다. 텔레비전을 끄자, 옆집에서 음악 소리가 들렸다. 전형적인 아프리칸 팝 스타일이었다.

"전 아직 30년도 살지 않았습니다. 하지만 너무 지쳤습니다. 다른 사람의 전화번호부로 사는 것에 정말 지쳤습니다. 어디를 가든 사람들은 저를 찾지요. 처음에는 그것이 무척 행복했습니다. 남들을 위해 무언가를 할 수 있는 사람이구나, 라고 스스로 생각을 했지요. 하지만 그것은 저의 착각이었습니다. 그들이 필요한 것은 단지 숫자였습니다. 전화번호, 주민번호, 차량번호, 밀린 술값, 버스노선 같은 숫자일 뿐이었습니다. 숫자를 녹음했다가 다시 숫자를 내뱉는 녹음기 같은 인생, 전화번호부 같은 인생이 바로 저의 인생이었지요. 그런 모습으로 세상을 살고 싶은 사람이 몇이나 될까요? 있기나 할까요? 참으로 많은 고민을 했습니다. 누군가와 진지하게 제 인생에 대해 얘기하고 싶었습니다. 하지만 제겐 그런 기회가 주어지지 않았지요. 친구들은 물론이고 친척들까지도 저를 단지 전화번호부로 생각했기 때문입니다. 회사라는 곳에 취직해 일도 열심히 해보고 싶었습니다. 그러나 어떤 회사도 저를 받아주지 않았답니다. 제가 할 수 있는 것은 고작 전화번호를 달달 외우는 것인데, 그것이 필요한 곳은 그리 많지 않았기 때문입니다. 전화번호를 전문으로 안내해주는 회사는 전화번호 암기 이외에 너무 많은 능력을 요구했고, 대부분 회사의 교환수 자리는 자동응답기계가 대신하고 있었으니까요. 제가 할 수 있는 일은 없습니다. 제가 어울릴 수 있는 자리도 없습니다. 저는 제가 가지고 있는 유일한 능력인 숫자 외우는 능력을 저주합니다. 만약 제게 그런 능력이 없었다면, 전 평범하게 살았을 것입니다. 그럼 친구들도 저를 단지 전화번호부로만 이용하지 않았을 것이고, 그렇다면 함께 술동무로 어울렸을지도 모릅니다. 허나 지금 그렇게 생각한들 무슨 소용이 있겠습니까? 아무 소용이 없지요. 저의 죽음은 PDA나 전화번호부, 다이어리 판매 증가나 핸드폰 주소록 사용자의 증가를 만들 뿐입니다. 오히려 제가 죽음으로써 국가 경제에 작은 도움이 될 수 있겠지요. 그것이 외로운 전화번호부가 사라지면 발생하는 결과일 겁니다. 앵무새처럼 숫자를 줄줄 내뱉었던 삶을 이제 접으려고 합니다. 저의 능력이 사라지지 않는 한 계속 이런 인생이 이어질 테니까요. 가다키 구렁이처럼 몸을 돌돌 말고 편하게 죽고 싶습니다.”

그는 가다키 구렁이처럼 자신의 몸을 돌돌 말고 누웠다. 돌돌 말은 몸을 바닥에 몇 차례 굴린 뒤, 스르르 일어나 거실에 나와 다시 텔레비전을 켰다. 여전히 뉴스가 하고 있었다. 그를 따라 개미들이 따라왔다. 빨간 그리고 파란 개미들이 졸졸졸 따라왔다. 그는 다시 보이스 레코더 앞에 앉았다. 여전히 레코더에는 빨간 불이 깜박이고 있었다.

“죄송합니다. 특히 부모님께 죄송합니다. 그런 말이 있죠. 가장 큰 불효는 자식이 부모보다 먼저 죽는 것이라는. 정말 죄송합니다. 그리고 저를 아는 많은 분들, 이제 전화번호는 직접 외우고 다니시거나 잘 적어놓고 다니세요. 물론 핸드폰이나 전자수첩, PDA에 입력하셔도 좋고요. 그런 것들을 사용하지 못하시거나 구매할 능력이 안 되시는 분들은 메모를 하세요. 머리가 안 되면 메모를 하면 됩니다. “메모하는 습관만큼 가치 있는 습관은 없다”는 칼스텍 리셀버그의 명언을 기억하세요. 이제 각설하고, 외로운 전화번호부는 이만 자폭하겠습니다. 자폭이요!"

'폭'이라는 말과 동시에 그는 보이스 레코더의 전원 버튼을 눌렀다. 레코더는 완전히 멈췄다. 여전히 뉴스는 방영되었고 친구는 A, F, V와 함께 술을 마시며 그의 놀라운 기억력에 대한 이야기를 했다. 그에 대한 이야기는 마치 슈퍼 히어로에 대한 추억담처럼 거창하고 장황해졌다. 친구들은 그를 자랑스럽게 생각했고, 한편으로는 몹시 부러워하고 있었다. 큰아버지는 그 덕분에 사촌형의 행방을 찾아서 다행이라며 그의 아버지에게 전화를 했으며, 그의 아버지는 요즘 그가 취업이 되지 않아 고민이 많은 것 같다면서 걱정하셨다. 큰아버지는 너무 걱정하지 말라면서 자신도 그의 일자리를 찾아보겠다고 선뜻 대답했다. 사촌형은 병원에서 집으로 돌아가는 길에 그에게 전화를 했다. 신호가 갔지만 그는 전화를 받지 않았다.

그는 보이스 레코더를 들고 발코니로 나갔다. 창을 열자, 바람이 강하게 불었다. 그라산이 눈앞에 보였다. 보이스 레코더를 바닥에 내려놓고, 그는 뛰어내릴 준비를 했다. 방에 있던 그의 핸드폰은 계속 울렸고, 큰아버지는 아버지와 통화 중이었고, 아버지는 그를 걱정하고 있었고, 친구들은 그에 관한 이야기를 하고 있었고, 뉴스는 여전히 방영되고 있었으며 그는 발코니 밖으로 몸을 던졌다. 바람은 강하게 불었고, 발코니 바닥에 놓인 보이스 레코더는 강한 바람에 발코니 밖으로 날아갔다. 그는 옆집의 즈라라리 할머니가 주차해둔 자동차 위로 떨어졌다. 보이스 레코더는 화단 위에 떨어져 산산조각이 났다. 조각 난 레코더는 차로로 튕겨져 나갔다. 차 위에 떨어진 그는 대(大)자로 뻗었다. 대자로 뻗어 하늘을 보았다. 파란 하늘이었다. 아주 파란. 차 안에서 누군가가 나왔다. 즈라라리 할머니였다. 할머니는 찌그러진 차에서 나오자마자 그에게 화부터 냈다. 왜 남의 차 위에서 누워있냐고, 찌그러진 것은 어쩔 거냐고. 그는 난감한 표정을 지었다.

뉴스는 어느덧 마지막 꼭지를 소개하고 있었다. '다수강박암기증'의 치료법이 발견되었다는 소식이었다. 그동안 숫자만 기억하던 '다수강박암기증' 환자들은 앞으로 코르토스트로켄이라는 약품 투여를 통해 숫자에 대한 강박을 줄일 수 있게 되었으며, 숫자에만 국한된 암기력을 다른 분야로 확대, 응용시킬 수 있게 되었다고 발표했다. 일부 학자들은 3년 안에 숫자만을 암기하는 '다수강박암기증' 환자들을 일정한 치료 혹은 간단한 시술을 통해 숫자뿐만 아니라 자신이 원하는 것을 선별적으로 암기할 수 있는 능력의 사람으로 만드는 것도 가능하다고 전망했다. 그렇게 된다면 그들은 환자에서 천재나 수재가 될 수도 있을 것이라고 덧붙였다. 화면에서 수치기억인 병동을 보여줬다. 수치기억인들이 기쁨의 눈물을 흘리고 있었다. 다들 해방과 감동의 눈물을 흘리고 있었다.

차량이 찌그러진 소동 때문에 사람들이 모이기 시작했다. 20여 년 전 반상회처럼 산 너머에서도 사람들이 몰리기 시작했다. 그는 여전히 파란 하늘을 보고 있었다. 누군가 병원에 전화를 했고, 구급차가 시끄럽게 사이렌을 울리며 사건 장소로 달려왔다. 그는 자신이 죽지 않았다는 것을 깨달았다. 외상도 거의 없다는 사실도 알게 되었다. 하지만 툭툭 털고 일어나면 안 된다는 것도 알고 있었다. 아버지와 어머니 얼굴이 떠올랐다. 아버지의 목소리가 듣고 싶었다. 전화를 걸어야겠다고 생각했다. 하지만 어처구니없게도 아버지 핸드폰 번호가 떠오르지 않았다. 사무실 번호 또한 기억나지 않았다. 그는 들것에 실렸다. 그를 실은 구급차는 시끄러운 사이렌을 울리며 병원을 향해 달렸다. 즈라라리 할머니는 보험회사에 전화를 했다. 그의 망가진 보이스 레코더의 일부가 차로에 홀로 누워있었다. 그를 실은 구급차의 타이어에 보이스 레코더가 짓눌렸다. 보이스 레코더는 말없이 짓눌렸다.

뉴스는 다음날의 날씨를 전했다. 앵커는 마지막 멘트로 수치기억인들에게 행복한 일이 생겨서 자신도 행복하다는 거짓말을 했다. 구급차 운전기사는 흥겨운 랩을 듣고 있었다.

"요! 어떤 이는 말하지….."

구급차는 랩 리듬에 맞춰 신나게 병원을 향해 달렸다. 쌩쌩쌩.

巨大性器人

거대성기인

··· 힙합청년의 슬픈 래핑(rapping)

intro

요! 어떤 이는 말하지. 자고로 남자는 물건이 커야 한다지. 그건 정말 모르는 말씀이야. 남자가 물건 크면 골치만 아파야. 남자가 물건 크면 병원에 가야해. 하지만 다른 이는 또 말하지. 작은 물건 가진 사람이야말로 병원에 가야 한다지. 병원은 그들을 위한 것이라고. 그러나 난 그렇게 생각하지 않고, 난 그들 의견에 반대하고, 난 그들의 적대자야. 하지만 세상은 그렇지 않네. 사람들은 큰 물건을 원해. 남자들은 정말 큰 물건만 원해. 그러면 난 슬퍼. 난 정말 슬퍼. 내일 아침 황색 신문을 사 봐. 그럼, 정말 확실히 알게 될 거야. 남자들이 얼마나 큰 물건을 원하는지. 전신만신 성기확대 수술 광고야. 이곳 저곳 음경확대 수술 광고야. 성기 커지면 자신감 생긴다야. 음경 커지면 당당할 수 있다고야. 물건 커지면 여자들 환장한다고. 다들 착각하고 있고, 그건 헛소리고. 그건 오(5)해야! 그건 육(6)해야! 그건 칠(7)해야! 그건 손해야! 그건 자해야! 물건 작은 사람들 착각을 하지. 물건 작은 남자들 이해 못 하지. 물건 작은 사람들 너무 집착해. 너무 집착해. 너무 안 침착해. 침착해. 집착하지 말고 침착해. 이제부터 내 얘기를 해 줄 테니. 잘 들어 봐. 물건 큰 사람의 비애야. 정말 피해야. 정말 손해야. 물건 크면 정말 손해야. 정말 피해야. 정말 비애 야. 지금부터 들어간다. 물건 큰 사람의 슬픈 노래가 슬픈 리 듬이 슬픈 래핑이. 자, 이제 들어간다야.

track01_birth

난 원래 태어날 때부터 장군감! 정말 대단한 자랑감! 정말 놀라운 신랑감! 정말로 단단한 신랑감! 산부인과 동기들이 네 대여섯 근 할 때, 난 무려 여덟 근이나 했지. 그중에 한 근이 물건 무게. 정말 놀라게. 그중에 한 근이 물건의 무게. 한 근

육백 그램이나 하지. 삐쩍 마른 우리 엄마, 나를 보더니 장군
났다고 춤을 추셨지. 장군감이라 거품 무셨지. 좋아하셨지.
지랄하셨지. 발광하셨지. 내 몸뚱이에 고추 달린 것 보고, 우
리 할머니 춤을 추셨지. 거품 무셨지. 절라 좋아하셨지. 발광
하셨지. 나 역시 정말 신났지. 좋아 죽었지. 지랄을 했지. 염
병도 했지. 발광도 했지. 땡깡도 부렸지. 하지만 뭐니 뭐니 해
도 장안의 화젠 나의 물건이었지. 정말 놀랬지. 정말 컸기에,
정말 길기에, 정말 굵기에, 정말 굳기에, 정말 멋지기에, 신생
아실에 누워있는 날 보고 다들 놀랬지. 침을 흘렸지 질질 흘
렸지. 침을 줄줄 쏟았지. 산부인과 동기, 동네 꼬마들, 간호사
누나들, 병문안 아줌마, 청소부 아줌마, 꼬부랑 할머니 다들
놀랬지. 침을 흘렸지. 질질 흘렸지. 잘도 흘렸지. 그중에 가장
놀란 건 아부지. 아부지였어. 정말, 아부지였다고. 아부지는
나를 보고 사진 찍었지. 생후 3일 된 자식의 고추를 찍었지.
고추만 찍었지. 믿을 수 없다며, 참을 수 없다며, 그냥 둘 수
없다며, 자기 거보다 크다며, 정말이라며, 황당하다며, 사진
을 찍었지. 마구 찍었지. 그리고 안방에다 걸었지. 당당하게
걸었지. 가보로 칭했지. 놀라버렸지. 친척들도 놀라고, 엄마
도 놀라고, 아부지도 놀라고, 할아버지도 놀라고, 할머니도

놀라고, 사돈 팔촌 놀라고, 사돈 팔촌 친구의 칠촌 다같이 놀
랐지. 내 물건 보고 놀라고, 아부지 행동에 놀라고, 다들 놀라
고, 다들 놀리고, 난리가 났지. 난리가 났어. 놀라고, 놀리고!
놀라고, 놀리고!

track02_river

내 나이 네 살 때, 나 처음 개뻘강 상류에 가 목욕을 했지.
사람이 많았지. 물도 맑았지. 마음도 맑았지. 햇볕도 밝았지.
아부지랑 갔어. 손잡고 갔어. 망고 우유 한 통 얻어먹으러 갔
어. 싫지만, 죽기보다 싫지만, 우유 한 통 얻어먹어 보겠다고
졸졸졸 갔어. 따라서 갔어. 철없이 갔어. 철부지였어. 그때,
다시 알게 되었지. 내 물건이 크다는 사실을. 정말 놀랍다는
사실을. 정말 대왕이라는 사실을. 정말 타의추종 불허한다는
사실을. 그때 진짜 알게 되었지! 비로소 알게 되었지! 마침내
알게 되었지! 황홀했었어. 황당했었어. 당황했었어. 내 건 이
미 남들의 두 배. 건강한 성인 물건의 두 배. 내 나이는 그 당
시 네 살, 만으로 세 살, 정확히 33개월. 사람들, 날 봤지. 내
물건만 봤지. 눈여겨봤지. 볼 만했지. 내 물건 보고 명기라 했
지. 부러워했지. 혀 내둘렀지. 구경거리 됐지. 난 괜찮았지.

그러나 우리 아부지 어쩔 줄 몰랐지. 왜소한 아부지 물건, 더 작아졌지. 볼품이 없었지. 쪼그라들었지. 그 후로 난 알게 되었어. 내 것이 세상에서 제일 크다는 것을. 내 거야말로 자랑할 만하다는 것을. 내 물건이 국가대표급이라는 것을. 내 물건은 기네스 감이야. 사람들은 말했지. 개뼌강에 물이 흐른 뒤, 처음이라고. 그라산이 화산 폭발한 후로, 처음이라고. 난 최초야. 최고야. 최장이야. 이러다가 정말, 그라산보다 커지겠다고. 그라다가 정말, 그라산보다 높아지겠다고.

track03_school

난 학교에 갔지. 배우러 갔지. 알고 싶어서, 그래서 갔지. 정말 알고 싶었어. 내가 정상인지? 아니면 비정상인지? 내가 얼마나 큰 건지? 작은 건지? 다시 확인하면, 안 되는 건지? 이걸 어떻게 쓰는지 쓸 수 있는지? 문제는 없는지? 궁금했지. 그래서 갔지. 학교에 갔지. 배우러 갔지. 배우고 싶었지. 그래서 갔지. 선생은 몰랐지. 내 물건이 얼마나 큰지. 본 적도 없었지. 묻지도 않았지. 관심도 없었지. 눈치도 없었지. 코치도 없었지. 귀치도 없었지. 선생은 몰랐지. 정말로 몰랐지. 하지만 학생들 달랐지. 그들은 달랐지. 눈치가 빨랐지. 관심도 있었지. 묻기 전 알기도 했지. 물론 본 적도 있었지. 내 물건을 보였지. 관심이 있었지. 너무나 있었지. 소문이 났지. 1반에서 2반으로, 2반에서 12반까지, 1학년에서 2학년으로, 2학년에서 3학년까지, 남자부터 여자까지. 소문이 났지. 금세 났지. 난 유명인사 됐지. 그래서 떴지. 그래서 떴지. 그래서 알았지. 내 물건이 대단하다는 걸. 대단하지. 다시금 알았지. 다시금 알았지. 그들이 말하지. 난 정말 최고! 넌 정말 최고! 그들이 말하지. 나만한 놈 없다지. 나만한 좆, 없다지! 그들이 말하지!

track04_travel

자나 깨나 내 얘기, 깨나 자나 내 얘기, 그들은 내 얘기, 학생들 내 얘기, 선생들 딴 얘기. 그게 나의 학창시절. 내 물건은 연예인. 나도 같이 연예인. 나는야, 유명인. 내 물건은 유명 좆. 난 항상 힙합바지를 입었지. 교복도 힙합. 체육복도 힙합. 사복도 힙합. 잠옷도 힙합. 힙합이 좋아. 힙합이 좋아. 힙합바지를 입은 건, 물건이 커서야. 쫄바지 입으면, 뽀대가 안 나. 물건이 크니까, 보기가 흉해. 그래서 힙합, 언제나 힙합. 힙합이 좋아. 뽀대가 잘 나. 꼴려도 덜 티나. 꼴려도 좋

아. 커져도 안전! 쫄바진 터져! 쫄바진 찢어져! 힙합은 오키! 우리의 힙합! 날 위한 힙합. 좆 위한 힙합. 선생들은 그것도 몰라. 지랄을 하지. 내 물건 커서, 힙합을 입는데, 무조건 구박해. 교복 찢어질까 봐, 힙합을 입는데, 무조건 욕해. 그들은 때려. 그들은 괴롭혀. 물건도 작아. 그래서 날 때려. 힙합도 모르며, 때려. 힙합의 아픔 모르면서, 때려. 물건이 커서, 찢어진 바지가 백 벌. 바지 값도 없어. 아무도 안 줘. 그러면서 때려. 힙합을 반대. 힙합이 어때서? 깔끔깔쌈한데. 힙합이 어때서? 물건 커도 좋은데. 그래서 내 별명, 힙합 물건. 힙합 물건이라 했지. 수학여행 가서, 여장을 했어. 친구들이 하랬어. 나더라 하랬어. 여장을 말이야. 나더라 하랬어. 난 물건이 커서, 할 수가 없다. 물건이 커서, 쫄바지를 못 입어. 안 되서 치마를 입었어. 치마를 입자고, 치마를 입으면 티 나지 않는다. 나도 좋다. 바보처럼 그랬어. 병신처럼 그랬어. 찐따처럼 그랬어. 치마를 입고, 여장을 했지. 화장도 하고, 풍선도 넣고, 가발도 쓰고, 치마도 입고, 여자처럼 보였어. 의외로 이뻤어. 의외로 흥분돼. 무대 오르기 전, 모두 다 완벽해. 마음이 뿌듯해. 가슴이 풍만해. 기분이 좋아. 분위기 좋아. 설레는 마음. 아무튼 좋아. 그런데 문제가 생기고 말았지. 내

앞에 준비한 여자들 말이지, 타이즈 입었지. 에어로빅 했지. 타이즈 입고, 에어로빅 하고, 얼마나 섹시한 안무를 하던지, 어찌나 야한 동작을 하던지, 서서히 발정돼. 서서히 발기돼. 점점점 커지네. 작아지지 않고. 그것도 모르고, 친구들 날 밀어. 무대 위로 밀어. 내 물건 커지고, 딱딱해지는데, 참으려할수록 타이즈 생각나. 딴생각할수록 점점 더 커지네. 잊으려 할수록 안무가 생각나. 지우려 할수록 물건은 커지네. 물건이 커져서, 팬티가 찢어져. 팬티가 찢어져. 치마가 올라가. 치마가 올라가. 관객들 쓰려져. 관객들 쓰려져. 학생들 난리나. 학생들 난리나. 선생들 지랄해. 모두들 발광해. 수학여행 망쳤네. 학교에 돌아와. 정학을 먹었네. 물건이 커져서, 정학을 먹었네. 물건이 안 줄어, 정학을 먹었네. 창피해 죽는데, 정학을 먹었네. 타이즈 때문에, 정학을 먹었네. 여장을 하다가, 정학을 먹었네. 물건이 너무 커져서, 정학을 먹었네. 상상도 못했지. 물건 커서, 학교에 못 갔어. 개뻘강 갔어. 강물을 보면서, 떨어지고 싶었지. 용기가 없었지. 그라산 올라가, 하늘을 보았지. 마을을 보았지. 마을을 보면서, 절벽을 찾았지. 절벽은 없었지. 절벽이 있다면, 떨어지려 했지. 죽지도 못했지. 자지만 탓했지.

track05_hospital

스무 살 되어서, 성인이 되어서, 병원에 갔다네. 물건이 너무 커, 수술을 받으러, 병원에 갔다네. 10분의 1로 만들어 달라고, 병원에 가니까, 황당해 하더군. 나 같은 인간은 첨으로 본다고, 황당해 하더군. 놀라워하더군. 10분의 1 되어도 너무나 크다고, 수술을 거부해. 다들 너무해. 10분의 1 만들기도 힘들어 해. 수술 거부 했다네. 의사들이 했다네. 축소수술 있지도 않다고, 거부를 했다네. 도망을 갔다네. 의사들이 보고서, 도망을 갔다네. 하지만 간호사, 도망을 안 가네. 달려와, 구경을 했다네. 신기해 한다네. 이것이 뭐시냐? 묻기도 한다네. 동료들 불러서, 토론도 한다네. 내 물건 가지고, 토론도 한다네. 고개를 숙이고, 병원을 나왔지. 고개를 떨구며, 병원을 나왔지. 내 뒤에 써 있는, 병원의 간판. 고개를 들어라! 남자들이여! 자신감을 가져라! 남자들이여! 수술을 하러, 여기저기 다녔지. 하지만 모두들 수술을 못했지. 소문만 났지. 전화가 왔어. 배우를 하라고, 전화만 왔어. 이곳 저곳 전화가 왔어. 할리우드에서 왔어. 쌀라쌀라 하더군. 무슨 말인지 몰라. 얘기를 못했어. 인도에서도 전화가 왔어. 배우를 하라고, 전화가 왔어. 일본에서 왔어. 어쩌고저쩌고. 역시 알아듣지

못해, 무슨 말인지 몰라, 얘기를 못했어. 대답을 못했어. 배우
는 싫어. 연기를 못해, 공인은 싫어. 연예인 싫어. 그래도 전
화는 계속해서 왔지: 부기나이트 되라고, 부기나이트 좋다고,
돈과 명예 준다고, 명예는 못 줘도, 돈과 여자 준다고, 꼬시기
도 했어. 돈과 여자 준다고, 모델도 하라고, 전화도 왔어. 사
진만 찍으면, 돈 많이 준다나? 하지만 싫었어. 옷 벗기가 싫었
어. 힙합을 여전히 입고 싶었기 때문에. 옷 벗기가 싫었어. 사
진이 싫어. 옷 벗기가 싫어. 힙합이 좋아!

track06_military

이것저것 싫어서, 군대에 갔지. 자원을 했어. 군대에 가면,
배우 되란 말도, 모델 되란 말도, 하지 않을 테니, 군대에 갔
어. 맘먹고 갔어. 빡세게 군생활하면서, 돈도 벌고, 금욕도 하
려고, 진짜 어른 되려고, 군대에 갔어. 군대에 갔지만, 어른은
안 됐지. 이놈 저놈이 불러서, 내 물건을 만졌지. 가지고 놀았
지. 때리기도 하고, 사진도 찍고, 소문도 내고, 장난도 치고,
수난의 시대. 악몽의 시기. 울분의 기간. 절망의 추억. 군대가
싫어! 군대는 미워! 군대가 때려! 물건을 때려! 내 몸을 때려!
내 맘을 때려! 탈영을 했어! 산과 물을 건너, 군복을 입고, 탈

영을 했지. 군복이 내겐 너무 안 맞아. 군복은 너무 쫙 달라붙었지. 물건이 커져, 도주가 힘들지. 군복이 찢어져, 도망이 괴롭지. 걸리고 말았어. 군복을 입어서, 힙합을 입었다면, 그리고 도망을 갔다면, 걸리진 않았겠지. 잘 도망가겠지. 걸리지 않고, 탈영을 했겠지. 영창에 가서, 고생을 했지. 군병원 가서, 수술도 하려고 입원을 했어. 하지만 못했어. 군인 정신도 안 돼! 악으로도 안 돼! 깡으로도 안 돼! 내 물건은 아무도 만질 수가 없어. 내 물건은 비무장지대. 내 물건은 소도. 내 물건은 성지. 내 물건은 신성불가침. 적군도 포기. 아군도 포기. 내란자도 포기. 정복자도 포기. 모두들 포기!

track07_meeting

군인이 못 되서, 감옥에서 나와서, 취직을 했지. 일을 했지. 돈도 벌었지. 돈을 버니까, 여자도 있었지. 얼굴도 반반, 몸매도 쭉쭉, 성격도 짱짱, 마음도 싹싹. 마음에 들었어. 걔도 내가 맘에 들었데. 우리 자주 만났지. 우리 매일 만났지. 차도 마시고, 물도 마시고, 침도 마시고, 영화도 보고, 만화도 보고, 가슴도 보고, 놀이동산도 가고, 바다도 가고, 산에도 가고, 공원도 가고, 산책도 하고, 운동도 하고, 키스도 하고,

우린 정말 좋았어. 좋아 죽고 싶었지. 죽기엔 너무 젊었지. 그래서 계속 살았지. 둘이 좋게 살았지. 서로 좋아 죽었지. 정말 너무 좋았어. 너무나도 좋았어. 너무나도 기뻤어. 우리 만난 지 백 일째, 나는 선물을 했어. 장미꽃 백 송이 산 것은 아니야. 기른 것도 아니야. 내 직접 만들어 내 손으로 만들어. 걜 위해 만들어. 걔만을 위해서 손으로 만들어. 종이 공예 배워서, 직접 손으로 만들어. 걘 너무 좋지. 감동을 했지. 카페에 앉아, 눈물을 흘렸지. 눈물을 흘리다, 웃기도 했지. 웃기도 하다가, 나에게 안겨 울기도 했지. 안겨서 울다가, 또다시 웃고, 엉덩이에 털 나고, 그래도 좋고, 그래도 좋고, 그래서 좋고, 그럼에도 좋고, 그러나 좋고, 아무튼 좋고, 여하튼 좋아. 하여튼 좋아!

track08_love

난 계속 힙합을 입었지. 여전히 내 물건 너무나 컸기에, 힙합이 최고. 힙합을 즐겨. 힙합만 입어. 힙합이 좋아. 걔도 힙합, 너무나 좋아해. 그래서 다행. 우리는 힙합. 우리는 커플. 우리는 힙커. 어느 날, 걔가 나에게 질문, 오빠는 힙합을 왜 좋아하냐고? 오빠는 왜 만날 힙합을 입냐고? 오빠 왜 항상 힙합만 듣냐고? 갑작스런 질문에, 어안이 벙벙. 대답을 못해. 가슴이 답답. 말하지 못해. 너무나 답답. 걔 질문하고, 대답을 기다려. 난 아무런 말조차 못해. 하지만 여전히, 걘 대답 기다려. 난 몹시 당황, 난 절라 황당, 한 시간 동안, 아무 말 못해. 내 물건 커서 힙합을 입는다. 그러다 보니까 힙합이 좋다. 그 말을 못해. 그 말이 힘들어. 입이 안 열려. 그 말을 하면, 도망을 갈 거야. 내 물건 보면, 기겁을 할 거야. 내 사연 들으면, 다시는 못 볼 거야. 정말로 고민. 정말로 고생. 정말로 고뇌. 정말로 걱정. 정말로 근심. 아무런 말을 못하는 나에게 걔가 다가오네. 내 옆에 오네. 키스를 하네. 내 혀를 빠네. 내 다릴 만지네. 내 허리 더듬네. 내 물건 커지네, 악몽이 떠올라. 수학여행 떠올라. 딴 생각하네. 그래도 안 되네. 점점 더 커지네. 물건이 커지네. 치마가 올라가는 악몽이 떠올라. 걔 깜짝 놀라네. 내 물건 느끼네. 오빠, 이게 모야? 놀라서 묻네. 오빠, 이게 모야? 기겁하며, 묻네. 난 이제야, 힙합 사연 말하네. 어쩔 수 없어, 힙합 사연 말하네. 내가 힙합바지 입는 이유, 어쩔 수 없이 사실을 말하네. 말하기 싫지만, 진실을 말하네. 참고만 싶지만, 고백을 한다네. 어쩔 수 없네. 방법이 없네. 피할 수 없네. 갈 길이 없네. 솔직해지네!

track09_separation

난 살짝 물건 보여주고 말았네. 걘 내 물건 보고, 기절하고 말았네. 졸도하고 말았네. 아무리 때려도, 일어나지 않았네. 난 정말 놀랐네. 난 정말 떨었네. 덜덜덜 떨었네. 졸졸졸 쫄았네. 병원에 가서, 걘 눈을 떴네. 내 얼굴 보고, 웃고만 있네. 하지만 그 웃음 마지막 같네. 난 가슴이 떨려, 아무 말 못하네. 걔 또한 떨려. 아무 말 못하네. 사흘 동안이나 집엘 못 갔네. 병원에서 걜, 간호했다네. 집에서 전화, 무지하게 왔네. 그래도 전화 한 통도 안 받네. 아부지 무섭지만, 그래도 안 했네. 사흘째 되는 날, 걘 내게 말했지. 사흘째 되는 날, 걘 내게 고백했지. 오빠 정말 미안하다고, 오빠 정말 용서해 달라고. 난 아무 말 못 들은 척했네. 아직도 힙합. 여전히 힙합. 집에 연락 안 했지. 그래도 걘 나에게 말했네. 미안하다고, 용서해 달라고. 내 물건 커서, 너무나 싫다고. 내 물건 커서, 너무나 무섭다고! 그렇게 꼭 집어 말하진 않아도, 난 이미 알았지. 난 벌써 알았지. 아부지는 걔한테 전화했지. 소리를 질렀지. 뭐 하는 거냐고? 아부지는 걔를 무지 싫어했지. 걔도 나를 무지 싫어했지. 걔도 내 물건, 무지 싫어했지. 난 집으로 갔지. 걔 두고 갔지. 난 집으로 향했지. 버리고 갔지. 집에 오는 길이

기억나지 않았어. 버스를 탈까? 기차를 탈까? 하늘이 빙빙! 땅바닥 울렁! 마음이 울적! 속이 뒤틀! 그래도 걸었지. 정류장에 왔지. 00-1인지? 00-3인지? 기억이 안 나지. 몇 번이 집으로 가는지. 기억이 안 나지. 전화를 했지. 동생이 받았지. 버스번호 물었지. 00-2를 타라고 했지. 버스를 탔지. 집으로 갔지. 집으로 가야지. 눈물이 났어. 콧물도 났어. 00-2 버스에 사람도 많아, 그래도 울어. 그래도 울어. 눈물이 났기에, 콧물이 났기에, 하염없이 울었지. 내려서도 울어. 정신없이 울어. 집에서도 울어. 방에서도 울어. 아부지 앞에서도 울어. 힙합바지 벗으면서도 울어. 물건 보고 울어. 거울 보고 울어. 걔 생각나서 마구마구 울어. 억울해서 울어. 울고 싶어. 울기 싫어 울어. 울고 나서 울어!

outro

요! 어떤 이는 말하지. 자고로 남자는 물건이 커야 한다지. 그건 정말 모르는 말씀이야. 남자가 물건 크면, 골치만 아파야. 이 얘기 듣고도, 어떤 이는 말하지. 자고로 남자는 물건이 커야 한다고. 그건 정말 모르는 말씀이야. 남자가 물건 크면, 골치만 아파야. 남자가 물건 크면, 병원에 가야해. 하지만 다른 이는 또 말하지. 작은 물건 가진 사람이야말로, 병원에 가야 한다고. 병원은 그들을 위한 것이라고. 그러나 난 그렇게 생각하지 않아. 난 그들과는 반대야! 난 그들의 적대자야! 하지만 세상은 그렇지 않네. 사람들은 큰 물건을 원해! 하지만 너무 크면 싫어해. 괴물처럼 바라봐. 그러면 난 슬퍼. 난 정말 슬퍼. 하지만 일어나. 다시금 일어나. 그것이 힙합이야. 나 불사조야. 기운이 나시나. 여자는 많아. 개미처럼 많아. 너무나 많아. 난 일어날 거야. 벌떡 일어날 거야. 문제가 없어. 기운이 난다. 다시 힘이 난다. 폴폴폴 난다. 폴폴폴 난다. 하늘 높이 난다. 훨훨훨 난다. 훨훨훨.

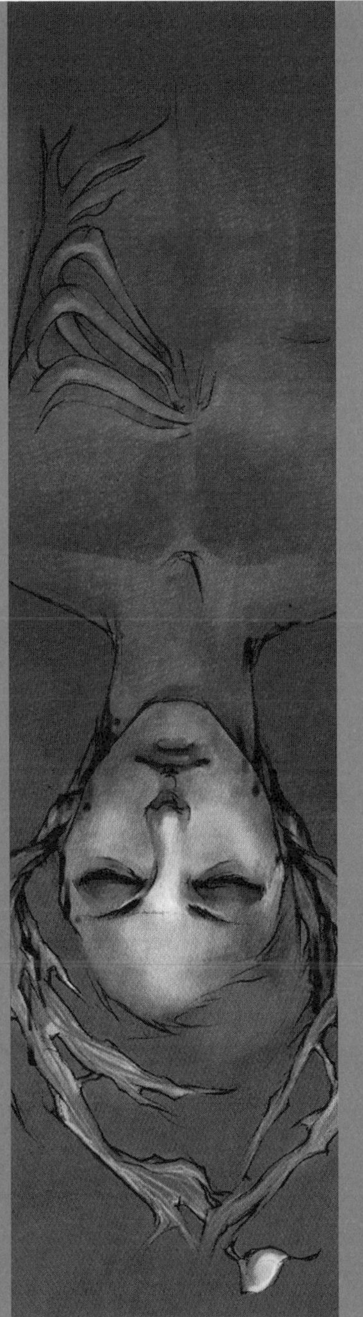

선별적청각마비인
選別的聽覺痲痹人

| 선별적청각마비인 |

··· 녀석은 듣지 못했다

　　대학교 1학년 때 만난 두 사람은 연애 초기에는 (혹은 초기에만) 정말 뜨겁게 사랑을 했다. 두 사람의 별명은 그라산 커플이었다. 활화산인 그라산의 용암같이 뜨겁게 연애한다는 의미에서 주위 사람들이 지어준 별명이었다. 둘의 사랑은 마치 시속 100km 이상으로 100km를 쉬지 않고 달려온 자동차의 보닛과 같이 뜨거운 사랑에 비견될 만했다. 둘은 만나자마자, 마치 시속 100km 이상으로 달려야만 하는 도로 위의 자동차처럼 빠르게, 멈추지도 않고 진도를 뽑았다. 흡사 브레이크를 잃은 자동차 같았다. 그렇게 100일, 200일, 300

일, 400일, 500일, 600일, 700일을 보냈다. 물론 800일도 보냈다. 마치 시속 100km의 속도와 그 열기는 영원히 그치지 않을 것 같았다. 하지만 둘이 만난 날이 백 단위에서 천 단위로 넘어 가기 바로 직전, 서서히 그들의 관계에 금이 가기 시작했다. 이유는 간단했다. 이유는 간단했다. R&B를 좋아하는 녀석은 그녀와 함께 있을 때마다 R&B만을 강요했기 때문이었다. 그녀도 R&B가 싫지는 않았지만 늘 같은 장르의 음악을 듣는 것에 조금 염증을 느꼈던 것이었다. 그녀가 느꼈던 싫증이 대단한 것은 아니었고, 그냥 일종의 투정이었다. 망사 스타킹만을 고집하던 사람도 가끔은 흰색 스타킹을 신을 수 있고, 스호쉬 고양이를 좋아하던 사람이 스호쉬 강아지에 손이 갈 수도 있고, 성녀만 좋아하던 남자가 창녀랑 자고 싶을 수도 있는 것이다. 그녀의 싫증은 말 그대로 싫증이었지 싫음은 아니었다. 하지만 녀석은 R&B의 거부가 자신을 향한 거부라고 착각을 했다. 하지만 그녀의 싫증은 중국음식을 즐겨 먹던 사람이 하루 정도 이탈리아 음식을 먹고 싶어진 것과 같은 이치였다. 하지만 녀석은 그녀를, 그녀의 싫증을 이해하지 못했다. 그런 탓에 둘의 관계는 변질되기 시작했다. 쉽게 말하자면 둘 간의 권태가 온 것인데, 녀석은 인정하지 않았고, 결국 녀석의 오해가 권태를 균열로 만들어버렸다. 그렇게 둘은 권태를 맞이했고 균열이 생기기 시작했다. 그 균열의 초기에서 그쳐야 할 관계를 진일보시킨 사람은 다름 아닌 그녀였다. R&B에 대한 염증이 생긴 그녀는 어느 날부터 녀석이 보기 싫다고 말해버렸다. 하지만 녀석은 그렇지 않다고 말했다. 녀석에게는 결정적 염증이 없었기에 계속 만나고 싶다고 했다. 물론 녀석도 일발의 권태를 느꼈지만, 그리고 그것을 인정했지만, 그녀의 R&B 거부에 대해 조금 실망도 했지만, 그 권태는 이보 전진을 위한 일보 후퇴라고 생각했다. 녀석은 그녀의 말을 믿지 않았다. 듣지 않았다. 그녀의 그런 반응을 단지 '잠시 쉬었다 가는 페이지' 혹은 다음 스테이지를 위한 '보너스 스테이지'라고 여겼다. 하지만 녀석의 여자 친구, 그녀가 느낀 권태는 균열을 조장할 만한 것이었다. 그녀의 연애사전에는 후퇴는 없었다. 후퇴는 곧 이별을 의미하는 것이었다. 칼스텍 리셀버그 전쟁철학[10]과도 비견될 만한 그녀의 연애철학, 거기엔 전진 또 전진만 있을 뿐이었다. R&B를 강요하는 남자

---

10) 칼스텍 리셀버그는 전쟁에서 이기는 방법은 전진만 하는 것이라고 했다. 이러란 전쟁철학은 나폴레옹의 그것과 유사하다. 하지만 리셀버그는 돌진은 더욱 강하게 그리고 패배를 빨리 인정해야 한다는 주장을 했다. 그래서 그의 전쟁철학은 '강하고 신속하게' 라고 요약하기도 한다. 문선아 저, 『칼스텍 리셀버그의 전쟁론』(부산 : 전쟁과 평화사, 2001) p 99.

친구 따위는 필요 없다면서, 차라리 아프리카 전통음악을 듣는 편이 나을 것 같다면서, 어쩌면 샹송이나 칸초네가 더 나을지도 모르겠다면서, 그녀는 녀석의 의견과는 상관없이 균열을 이별로 발전시켰다. 녀석은 물론 그것을 받아들일 수가 없었다. 녀석은 그녀에게 R&B를 포기하겠노라 선언했다. 함께 트로트나 엔카를 들어보자고 제안했다. 그에게 있어 R&B의 포기는 아버지의 포기와도 같았다. 하지만 그는 R&B를 포기했다. 더 이상 그녀 앞에서는 물론, 뒤에서도 R&B를 듣지 않겠다고 공언했다. 하지만 이별을 돌이킬 수 없었다. 민속음악을 듣는지, 샹송을 듣는지, 칸초네를 듣는지는 모르겠지만 그녀는 녀석의 곁을 떠났다. R&B가 이별의 이유인지, 아니면 핑계인지 알 수 없었다. 녀석에게 이별이 찾아온 것은 바로 대학교 3학년 때 일이었다.

녀석이 그녀와 헤어진 것도 그때였고, 녀석의 귀에 '좋은 말'만 들리기 시작한 것도 그때였다. 그녀는 떠났고, 녀석의 귀도 이상해졌는지, 그녀가 떠나자 혹은 떠나서, 녀석의 귀가 이상해졌는지는 알 수 없었지만. 녀석은 처음에 믿을 수 없다고 했었고, 나 역시 믿을 수 없었다. 항상 녀석 옆에 있었던 그녀가 사라졌다는 사실을, 녀석의 귀가 이상해졌다는 사실을. 균열이 이별이 된 지 100일 지난 뒤, 그녀에 관한 소문이 돌기 시작했다. 그녀는 다른 놈과 사귀고 있다고 했다. 그놈은 '힙합바지'라는 별명을 가진 놈이었는데, 별명처럼 항상 힙합바지만 입고 다닌다고 했다. 힙합바지를 입고 다녀서인지 놈은 힙합에 대한 식견도 놀라웠고, 항상 자신의 말을 랩으로 한다는 소문도 있었다. 힙합을 많이 듣지만 R&B도 이미 섭렵했다는 얘기도 있었다. 가장 무서운 소문은 놈의 성기가 어마어마해서 그 성기를 추종하는 여성 동지들이 어마어마하다는 것이었다. 게다가 그녀가 추종자 무리의 수장격이라는 설도 있었다. 난 녀석과 각별히 친했기 때문에 그런 그녀에 대한 소문에 아주 민감했다. 하지만 왠지 녀석은 세상 사람들이 다 알고 있는 그 소문에 대해 전혀 알지 못했다.

어느 날, 친구에게 전화가 왔다. 친구는 그녀와 힙합바지라는 놈이 함께 있는 것을 병원에서 봤다고 했다. 친구는 내게 호들갑을 떨면서 그 사실을 말해주었다. 내가 궁금한 것은 그녀가 왜 병원에 갔냐는 사실이었다. 그리고 내게 중요한 것은 내 친구, 녀석이 아직 그녀를 사랑하고 있다는 것이었다. 놈이 힙합을 좋아하든 재즈를 좋아하든 아무런 상관이 없었다. 난 녀석에게 달려가 이 사실을 일러주었다. 한참 동안 녀석을 앞에 앉혀놓고, 술 한잔 마시지 않고 말똥말똥한 눈으로 그녀가 '힙합바지'라는 놈과 사귀고 있다. 놈은 성기가 크다더라. 그리고 친구가 그러는데, 놈과 그녀가 함께 병원에 있다더라. 앞으로 어떡할래. 아픈지 어쩐지 전화라도 좀 해봐라, 라고 녀석에게 또렷하게 말했지만 녀석은 내가 말한 것을 전혀 듣지 못한 표정이었다. 그리고 녀석은 내게 의미심장한 표정을 지으면서 가다키 구렁이처럼 아주 천천히 입을 열어 한마디 던졌다.

"야, 친구를 불렀으면 말을 해야지. 할 말이 있다면서 입만 뻥긋거리고 있냐? 네가 무슨 개뻔강 붕어새끼냐? 벌써 한 시간이 다 되어가는데. 왜 한마디도 안 하냐? 왜 그래? 어? 정신 차려. 나 놀리는 거냐? 내가 요즘에 그녀랑 사이가 안 좋다고 너까지 이렇게 장난질이냐? 우리 아직 안 헤어졌어! 이게 정말! 왜 그래? 입만 뻥긋뻥긋!"

녀석은 내게 분명 그렇게 말했다. 입만 뻥긋거리냐고. 난 다시 처음부터 전후 사정을 이야기해 주었다. 그리고 마지막에 아주 큰소리로 덧붙였다. 그녀가 아픈 것 같다고 전화라도 해보는 것이 어떠냐고.

"전화해 봐! 정신 차리고 전화라도 해보라고!"

그러자 녀석은 귀가 잘 안 들리는 사람처럼 더듬거리면서
한마디 했다.

"뭐? 뭐? 그녀가 아프다고?"

재차 삼차 녀석에게 자초지정을 말했지만, 녀석은 재차 삼
차 못 들은 척했다. 아니 확실히 못 알아듣고 있었다. 그리고
조용히 자신의 목걸이를 만지작거렸다. 'Only for 그녀'라고
새겨진 목걸이였다. 그녀가 녀석에게 준 목걸이였다. 녀석은
그럼 같이 병원에 가야겠다고 했다. 나 역시 그러는 것이 좋
을 것 같다고 했다. 난 녀석이 상태가 안 좋아서 병원에 가 봐
야겠다는 의미로 말한 것이었다. 허나 녀석은 그녀를 보기 위
해 병원에 가 봐야 된다는 것이었다. 병문안을 가겠다는 뜻이
었다. 결국 난 녀석의 성화에 못 이겨 병원 애기를 해준 친구
에게 전화를 해 그녀와 힙합바지를 본 병원이 어디냐고 물었
다. 친구는 그그슈 대학 근처 종합병원이라고 말했다. 난 어
딘지 잘 모르겠다고 하자, 친구는 대학가 여관촌 부근 동네
말고, 그 반대편이라고 말했고, 우리가 있던 곳에서는 100번
버스를 타고 가면 된다고 했다. 친구의 말대로 병원은 학교에
서 그리 멀지 않은 곳에 위치하고 있었다. 그녀는 병실에 누
워있었다. 녀석을 본 그녀의 얼굴은 몹시 놀란 듯했다. 녀석

은 꽃다발을 그녀에게 안겼지만, 그녀의 얼굴은 그다지 좋아 보이지 않았다. 난 멋쩍게 문가에 서 있었다. 그녀에게 녀석이 인사를 건넸다. 그리고 균열을 막아 보려는 듯 씩 웃었다. 그리고 균열을 막아 보려는 듯 씩 웃었다. '씩' 속에는 괜찮지, 라는 말이 숨어 있는 듯했다. 하지만 그녀의 반응은 차가웠다. 그 반응은 균열을 넘어선 파괴를 암시하고 있었다. 녀석은 예전처럼 웃으면서 이런저런 말을 건넸지만, 그녀는 별다른 반응을 보이지 않았다. 하지만 녀석은 쉬지 않고 말하고 말하며 말했다. 답답한 그녀가 무언가를 설명하기 위해 한동안 말하면, 녀석은 그 모습을 가만히 보고만 있다가 이해 못하겠다는 표정을 짓기도 하고, 때로는 그녀의 말에 즉각 대꾸하기도 했다. 녀석의 이상한 행동에 그녀는 인상을 찌푸렸다. 녀석은 왜 자신을 그렇게 보고 있냐고 했다. 그녀는 약간 독이 오른 목소리로 나가라고 했다.

"나! 가! 라! 고!"

하지만 녀석은 멀뚱하게 그녀를 바로 보고 있었다. 그리고 던지는 말.

"입만 열지 말고 말 좀 해봐! 다들 왜 그래?"

그녀는 나가라는 자신의 말이 안 들리냐고 다시 물었다. 그

러나 녀석의 황당한 대답은 이어졌다.

"병원이라고 나랑 벙어리 놀이 하는 거야? 지금?"

말길을 못 알아듣는 녀석을 보며, 결국 그녀는 돌아누워버렸다. 녀석은 그녀에게 다시 돌아누워 달라고 애원했지만, 그녀는 죽은 듯 움직이지 않았다. 난 사태를 해결하기 위해 녀석을 불렀다. 그리고 고래고래 소리를 질렀다.

"녀석아! 이제 가자! 그녀가 싫다고 하잖아! 어? 가자고!"

하지만 녀석은 잠시 나를 돌아보더니, 다시 못 들은 척하며 다시 그녀를 향해 무언가를 말했다. 그렇게 100분 정도 그녀의 병실에서 시간을 보냈다. 녀석은 계속 뭐라고 말했고, 그녀는 짜증을 냈고, 나는 조용히 서 있었다. 난 비로소 확신했다. 녀석에게 문제가 있다는 사실을. 그것도 아주 큰 문제.

나는 녀석과 병원에서 나와 이런저런 얘기를 나눴다. 얘기를 나눈 이유는 간단했다. 녀석의 문제를 찾기 위해서였다. 100번을 타고 이런저런 얘기를 나누다 보니 난 어떤 공통점을 찾을 수 있었다. 녀석은 특정한 내용에 대해 듣지 못하고 있었다. 특정한 내용은 그녀에 관한 내용이었다. 녀석은 그녀와 아직 완전히 헤어졌다고 생각하지 않고 있었다. 균열까지는 어느 정도 인정하고 있는 눈치였지만 파괴는 상상도 못하고 있었다. 단지 그녀가 자신에게 조금 삐쳐 있다고 믿고 있었다. 언제든지 다시 돌아올 거라고 생각하고 있었다. 그리고 내가 말하는 녀석과 그녀에 대한 나쁜 내용은 모두 믿지 못했다. 아니 엄밀히 얘기하자면 듣지 않고, 혹은 듣지 못하고 있었다. 내가 그녀에 대한 나쁜 얘기를 할 때마다 녀석은 일관되게 다음과 같이 대꾸했다.

"왜? 또! 입만 뻥긋거리고 말을 안 하냐? 붕어처럼! 이게 하루 종일 이러네!"

내가 그녀에 대한 나쁜 말을 건네면 녀석은 항상 같은 대답을 했다. 달라지는 것은 문장 끝에 붙는 생선뿐이었다. 왜? 입만 뻥긋거리고 말을 안 하냐? 붕어처럼, 가자미처럼, 잉어처럼, 이면수처럼, 갈치처럼, 광어처럼, 참조기처럼, 도다리처럼. 뭐 이런 식이었다. 물론 그녀에 관한 좋은 말을 하면 그것이 거짓말일지라도 잘 알아듣고 맞장구를 치곤 했다. 하지만 녀석은 이런 문제를 전혀 모르고 있었다. 녀석의 문제를 지적하는 내 말까지 알아듣지 못하고 있었다. 그 점이 나를 더욱 미치고 환장하고 답답하게 했다. 결국 녀석과 내가 정상적으로 할 수 있는 대화는 '그녀와 녀석의 이별'에 관한 내용을 제외한 것이었다. 100번을 타고 학교 앞을 지나 집 근처까지 왔다. 녀석은 피곤하다면서 자취방으로 갔다. 나는 다시 학교로 돌아가 도서관에서 청각학과 음성학 그리고 이비인후과 계열의 의학서들을 뒤지기 시작했다. 녀석의 병명을 알고 싶어서였다. 그러면서 일견 어쩌면 나에게 문제가 있는 것은 아닐까, 하는 걱정도 했다. 혹은 녀석이 오늘만 컨디션이 좋지 않아 청각에 다소 문제가 생긴 것은 아닐까? 결국 밤 10시까지 관련 서적들을 찾아보았지만 녀석의 증상에 대한 언급은 전혀 보이지 않았다. 결국 포기하고 집으로 돌아갔다. 그리고 잠이 녀석을 회복시켜 줄지도 모른다고 생각했다. 다음날, 난 눈을 뜨자마자 녀석에게 전화를 했다. 그리고 다짜고짜 말했다.

"야 녀석아! 너 그녀랑 깨져서 정말 안 됐다. 나도 참 슬퍼! 근데 그녀는 너랑 깨지자마자 힙합인가 뭔가 하는 왕자지랑 사귄데! 그러니까 제발 정신 좀 차려라! 어!"

그런데 녀석은 화도 내지 않고 한마디 했다.

"야! 전화를 했으면 말을 해라! 말을! 장난하냐? 또 개뻔강붕어 놀이야?"

난 녀석의 말을 듣고 전날의 기대는 전부 헛된 것임을 직감했다. 난 전화를 끊었고, 잠시 뒤 전화가 왔다. 녀석이었다.

"전화를 했으면 말을 해야지! 무슨 일이야?"

나는 녀석의 목소리를 듣고 아무 말도 하지 못했다. 그날 오후, 난 녀석을 데리고 병원에 갔다. 녀석은 병원은 무슨 병원이냐고 가기 싫다고 우겼지만, 난 무작정 녀석을 끌고 병원에 갔다. 난 녀석을 진찰실까지 질질 끌고 들어가 이비인후과 전문의에게 녀석의 증상을 설명했다. 녀석은 손사래를 저으며 다 거짓말이라고 했다. 하지만 의사는 진지하게 내게 녀석의 증상을 물어보며 무언가를 기록했다. 난 다음과 같이 증상을 얘기했다. 녀석은 뜨거운 사랑을 1,000일 가깝게 했습니다. 하지만 작은 문제로 둘의 사이가 멀어졌습니다. 녀석은 그것을 잠깐의 권태 정도로 생각하고 있었습니다. 하지만 녀석의 여자 친구는 그 후 녀석과 이별을 결심했고 이별을 통보했습니다. 하지만 녀석은 아직도 그녀를 사랑하고 있는 듯합니다. 그런데 중요한 것은 녀석이 그녀와 헤어졌다는 것을 인정하지 않는 것은 물론이고, 그녀와 헤어졌다고 말하는 것조차 들을 수 없다는 것입니다. 같이 이야기를 하다 보면 그녀와의 이별에 관한 내용만 듣지 못하고 있는 것 같습니다. 도대체 어찌된 일인지 모르겠습니다. 내 말을 다 들은 의사는 의미심장한 표정을 지으며 고개를 숙였다. 레이스 출발 직전의 카레이서처럼 긴 한숨을 쉬고 입을 열었다.

"녀석 씨, 여자 친구와 헤어지셨다면서요?"

녀석은 의사의 말을 듣지 못한 사람처럼 멍하니 있었다. 의사는 조금 목소리를 크게 냈다.

"녀석 씨. 여자친구랑 헤어졌다면서!"

녀석은 인상을 쓰며 무언가를 듣고 싶다는 표정을 지었다. 그리고 의사에게 무슨 말을 했는지 잘 안 들린다고 말했다. 전혀 들리지 않는다고. 의사는 레이스에서 우승을 한 레이서처럼 씩 웃으며 녀석에게 잠시 나가 있으라고 했다. 나도 같이 따라 나가려고 하자 의사는 나를 붙잡았다. 난 녀석이 앉아있던 의자에 앉았다. 의사는 진지하고 초롱초롱한 눈빛으로 나를 바라보며 얘기를 꺼냈다. 녀석의 증상에 관한, 녀석의 치료에 관한 얘기였다. 녀석과 같은 증상을 '후천성 애정 박탈에 의한 선별적 청각 마비 증후군'[11]이라고 설명했다. 간단히 선별적 청각 마비 상태라고 말했다. 요지는 이러했다. 사랑이 깨진 것을 믿기 싫어하는 심리에 의해 청각에 문제가 생기는 현상. 즉 녀석은 그녀와의 이별을 인정하고 싶지 않

---

11) 선별적 청각 마비 증후군의 경우 선천적인 것과 후천적인 것으로 구별되기도 하고, 애정결핍의 유무에 따라 구별하기도 한다. 하지만 이런 분류와는 상관없이 아직까지는 이러한 증상을 지닌 사람들을 환자로는 인식하지 않으며, 적극적인 치료에서 크게 관심을 갖지 않고 있는 실정이다. 장민진 저, 『청각 마비 증후군 관리론』(서울 : 모토출판사, 2000) p 79.

은 심리가 작용. 이런 증상은 거의 모든 사람에게서 볼 수 있는 전형적인 현상. 하지만 아주 일시적인 증상에 그치는 것이 일반적. 하지만 100억 명 중에 1명 정도는 그 증상이 심하기도 함. 그러나 그 증상이 심각하다 할지라도 간헐적으로 들리지 않는 것이 일반적이지, 녀석과 같이 지속적인 경우는 드물다고 했다. 녀석과 같은 경우는 간헐적 증상을 보이는 0.001% 정도 있을까 말까 한다나. 아무튼 녀석처럼 심하게 의사소통에 장애가 있는 경우는 아주 드물다고 했다. 하지만 의사는 녀석을 치료하는 데 큰 어려움은 없을 것이라고 했다. 일단 약을 먹으면서 적당한 시점에 녀석이 간절히 듣고 싶어 하는 얘기를 듣게 되면 그 순간 청각 마비에서 풀린다고 했다. 그 방법이 실패할 확률은 100만 분의 1이라고 했다. 난 의사에게 참 마법 같은 병이군요, 라고 말했다. 그랬더니 의사는 그래요, 제가 그럼 마법사 같은 사람이겠죠, 라고 대꾸했다. 순간 듣기 싫은 말을 듣지 못하는 녀석이 부러웠다. 병원에서 나오면서 녀석은 자기 청력에 문제가 있는 것 같다고 했다. 내가 하는 얘기도 그렇고, 전에 그녀가 한 얘기도 그렇고, 의사가 한 얘기도 그렇고, 가끔 들리지 않는 것 같은 느낌이 든다고 했다. 정기적으로 병원에 다니면서 치료를 해

봐야 될 것 같다고 했다. 녀석을 자취방까지 데려다주고 난 녀석의 여자 친구에게 전화를 했다. 그녀가 전화를 받았다. 수화기 너머로 힙합음악이 들렸다. 난 그녀에게 녀석이 걸린 '후천성 애정 박탈에 의한 선별적 청각 마비 증후군'에 대해 설명을 했다. 물론 녀석이 이 병을 극복하는 방법에 대해서도 진지하게 얘기했다. 결국 그녀는 녀석을 다시 만나기로 했다. 다시 만난다는 것이 다시 사귄다는 의미는 아니었다. 그녀는 여전히 R&B에 상당한 거부감을 가지고 있었고, 그녀는 이미 힙합에 푹 빠져있는 것 같았다. 일단 둘은 만나기로 했고, 그녀는 만나는 날 녀석에게 녀석이 듣고 싶어 하는 말을 해주기로 한 것이다. 사랑한다는 말, 좋아한다는 말을 반드시 해주기로 했다. 반드시. 그리고 그사이 녀석에게 적극적인 진료와 투약을 했다.

만남의 날 오전, 녀석의 집에 가자, 녀석은 나갈 채비를 하고 있었다. 그녀를 만나러 간다는 것이었다. 난 흐뭇하게 웃음을 지었다. 녀석도 그랬다. 녀석은 그녀를 만나기로 한 장소로 가고, 난 학교 도서관에 갔다. 녀석은 그녀와 데이트를 하는 동안 나는 '후천성 애정 박탈에 의한 선별적 청각 마비 증후군'에 대한 자료를 찾고 있었다. 1시간 40분 정도 지났을까, 녀석의 여자 친구에게 전화가 왔다. 녀석이 정말 이상하다는 것이었다. 난 그녀와 녀석이 있다던 학교 앞 카페로 갔다. 녀석과 그녀는 다정하게 앉아있기는 했다. 그녀는 내가 자리에 앉기도 전에 말했다. 아무리 말해도 녀석이 못 알아듣는다는 것이었다. 녀석은 그 말조차 못 알아듣는 것 같았다. 녀석 또한 날 보며 자신의 청각에 크게 문제가 있는 것 같다고 했다. 그녀의 목소리가 전혀 들리지 않는다고. 그녀는 내 앞에서 확인이라도 시키려는 듯 큰소리로 얘기했다.

"녀석아! 정말 사랑해!"

카페의 손님들이 일제히 이상한 눈빛으로 녀석과 그녀 그리고 나를 바라보았다. 카운터의 캐셔도 이상한 듯 쳐다보았다. 그녀의 목소리는 또렷하고 낭랑했다. 하지만 녀석은 아무 말도 듣지 못하고 있다. 그녀는 재차 외쳤다.

"정말 너를 사랑한다니까!"

그리고 그녀는 나를 한 번, 녀석을 한 번 보았다. 녀석은 전혀 듣지 못했다. 그녀는 의도적으로 입 모양을 크게 만들었다.

"사! 랑! 한! 다! 고!"

그것이 그녀의 마지막 배려였다. 하지만 녀석은 그 입 모양이 '사랑한다고'를 의미하는지조차 알지 못했다. 그녀는 수업

시간이 다 되었다면서 일어나야 한다고 말했다. 녀석은 그럼 수업 끝날 무렵에 전화하겠노라 했다. 그녀는 대답하지 않았고, 녀석은 그 자리에서 그녀를 기다리기 시작했다. 해가 졌고 카페의 영업시간이 끝났는데도 그녀는 오지 않았다. 폐점 시간이 훨씬 지나서 직원들과 나는 합심하여 녀석을 끌어냈다. 나는 녀석과 함께 자취방까지 같이 걸었다. 난 녀석에게 물었다.

"녀석아! 넌 그녀에게 듣고 싶은 말이 도대체 뭐냐?"

녀석은 씩 웃으며, 대답했다.

"힙합보다 역시 R&B야!"

녀석은 그 말을 남기고 빠른 걸음으로 언덕을 올랐다. 녀석의 자취방이 보였다. 난 녀석을 보내고 그녀에게 전화를 했다. 그녀는 전화를 받지 않았고, 메시지를 남기라는 멘트가 나왔다. 내가 아무 말도 하지 않자 멘트가 끝나고 신호음이 들렸다. 뚜뚜뚜. 뚜뚜뚜.

불성장모소유자
不成長毛所有者

不成長毛所有者 | 불성장모소유자 |

저는 머리카락이 자라지 않아요, 라고 말하면 믿는 사람은 거의 없답니다. 어릴 적에는 이런 말을 하면 뒤통수 맞기 심상이었습니다. 자식, 헛소리하네, 하면서요. 사실 저 역시 믿지 않았지요. 5살 때 일입니다. 유치원 끝나고 친구를 따라 미용실에 갔답니다. 샤랄라(Shallalla)[12] 미용연구소라는 간판을 단 곳이었죠. 친구의 머리를 단정하고 예쁜 미용사가 단정하고 예쁘게 잘라주는 것이 너무나도 부러웠지요. 저도 그렇게 하고 싶었습니다. 하지만 당시 돈도 없었고, 왠지 어머니께 허락을 받아야 할 것 같아 참았지요. 그때도 전 장발이었는데, 친구들이 특이한 제 헤어스타일을 보고 약을 올리기도 하고, 신기해 하기도 했습니다. 하지만 무엇보다도 힘들었던 것은 더위였습니다. 정말이지, 여름철에는 너무 더워서 치렁치렁한 긴 머리를 확 잘라버리고 싶었던 적이 한두 번이 아니었죠. 그날도 자르고 싶은 마음이 굴뚝같았지만, 그래도 어머니께 허락을 받아야지, 라고 생각하며 집으로 돌아왔습니다. 쉽게 이발을 허락하실 줄 알았는데, 의외로 어머니께서는 머리 자르는 것만은 안 된다고 하셨어요. 중요한 것은 머리 자르는 것'만' 안 된다고 하셨다는 것이죠. 다른 것은 다 되어도 그것만은 안 된다는 것을 전 이해할 수 없었지요. 손톱을 자르고, 발톱을 자르고, 다리털을 자르는 것은 괜찮지만, 머리털만큼은 안 된다는 말씀이셨습니다. 나중에 성기에 털이 나면 그것도 괜찮은데, 단지 머리에 난 털만은 안 된다니. 그래서 어머니께 왜, 왜 안 되느냐고 마구 물어보면서 징징거렸지요. 하지만 어머니께서는 지금 말해도 소용없다며

---

12). '사랄라' 라는 상호가 전세계적으로 가장 많이 쓰이고 있어, 사랄라를 범세계적인 헤어 체인으로 알고 있지만 사실 그렇지 않다. 사랄라는 사랄라 드미트리라는 유명한 헤어 디자이너의 이름에서 따온 것이다. 사랄라 드미트리는 수년간 프랑스에서 헤어 디자인 공부를 하고 모국인 러시아 모스크바에 미용실을 오픈한다. 프랑스에서 공부하고 온 최초의 러시아 헤어 디자이너라는 소문이 나면서 많은 사람들이 그 미용실을 찾았고, 그의 명성이 유럽까지 퍼졌다. 그러면서 사랄라라는 이름을 딴 미용실이 전세계적으로 많이 생기기 시작했다. 하지만 나중에 알려진 바에 의하면 사랄라는 유학은커녕 프랑스에 가본 적도 없으며, 자신이 직접 헤어 디자인을 한 적이 단 한 번도 없다고 한다. 결국 사랄라는 범세계적인 사기꾼인 동시에 세계에서 가장 유명한 헤어 디자이너가 되었다. 사랄라의 거짓 행각이 밝혀졌음에도 여전히 많은 미용사들은 사랄라라는 이름으로 미용실을 오픈하고 있다. 최유정 저, 『세계 유명 상호의 어원을 찾아서』(경기 : 애드프레싱, 1999) p 70.

단호하게, 엄하게, 살벌하게, 정확하게 말씀하셨습니다.

"안 된다!"

이 다음에 제가 더 크면, 훨씬 더 자라면 말해주겠노라 하셨어요. 저는 반발심이 생겼습니다. 커서 이발을 허락하는 것도 아니고, 그때 이유를 알려준다니. 전 계속 고집을 피웠지요. 결국 빗자루로 몇 대 맞고 포기했답니다. 초등학교 입학식 날에도 역시 저는 장발이었답니다. 등에 닿을 정도로 길고 찰랑거리는 머리카락을 가진 남학생은 저밖에 없었답니다. 여학생들을 제외하고는 남자 중에 제가 가장 긴 머리였지요. 저보다 머리카락이 짧은 여학생도 많았답니다. 반 편성을 하자, 담임선생님께서는 저를 조용히 부르시더군요. 그리고 조용히 말씀하셨습니다.

"머리 자르고 와라!"

다음날까지 반드시 머리를 단정하게 자르고 와야 한다고 말씀하셨지요. 전 속으로 은근히 기뻤답니다. 드디어 미용실에 갈 수 있겠구나, 싶었지요. 단정하고 예쁜 미용사를 만날수 있겠구나 생각했지요. 미용실은 못 가도 최소한 이발소라도 가겠거니 기대했습니다. 하지만 웬걸요. 전 담임선생님의 말씀을 듣고 집에 오자마자 어머니께 자초지정을 설명하고 미용실에 가자고 졸랐습니다. 미용실도 좋고, 이발소도 좋다고 했죠. 이도저도 안 되면 직접 잘라 달라고 했죠. 허나 어머니께서는 절 미용실에 데려가지 않았답니다. 이발소도 안 갔고, 물론 직접 잘라주시지도 않았습니다. 대신 제 손을 붙잡고 바로 학교에 가셨어요. 그리고 교무실 앞에 저를 세워두시고 담임선생님과 대화를 나누셨지요. 그 후로 전 학창시절 내내 장발로 지냈답니다. 물론 그사이에 제가 왜 미용실에 갈 수 없는지에 대해서도 알게 되었지요. 물론 매년 학기 초마다 어머니께서 제 머리에 대한 상담을 하시기 위해 학교에 오시곤 했죠. 중학교 2학년 때였습니다. 저녁 식사를 한 뒤, 어머니께서는 저를 조용히 부르셨어요. 전 별 생각 없이 안방에 들어갔지요. 방바닥에 놓인 앨범 하나를 보았답니다. 어머니께서는 아무 말씀 없이 앨범 첫 장을 넘기셨습니다. 첫 장에 담긴 사진은 환하게 웃고 있는 어머니의 젊었을 때 모습이 있었습니다. 어머니께서는 환자복을 입고 계셨습니다. 어머니는 신생아를 안고 계셨어요. 그런데 너무 엽기적인 신생아였지요. 머리가 어깨 아래까지 자라 있는 신생아였으니까요. 젊은 어머니 그리고 머리 긴 아가의 모습을 보고 전 이 아기가 누구냐고 물었죠. 바로 그 아기가 저라고 하시더군요. 자

세히 보니 정말 제 모습이더군요. 전 정말 놀랐습니다. 그리고 순간 깨달았지요. 어릴 적, 헤어스타일이 변함없이 유지되어 왔구나! 어머니께서는 차근차근 말씀해주셨지요. 그러면서 눈물을 흘리시더군요.

"미안하다. 예전부터 말해주고 싶었지만, 혹시라도 충격을 받을까 봐 아니면 네가 이해를 하지 못할까 봐 말하지 못했단다. 사진처럼 넌 어릴 때부터, 아니 태어날 때부터 장발 아기였어. 머리가 아주 긴 아기였지. 산부인과의 의사와 간호사들이 깜짝 놀랄 정도로 치렁치렁한 장발 갓난아기였어. 머리카락이 길었다면 작은 해프닝으로 끝났을지도 모르겠지만, 불행인지 다행인지 그뿐이 아니라 다른 문제도 있었지. 넌 머리카락이 더 이상 자라지 않았어. 머리카락이 자라지 않는다는 것, 그것이 문제 중의 문제였지. 너는 기억할지 모르겠지만. 네가 유치원 다니던 시절, 한번은 나한테 와서 머리를 자르고 싶다고 졸랐어. 그때 짝궁이 미용실에 가서 머리 자르는 것을 보고 너무 부럽다고 하면서 자기도 머리를 자르고 싶다고 했지. 하지만 너에게 그러지 말라고 했지. 네 머리는 한번 자라면 자라지 않기 때문이었단다. 넌 그것도 모르고 계속 머리

자르고 싶어! 머리 자르고 싶어! 울면서 말했지. 결국 난 청소
도구로 널 때렸어. 그때서야 넌 고집을 꺾었단다. 초등학교에
들어갔을 때도 넌 머리를 잘라야 한다고 했지. 담임선생님이
시켰다면서. 하지만 난 네 뜻대로 둘 수가 없었다. 네 머리는
한번 자르면 다시는 원래대로 회복되지 않기 때문에. 이 앨범
들을 보렴. 넌 어릴 적부터 지금까지 단 한 번도 머리카락의
길이가 변하지 않았어. 몸만 계속 커진 거야. 앞으로도 그럴
거야. 이제 너도 어느 정도 컸으니 그걸 알아야 할 것 같아서
이렇게 말해주는 거란다. 머리카락이 자라지 않는 것이 대단
한 병은 아니란다. 대머리보다 더 나을지도 몰라. 하지만 그
렇다고 그렇게 단순한 일이라고도 할 수 없는 거야. 일단 고
등학교 졸업할 때까지는 두발에 대해 신경 쓰지 않았으면 좋
겠다. 그 뒤로는 엄마도 별 말 안 할 테니. 네가 잘 판단해서
결정하렴. 하지만 명심하거라. 머리카락은 소중한 것이다. 알
았지? 머리카락은 정말 소중한 것이라고. 성인이 된 후에는
모든 것을 직접 결정해야지. 하지만 미성년들은 성인들이 보
호해야 할 의무가 있는 거란다. 내 말을 이해하겠지?”

　어머니께서 그렇게 말을 마무리하셨습니다. 그리고 더 궁

금한 것이 없냐고 하셨죠. 가장 궁금했던 문제의 대답을 얻었으니 괜찮다고 했습니다. 어머니께서는 조용히 자리에서 일어나셨습니다. 그리고 방문을 열고 나가셨습니다. 그리고 잠시 뒤 들어오셔서 한마디 하셨습니다.

"머리카락은 소중한 것이다!"

어머니는 머리카락은 정말 소중하다고 재차 강조하셨습니다. 저는 사실 그 말에 쉽게 동의할 수 없었습니다. 머리카락은 그냥 머리카락일 뿐이죠. 그럼에도 어머니 말씀대로 고등학교 졸업 때까지 머리카락에 대해 전혀 신경 쓰지 않았어요. 항상 댕기동자처럼 하나로 질근 묶고 다녔습니다. 가끔씩 선생님들께서 내 댕기머리를 잡아당기는 것이 좀 신경 쓰이기는 했지만, 그 정도는 감수할 만했지요. 대학에 들어와서는 긴 머리는 오히려 개성의 표현이 되었답니다. 다들 제가 멋을 위해 머리를 기른다고 생각했거든요. 더군다나 그동안 갈 수 없었던 미용실도 대학생이 되면서 마음대로 갈 수 있었거든요. 자르진 않지만 염색하고 파마하는 것은 가능하니까요. 그래서 저는 다른 남학생들이 한 달에 한 번씩 이발하러 갈 때, 염색이나 파마를 했죠. 물론 돈이 많이 들었지만, 다른 사람들이 대학에 들어오기 전, 20년 동안 아껴둔 이발비가 있었으니 걱정이 없었답니다.

　그는 장시간 머리카락에 대해 진지하고도 자세히 얘기했다. 어머니의 얘기까지 인용하면서 정말 진지하고 자세한 설명을 했다. 그녀도 아이돌 스타가 진행하는 라디오 방송을 듣는 여중생과 같은 자세로 그의 말에 경청했다. 창밖에는 해가 지고 있었다. 그라산에서 내려오는 커플이 보였다. 커플 남자가 돗자리를 들고 있었다. 그녀는 그 모습을 보고 살짝 웃었다. 그는 그녀의 웃음을 보고 조금 쑥스러웠지만 자신의 얘기에 귀 기울여 주고 반응까지 보여준 그녀에게 고마움이 느껴졌다. 그리고 잘하면 다시 만나는 것도 가능할 것 같다는 기대도 했다. 어쩌면 긴 연휴를 즐겁게 보낼 수 있을 것 같다는 기대도 했다. 그는 이런저런 몽상에 빠져있었고, 그녀는 독특한 그의 머리카락을 유심히 보고 있었다. 그런데 갑자기 옆 테이블에서 한 여자가 소리를 질렀다.

　"녀석아! 정말 사랑해!"

　그 괴성에 그는 몽상에서 깼고, 그녀는 그의 머리카락에서 눈을 뗐다. 그리고 약속이나 한 듯이 둘은 거의 동시에 소리 지른 여자를 바라보았다. 옆 테이블에는 남자 둘과 여자 하나가 앉아있었다. 여자는 남자 한 명에게 사랑한다고 계속 소리를 지르고 있었다. 사랑하는데 어쩌라고. 남자 하나는 여자의 말을 못 알아듣는 척하고 하고 있었고, 다른 남자는 두 남녀를 번갈아 가면서 보고 있었다. 그와 그녀는 옆 테이블 사람들을 보며 미소를 지었다. 그리고 다음 장소로 자리를 옮기기로 했다. 그가 카운터에서 계산을 하고 나오려는데, 옆 테이블의 여자가 소리를 한 번 더 질렀다.

"정말 너를 사랑한다니까!"

그리고 소리 지른 여자는 카페 밖으로 나가버렸다. 그녀의 고함소리에 카페 전체가 떠나갈 듯했음에도 함께 앉아있던 남자는 전혀 놀라지 않는 표정이었다. 그와 그녀는 서둘러 카페를 빠져나왔다. 그녀는 그에게 삼각관계인 것 같다고 얘기했고, 그는 씩 웃으며 고개를 끄덕였다. 둘은 카페에서 나와 일단 걸었다. 호감 가는 사람과 함께 걷는 것은 어떠한 데이트보다 행복한 일이라는 것을 그는 알고 있었다. 하지만 여자들이 얼마나 걷는 것을 싫어하는지에 대해서는 전혀 알지 못했다. 그는 걸으면서 그녀에게 물었다. 어디에 가고 싶냐고, 하고 싶은 것이 뭐냐고, 먹고 싶은 것은 없냐고. 그녀는 아무런 대답을 하지 않았다. 그는 그녀를 배려하고 싶었지만, 그녀는 그의 배려를 원하지 않았다. 그는 그녀가 원하는 것을 해주고 싶었고, 그것이 배려라고 생각했다. 하지만 여자들이 무언가를 정하는 일을 얼마나 귀찮게 생각하는지 그는 알지 못했다. 그래서 결국 그와 그녀는 한 시간 남짓 대학가를 걸었다. 유흥가로 유명한 그그슈 대학 근처를 다니며 그와 그녀는 여관들을 구경했다. 그녀는 그중 하나에 들어가자고 했으면 하는 마음이었다. 뚱뚱한 여자와 잘생긴 남자가 손을 꼭 잡고 여관으로 들어갔다. 그 광경을 본 그는 괜스레 민망한 듯 시선을 하늘로 돌렸다. 그런 그를 보고 그녀는 피식 웃었다. 거리의 가로등은 하나 둘씩 켜지고 막히지 않던 도로는 차들로 빼곡해졌다. 그와 그녀는 둘 다 지쳤다. 그녀는 그에게 배가 고프다고 했다. 그가 당연히 메뉴를 고를 줄 알고 한 말이었다. 그는 그녀를 다시 배려했다. 그녀에게 먹고 싶은 것이 뭐냐고 말했다. 그녀는 특별히 좋아하는 것이 없다고 말했다. 그는 그녀가 원하는 것이면 다 좋다고 말했다. 그는 그녀가 좋아하는 음식을 정말 사주고 싶었고, 그녀가 싫어하는 것은 피하고 싶었다. 그것만은 반드시 피하고 싶었다. 하지만 여자들도 배고프면 웬만한 음식은 다 먹는 다는 사실을 전혀 알지 못했다. 그렇게 다시 한 시간이 흘렀다. 그의 머리카락은 여전히 1mm도 자라지 않았고, 그녀는 그의 머리카락에 관한 이야기를 이미 다 잊어버렸다. 그녀는 다리가 아프고 배고프다고 징징거리고 싶었지만, 그를 소개해준 선배를 생각해서 참았다. 그는 그녀와 자고 싶다고 말하고 싶었지만, 역시 그녀를 소개해준 후배를 생각해서 참았다. 2시간 20분 만에 둘은 인도음식점에 들어갔다. 이미 저녁 손님들이 식사를 마치고 나올 시간이었다. 둘은 드리미리(Drimirr) 카레[13]와 남방인도식 볶음요리를 주문했다. 음식을 먹고 집으로 가는 버스를 타러 가면서 그녀에게 키가 얼마나 되냐고 물어봤다. 그녀는 수줍어 말을 못하고 있었다. 하지만 그는 집요하게 물어봤다. 그는 여자에게 있어서 키를 묻는 행위가 학점을 묻는 행위보다 잔인하다는 사실을 전혀 알지 못했다. 키를 묻는 것은 몸무게를 묻는 것과 거의 같은 수준의 몰상식이라는 것을 전혀 몰랐다. 그녀는, 그의 집요함에 지쳐 150cm가 조금 넘는다고 대답했다. 그는 그녀에게 몸무게도 물어보고 싶었지만 실례라고 생각해서 물어보지 않는다고 말했다. 대신 얼추

---

13) 미역과 다시마의 향이 그윽한 드리미리 카레는 인도 전역에서 사랑받는 대표 음식이다. 드리미리 카레는 해변을 중심으로 요리법이 발달해 왔는데, 싱싱한 해산물을 구할 수 없는 인도 내륙에서는 미역과 다시마 대신 후추와 마늘로 미역과 다시마 향이 나는 향신료 첨가해 드리미리 카레를 만들고 있다. 반 린 저, 박상훈 역, 『바로 보는 카레의 역사』(서울 : 도서출판 가평선, 1979) p 92.

100Kg은 되실 것 같네요, 라고 말해버렸다. 거기까지만 했어도 악몽인데, 그는 한마디 덧붙였다. 조금 더 나갈려나? 그녀는 공공화장실에서 변을 보았는데, 물이 내려가지 않을 때나 지을 법한 표정으로, 혹은 공공화장실에서 변을 보고 나서 화장지가 없었을 때 지을 듯한 표정으로 그를 바라봤다. 그는 스스로 센스 있게 질문했다고 생각했다. 그리고 그녀의 표정을 보고 내가 맞췄군, 이라고 작게 내뱉었다. 물론 그녀의 귀에 그 말은 쏙 들어갔다. 거기서 그쳤으면 나으련만, 역시 한마디 더했다. 적어도 120~130kg 정도는 되나 보군. 그는 사실 그녀의 그럼 풍채가 마음에 들었다. 작은 키에 완전 뚱뚱한 몸. 그의 눈에는 완벽한 그녀. 그의 눈에는 완전한 그녀. 그는 그녀의 집 앞까지 바라다주고 싶었다. 그러나 그녀는 절대 그럴 필요 없다고 했다. 그는 마음에 드는 여자는 무조건 집 앞까지 데려다주는 것이 좋다고 생각했다. 하지만 대부분의 여자가 마음에 안 드는 남자가 자기 집 앞까지 동행하는 것을 극도로 싫어한다는 사실을 몰랐다. 결국 둘은 대강 중간 지점에서 헤어지기로 합의했다.

그는 그녀를 적당히 데려다주고 돌아와 그녀 생각에 빠졌다. 그의 눈에는 그녀가 무척이나 아름다워 보였다. 그녀와 깊은 대화를 해보지는 못했지만, 자신의 머리카락에 대한 이야기만 오래했고, 2시간 넘게 걷고, 인도요리를 먹고 헤어졌지만 그녀의 외모는 그를 홀리기에 충분했다. 그는 자신의 홈페이지에 그녀에 대한 글을 썼다. 그녀의 훌륭한 외모, 그녀의 완벽한 몸매를 줄줄이 떠벌렸다. 그리고 마지막에 다시 만나기로 했다는 것을 강조했다. 아니 다시 만나기로 했다는 것을 강조하기 위해 앞의 얘기들을 했을지도 모른다. 그녀는 선배의 부탁 때문에, 그는 그녀의 외모 때문에 둘은 다시 만나기로 했다. 그동안 그의 머리카락은 여전히 1mm도 자라지 않았다. 물론 그의 홈페이지의 글을 본 사람도 아무도 없었다.

두 번째 만남이 있던 날, 그녀는 그에게 충격적인 고백을 했다. 그녀는 사실 자신은 긴 머리의 남자를 정말 싫어한다고 했다. 남자는 남자답고, 여자는 여자다운 것이 좋다며 그것이 자신이 추구하는 바라고 했다. 물론 짧은 머리가 남자다움을 대변하지는 않지만. 아무래도 긴 머리보다는 짧고 단정한 머리가 좋다고 했다. 그리고 그녀의 이상형은 사실 민머리가 어울리는 남자라고 했다. 머리털을 1mm가 되지 않아도 멋있는 사람이라면 정말 최상의 남자, 최고의 미남이라고 말했다. 그녀는 왠지 모르게 베트남이나 중국의 승려들을 보면 마음이 끌린다는 말도 했다. 그리고 가끔 텔레비전에 나오는 스킨헤드 연예인에 대한 예찬도 늘어놓았다. 그는 당황하지 않을 수 없었다. 천성적인 긴 머리의 사나이에게 어찌 그런 말을 할 수 있으랴. 이것은 슈퍼맨에게 빨간 팬티를 바지 안에 입으라는 것과 같은 것이었다. 그녀의 폭탄선언이 그에게 충격적이었던 것은 사실이지만, 그는 티 내지 않으려고 했다. 하지만 슈퍼맨, 클라크가 날아가는 총알을 잡고 아무렇지도 않은 듯 순진한 웃음을 짓고 있는 것마냥 어색했다. 그가 놀람을 참고 있다는 것을 간파했던 그녀는 다소 안도했다. 그날 밤, 그는 그녀의 집 앞까지 데려다주었지만, 더 이상 그녀의 신상에 대해 아무것도 묻지 않았다. 그냥 말없이 데려다주면서 자신의 머리카락 길이에 대해 고민했다. 그녀는 그의 그런 속도 모르고 쾌활한 목소리로 데려다줘서 고맙다고 했다. 그는 집으로 돌아오는 길에 곰곰이 생각했다. 자신의 긴 머리카락을 만져 보았다. 윤기가 흐르고 적당히 웨이브가 진 머리카락이 그날따라 아주 지겹게 느껴졌다. 집에 와서 다시 홈페이지에 심경을 토로했다. 다음날 오후 무렵, 그는 사랄라 미용연구소로 달려갔다. 헤어디자이너는 어떤 파마로 해드릴까요, 라고 물었다. 그는 대답했다.

“짧게 커트해 주세요!”

디자이너는 정말이냐고 네 차례나 물었다. 그는 정말이라고 말했다. 헤어디자이너가 어느 정도까지냐고 묻자, 그는 대답했다.

“1mm 미만으로 해주세요!”

이하도 아닌 미만으로 해 달라고 말했다. 다시 디자이너가 정말이냐고 다섯 차례나 물었지만 그는 아무 말 없이 고개만 끄덕였다. 30분이 흐른 뒤, 그는 단정한 스킨헤드가 되었다. 거울에 비친 자신의 모습에 그 역시 상당히 어색해 했다. 디자이너는 그런 그를 달래기 위해 굉장히 멋있다고 했다. 옆에서 아줌마 파마를 하던 동료 디자이너도 상당히 멋지다고 맞장구를 쳤다. 그는 용기를 얻고 학교로 갔다. 수업에 들어가자, 동기들, 선후배들 심지어 교수님까지 머리카락 없는 것이 훨씬 낫다고 했다. 그는 점점 자신감을 가졌다. 진작 자를 걸이라는 생각도 들었다. 모델 같다, 영화배우 같다, 핸섬하다, 쿨하다, 깔끔하다, 시원하다, 멋지다, 세련 그 자체다, 놀랍다, 신선하다, 발랄하다, 매력적이다, 반할 만하다 등등 현란한 수식어로 그를 칭찬하는 사람은 단 한 명도 없었지만 그래도 전반적으로 괜찮다는 평이었다. 그는 그녀에게 전화를 해서 저녁에 만나주길 부탁했다. 그녀 역시 그에게 할 말이 있다고 했다. 그는 기분이 좋아졌다. 20년 이상 함께 동고동락한 머리카락을 잘라버린 것이 아쉽기는 했지만, 앞으로 다시 자랄 수도 없겠지만, 많은 사람들이 좋아했고, 아니 싫어하지는 않았고, 그녀도 스킨헤드 스타일이 좋다고 했으니 더 이상 머리에 대한 미련을 갖지 않아도 될 듯했다. 물론 어머니가 조금 걱정되기는 했지만, 어머니께서도 대학생이 된 후로는 그에게 헤어스타일의 자유를 주셨기에 크게 문제가 될 것은 없다고 생각했다. 그녀와의 약속 시간까지 그는 공부를 하기로 했다. 깔끔한 헤어스타일로 새 사람이 되기로 결심한 것이다.

드디어 약속 시간, 처음 만난 그 카페. 그는 그녀를 만나기로 한 시간보다 무려 20분이나 먼저 도착했다. 그런데 그녀는 이미 와 있었다. 그녀는 빨강과 파랑이 조화롭게 어울린 고깔모자를 쓰고 위에는 회색 조끼에 초록색 체크무늬 남방을, 아래에는 짧은 분홍색 주름치마를 입고 있었다. 그는 자신보다 일찍 나온 그녀를 보고 무척 흡족해 했다. 그리고 당당하게 짧고 단정한 헤어스타일로 그녀 앞에 앉았다. 그녀는 그의 머리를 보고 화들짝 놀랐다. 그리고 한마디 했다.

"긴 머리가 훨 난데, 왜 자르셨어요?"

그는 잘못 들었나 싶었다.

"예?"

하지만 그녀는 분명하고 단호하게 재차 말했다.

"긴 머리가 훨 낫다고!"

그는 그냥 허허실실 웃었다. 울고 싶었지만 그냥 웃었다. 그의 웃는 모습을 보고 그녀는 죄지은 사람처럼 고개를 숙였다. 그리고 갑자기 진지해졌다. 간신히 입을 열었다.

"사실 죄송하다는 말씀드리려고 만나자고 했어요. 많이 만나지는 않았지만 그쪽에서 저한테 너무 잘해주셔서 고마워요. 재미있는 얘기도 많이 해주셨고, 집까지 바라다주시기도 하고, 맛있는 저녁도 사주시고. 참 좋으신 분 같아요. 그런데 약간 저랑 스타일이 맞지 않는 것 같아요. 좋은 사람인 것은 분명한데 안 맞는 거 있잖아요. 잘 안 맞는데 괜히 계속 만나면 서로에게 부담만 될 것 같아서요. 앞으로는 그냥 친구 정도로 지내는 것이 좋을 것 같아요. 괜찮으시죠? 그쪽도 성격이 되게 쿨하신 것 같던데. 참, 추운데 왜 삭발하셨어요? 두상도 별로 안 예쁘신 것 같은데… 호호호."

그녀는 단호한 목소리로 자신의 용건을 확실히 말하고 나서 뒷말을 가다키 구렁이 벽 타듯이 흘려버렸다. 그는 그녀의 말이 귀에 들어오지 않았다. 단지 어머니의 말씀이 떠올랐다. 중학교 2학년 때 하신 그 한마디.

"머리카락은 소중한 것이다!"

머리카락은 정말 소중한 것이라고. 그는 자신의 머리를 한번 쓰다듬어 보았다. 느낌이 괜찮았다. 치렁치렁한 장발보다 산뜻하게 느껴졌다. 갑자기 자신의 눈앞에 있는 그녀가 괴물처럼 보였다. 빨강과 파랑이 이상하게 뒤섞인 고깔모자에 회색 조끼, 초록색 체크무늬 남방을 보니 짜증이 났고, 아래에는 짧은 분홍색 주름치마 밖으로 보이는 거대한 다리가 부담스러웠다. 그는 다음 소개팅을 상상했다. 세상은 넓고 여자는 많다고 하지 않았나. 씩 웃으며 두피를 긁었다. 두피 긁는 느낌도 좋았고, 소리가 괜찮았다. 슥슥슥.

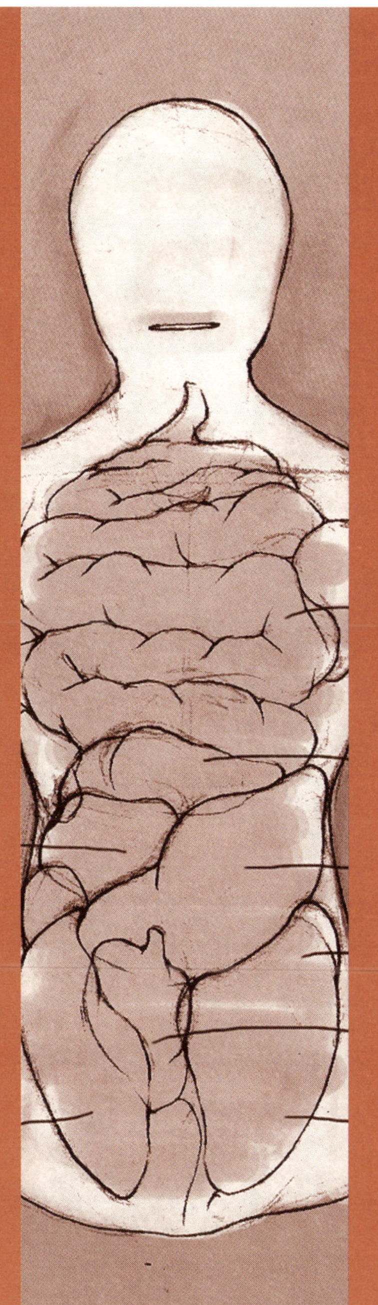

후식전변인

後食前便人

後食前便人 |후식전변인|

… 화장실에서 식사를

상쾌한 아침, 눈을 뜨자마자 이부자리를 정돈하고 가벼운 맨손 체조로 하루를 시작했다. 텔레비전을 켜니 아침 방송이 시간을 알려줬다. 생활정보프로그램을 진행하는 남자 앵커는 무미건조한 표정으로 전날의 우울한 뉴스들을 간략하게 언급했다. 그리고 앞서 말한 이야기들을 모두 잊은 듯 평범한 생활자들의 활기찬 삶을 전했다. 여자 앵커는 남자 앵커의 발설에 맞장구를 치며 눈웃음을 쳤다. 패널들 역시 즐거운 표정을 지으며 낄낄거렸다. 방송한 내용은 대략 이런 것들이었다. 트리니나드 토바고에서는 내전이 발생해 15,000명

이상이 사망했다고 했다. 목이 긴 이상한 양이 등장했다는 소식도 있었다. 개뻘강이 50년 만에 1급수가 되었다는 얘기가 나왔다. 벨기에, 네덜란드, 룩셈부르크가 내년부터 한 나라로 통일한다고 했다. 모든 말을 랩으로 하는 청년이 있어 인터뷰를 했다. 그그슈 대학이 국내에서 가장 좋은 대학으로 선정되었다고 했다. 짐바브웨에서는 광조(狂鳥)병으로 연간 3,000마리의 새들이 폐사하고, 광조병이 걸린 새들을 사람들이 먹어 아프리카에서만 연간 300명에서 500명 정도가 미쳐 가고 있다고 했다. 시내 중심에 인도요리를 잘하는 음식점을 소개하기도 했다. 숫자만 기억하는 병을 앓고 있는 사람들이 있는데, 그 사람들을 위한 묘약이 개발되었다는 소식도 있었다. 꽤 긴 시간 동안 스트레칭을 하면서 텔레비전을 보고, 텔레비전을 보며 샤워를 하면서 노래까지 불렀다. 노래를 부르면서 머리를 말리고 현관으로 가서 신문을 집어왔다. 일면을 장식한 카랑카(Karangka)[14] 파동에 관한 기사가 요란스러워 보였다. 국내 최대의 쇠고기 수프 생산 공장에서 발견된 수프 바

---

14) 카랑카는 킬리만자로 카랑카 계곡에 살던 원주민들이 먹던 음식이다. 수프 형태로 걸쭉하고 구수한 맛이 일품이다. 쇠고기를 주재료로 만든다. 원주민들만 먹던 음식이 널리 알려지면서 세계 각국에 소개되기도 했다. 하지만 음식 제조 과정에서 인체에 유해한 성분들이 많이 들어갔다는 사실이 알려지면서 일부에서는 '독과 같은 음식'이라고 평하기도 했고, '양잿물에 버금간다' 는 말을 하기도 했다. 그럼에도 아직까지 많은 이들의 사랑을 받고 있으며, 계곡의 원주민들은 아직까지 세 끼를 모두 카랑카를 먹으며 건강하게 살고 있다. 사리트니 미체 저, 장진영 역, 『음식의 문화와 역사』(서울 : 현대출판, 2004) p 89.

이러스 O1OE가 신체에 아주 치명적이며 전염성까지 있다는 보도였다. 그리고 수프 바이러스의 형체를 찍은 현미경 사진들, 그것도 모르고 맛있게 카랑카를 먹고 있는 거리의 사람들 그리고 당당하게 얼굴을 드러내고 인터뷰를 하는 수프 생산 공장의 사장 모습 등이 일면을 장식하고 있었다.

신문을 보며 아침 식사를 했다. 식탁 위에는 카랑카가 버젓이 자리 잡고 있었다. 샤워를 하고 아무것도 입지 않은 채 밥상 앞에 앉았다. 카랑카를 한 숟가락을 떠서 엉덩이 쪽으로 내렸다. 그리고 힘을 쥐 항문을 열고 숟가락을 들이밀었다. 그리고 파위자(Paweza)[15]를 하나 들어 부드러운 치즈 소스를 바른 뒤, 항문으로 쑥 밀어 넣었다. 소스가 항문 주위에 살짝 묻었다. 카랑카 국물 한 줄기가 항문을 타고 주르륵 흘러 들어갔다. 항문 안에서 카랑카와 파위자를 적당히 섞었다. 괄약근으로 우물거리면서 맛을 음미했다. 소스 때문에 항문 주위가 끈적끈적했다. 젖은 수건으로 항문 주위를 주의해서 닦고 다시 식사를 했다. 입으로 밥을 먹는 사람보다 항문으로 밥을

---

15) 바나나와 파인애플을 섞어서 만든 과자류, 마치 순대와 같이 돌돌 말려 있다. 색은 황금색에 가깝고, 새콤달콤한 맛이 난다. 언뜻 보면 생긴 것과 색깔이 인분과 비슷하기도 하다. 그런 이유로 일부 제과회사에서 다른 형태의 파위자를 만들어서 시장에 내놓았지만, 기존의 파위자처럼 반응이 좋지 않았다. 노인들을 위한 최고의 음식으로 알려져 있고, 치즈나 살사 소스와 곁들여 먹는다. 이정은 저, 『노인음식백과』(서울 : 통의사, 2001) p 41.

먹는 사람은 1.5배 정도의 시간이 더 걸린다. 일단 자세가 불편하기 때문. 그리고 이가 없기 때문에 괄약근을 이용해서 씹으며 맛을 봐야 하기 때문에 항문에 음식물을 받아둔 채 오래 있어야 한다. 하지만 그 외에 다른 것은 없다. 식사 때, 자세가 좀 우스꽝스러운 것 이외에는. 우습다기보다는 기묘하다고나 할까?

아침 식사를 마친 뒤, 좌변기에 앉아 비데를 이용해 항문을 세정했다. 그리고 출근을 했다. 버스를 타고 여섯 정거장을 가면 일터가 있다. 시내 중심에 위치한 샤랄라 미용연구소. 버스에는 평소처럼 사람들로 그득했다. 버스운전기사의 브레이크 조절에 따라 승객들은 앞뒤로 혹은 좌우로 움직였다. 세번째 정거장에서 네 번째 정류장을 가는 사이에 갑자기 차가 제 속도를 내지 못했다. 승객들은 웅성거리기 시작했다. 시계를 보는 사람들도 하나 둘씩 늘어났다. 사고였다. 경자동차와 30톤급 트럭이 부딪쳐 있었다. 엄밀히 얘기하자면, 경자동차가 트럭 아래 깔려 있는 듯했다. 사고의 진위는 알 수 없었지만, 사고의 규모는 확연히 눈에 보였다. 사람들은 버스 창가에 바짝 붙어 있었다. 심지어 맞은편에 자리를 잡고 앉아 있던 몇몇 승객까지 일어나 사고 현장을 구경했다. 사고 지점만

지나면 다시 속도를 낼 수 있을 것 같았지만 사고 지점을 빠져나가기가 쉽지 않았다. 마치 트럭이 경자동차의 일부를 베어 먹어버린 듯 보였다. 트럭의 운전자는 여기저기 전화를 하며 차도를 왔다 갔다 했다. 경자동차 운전자는 머리의 일부가 사라진 듯했다. 트럭 운전자가 누군가에게 끊임없이 말을 했고, 경자동차의 운전자는 눈을 뜬 채 조용히 피만 흘리고 있었다. 여전히 버스는 제 속도를 내지 못했다. 멀리서 구급차 소리가 들리기 시작했다. 견인차들도 사방에서 사고 현장으로 왔다. 버스 안의 승객들은 다시 시계를 보기 시작했다. 잠시 났던 빈자리를 놓고 싸움이 일어나기도 했다. 사고가 나서 늦을 것 같다고 전화를 하는 사람들이 하나 둘씩 생겼다. 답답하고 지루한 출근시간이었다 .

샤랄라 미용연구소 앞에 도착했다. 많은 승객들이 우르르 동시에 하차했다. 사람들은 다들 일개미들처럼 인도로 내려와 스르르 흩어져버렸다. 사람들 틈에서 나와 샤랄라 미용연구소로 걸음을 돌렸다. 평소와 같이 연구소장만 나와 있었다. 출근카드에 시간을 기재하고 유니폼으로 갈아입었다. 옷을 갈아입고 나니 소장이 불렀다.

"하(Haa) 연구원, 커피 한잔만! 부탁!"

연구소장의 청을 듣고 커피 한잔을 타 줬다. 연구원이 커피를 타다니. 소장에게 커피 한잔을 선사하고, 바나나티를 한잔 만들어 화장실로 갔다. 좌변기에 앉아 바나나티를 마셨다. 물론 항문을 열어 홀짝홀짝 마셨다. 그리고 세면대에 물을 채워 항문을 그 위에 올려놓고 싹싹 닦았다. 그리고 꼭지를 돌려 물이 나오게 한 뒤, 흐르는 물에 항문을 헹궜다. 차를 한잔 마시고 나오니, 연구원들이 하나 둘씩 오기 시작했다. 아침 출근길에 생긴 사고를 인사말 대신 말하는 사람, 트리니나드 토바고의 내전을 화두로 꺼내는 사람, 점심으로 카랑카를 시켜 먹자고 하는 사람 등 가지각색이었다. 오전 9시가 되자, 소장은 조례를 시작했다. 언제나 같은 내용. 항상 연구하는 자세로 일하자, 손님을 위해 최선을 다하자, 자신의 머리라고 생각하며 디자인하자, 서로서로 도우며 일하자는 내용이었다. 그리고 끝으로 다함께 외치는 구호!

"우리는 샤랄라의 주인, 우리는 샤랄라의 자랑스러운 모발 연구원입니다!"

쑥스러운 외침을 뒤로 하고 다들 일과를 시작했다. 9시 30분 무렵이 되자, 첫 손님이 왔다. 카랑카를 먹자고 하던 미르(Meer) 연구원의 손님이었다. 머리숱이 아주 적은 남자. 하지

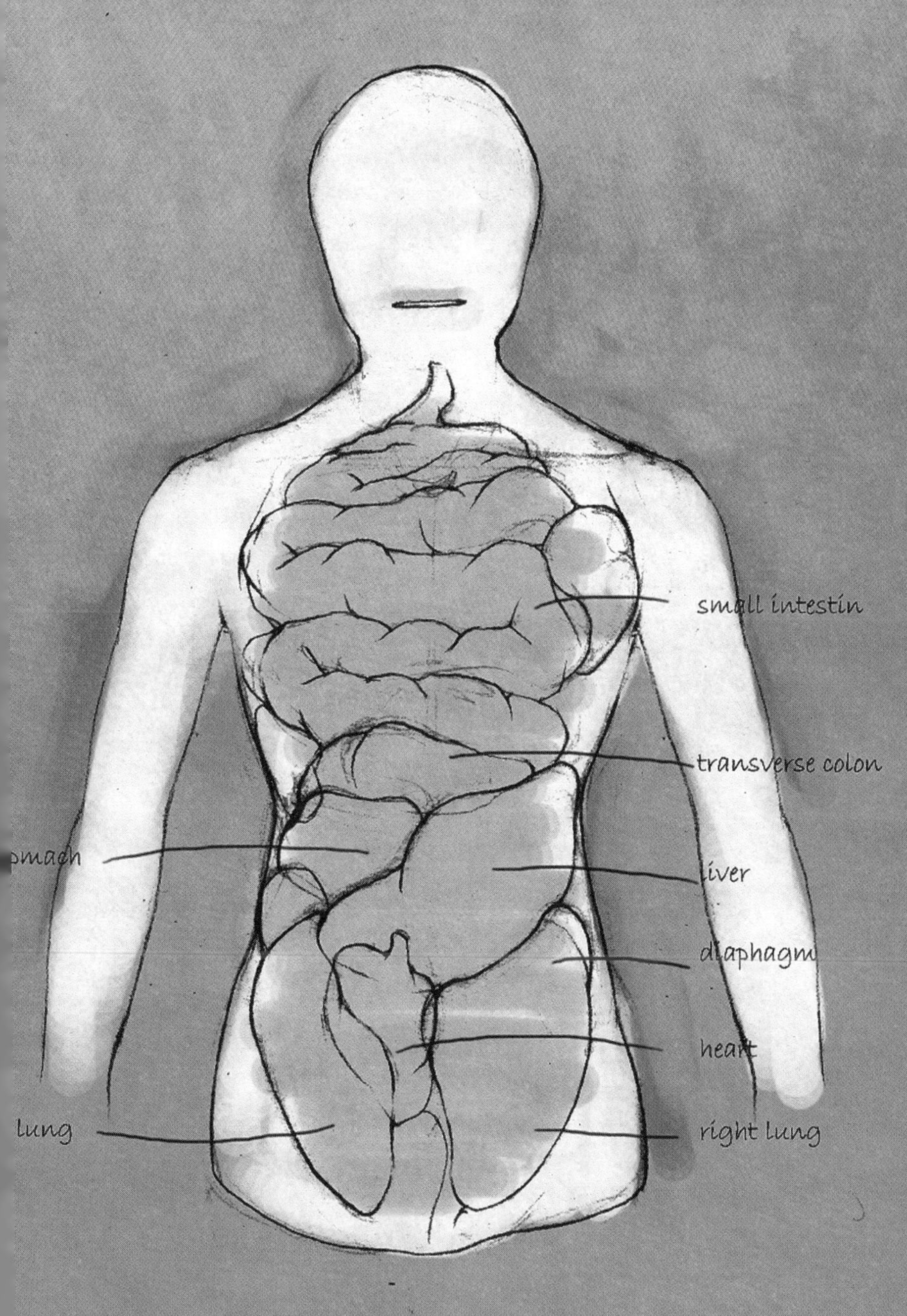

small intestin
transverse colon
pmach
liver
diaphagm
heart
lung
right lung

만 한 달에 한 번씩 꼬박꼬박 연구소를 찾았다. 그리고 항상 커트를 요구했다. 우리들 사이에서는 대머리 커트맨으로 통하고 있는 남자였다. 미르 연구원은 10분이면 끝날 것을 30분이나 끌고 있었다. 마땅히 손님이 없는 까닭에 그런 것도 있었지만, 분명히 일종의 전략일 것이다. 왠지 신경을 많이 써주고 있는 듯한, 무언가 특별한 것이 있는 것처럼. 헤어스타일 연구가 다 끝나자, 대머리 커트맨은 목이 긴 양, 라이버스처럼 목을 쭉 빼고 거울을 보았다. 그리고 헤어스타일에 상당히 만족한 표정을 지어 보이며 계산을 하고 연구소를 빠져나갔다. 대머리 커트맨이 나가자 세오(Seo) 연구생이 미르 연구원이 커트했던 의자 밑 바닥에 떨어진 머리카락을 치웠다. 그때 갑자기 배가 아파 화장실로 향했다. 시계를 보니, 정확히 10시 10분이었다. 볼 일을 보기 전에 어제 온 스포츠 신문 한 부를 들고 화장실로 들어갔다. 두 겹으로 신문을 좌변기 앞에 깔았다. 그리고 그 위에 살포시 무릎을 꿇고 앉았다. 입을 좌변기에 댔다. 배에 힘을 주자, 마치 구토를 하듯이 입에서 무언가가 나왔다. 입을 통해 나온 것은 대변. 바닥에 깔린 신문에 커피는 변비를 예방한다는 기사가 눈에 들어왔다. 칼스텍리셀버그도 하루에 한 잔 이상의 커피를 평생 마셨다고 씌어 있었다. 파위자와 같은 황금색 변이 계속 입을 통해 나왔다. 입술에 변이 묻지 않게 하기 위해 최대한 입을 크게 벌리고 있었다. 간간히 눈을 흘겨 신문 연재만화도 보았다. 누군가가 노크를 했다. 변이 나오고 있는 중이라 아무 말도 못하고 발뒤꿈치로 화장실 문을 두드려 사람이 있음을 알렸다. 대변을 다 본 뒤, 세면대에서 입을 헹궜다. 코도 풀었다. 콧물에 대변 찌꺼기가 섞여 나왔다. 그리고 구강청정제로 가글을 하고 칫솔, 치약으로 양치까지 했다. 이 사이에 낀 대변 찌꺼기까지 깔끔하게 닦아냈다. 그리고 다시 한 번 구강청정제로 가글을 하고 입 냄새 제거 스프레이를 살짝 뿌렸다. 대변을 보고 첫 번째 손님을 맞았다. 그라산 동남쪽 마을에 사는 아줌마라고 자신을 밝힌 손님. 아줌마는 잡지책을 펼치더니 요즘 잘나가는 신세대 연예인 머리를 지적했다. 난 단호하게 안 된다고 했다. 100% 어울릴 확률이 없다고 했다. 하지만 아줌마는 상관없으니, 그렇게 해 달라고 했다. 세오 연구생을 불러 샴푸를 시켰다. 그리고 적당히 커트를 하고 이구아수 파마를 하고 실버 그레이빛으로 염색을 했다. 소요 시간은 3시간. 점심시간이 되었다. 다른 연구원 및 연구생 그리고 소장은 아줌마의 헤어스타일을 보고 낄낄거렸지만, 아줌마는 아주 흐뭇한 미소를 지었다. 아줌마는 팁까지 줬다. 동료 연구원들은 역시 부러운 눈으로 나를 바라봤다. 염색을 마무리하고 점심을 먹기 위해 연구소 근처 패스트푸드 점으로 향했다. 치즈버거세트를 포장해 달라고 요청했다. 순간 소다수는 미용연구소 옆 가게인 진솔슈퍼마켓에서 살까, 하는 생각도 했는데, 귀찮은 마음도 있고, 왠지 진솔슈퍼마켓에 가는 것이 내키지 않아 세트메뉴로 주문했다. 햄버거는 8등분해 달라고 했다. 패스트(fast)하게 푸드(food)가 나왔다. 햄버거와 소다수 그리고 감자튀김을 싸들고 연구소로 돌아왔다. 몇몇 선생들은 손님들의 머리를 만지고 있었고, 몇몇은 내실에서 식사를 하고 있었다. 화장실로 음식들을 가지고 들어갔다. 바지를 내렸다. 8등분된 햄버거를 항문에 밀어 넣었다. 괄약근이 움직였다. 햄버거 패드의 육질과 양상추의 싱싱함이 적절하게 어우러져 맛이 좋았다. 항문에 빨대도 꽂았다. 시원한 라임 향의 소다수가 항문을 타고 몸 안으로 스며들었다. 시원했다. 오랜만에 먹는 햄버거 맛이 일품이었다. 햄버거를 다 먹고 소다수 컵에 담긴 얼음 하나를 꺼내 항문에 집어넣었다. 항문 주위가 약간 아팠다. 얼음의 모서리가 조금 날카로웠던 까닭에. 그리고 감자튀김을 하나씩 하나씩 쑤셔 넣었다. 감자튀김에 붙어 있던 소금

들이 항문 주위를 자극해서 따끔거렸다. 햄버거와 소다수는 다 먹고, 감자튀김을 3분의 1 정도 먹었을 즈음, 누군가가 노크를 했다.

"하 연구원님, 혹시 안에 계세요? 손님 오셨는데요."

키므(Kimm) 연구생이었다. 나간다는 말을 하고 쓰레기통에 햄버거 포장지와 소다수 컵을 버렸다. 그리고 화장지로 항문 주위를 대충 닦았다. 감자튀김은 들고 나와 세오 연구생에게 줬다. 세오는 너무 고맙다면서 연신 잘 먹겠다고 외쳤다. 그리고 말처럼 고마워하며 잘 먹었다. 한 달에 한 번씩 오는 손님이 왔다. 아주 특별한 손님이자 우수 고객. 그는 매달 오지만 머리는 절대 자르지 않았다. 단지 파마와 염색을 할 뿐이었다. 뿐만 아니라 싸구려 파마가 아닌 값비싼 파마를 고수했다. 염색도 일반 염색이 아닌 코팅이나 영양제를 포함한 고급 염색을 지향했다. 영양 만점의 손님. 하지만 머리는 절대 자르지 않았다. 커트는 다른 곳에서 하고 있는 것 같았다. 늘 같은 기장의 머리. 혹 머리카락이 전혀 자라지 않는 사람일지도 모른다는 생각도 했다. 물론 그럴 리 없겠지만. 그는 의미심장한 눈빛을 하고 의자에 앉았다. 전과는 사뭇 다른 분위기가 느껴졌다. 상관하지 않고 상냥하게 웃으며 어떤 파마를 해드릴까요, 라고 물었다. 그러자 그는 2초 정도 뜸을 들이고 한숨을 쉬고 난 뒤, 입을 열었다.

"짧게 커트해 주세요!"

다시 물었다. 역시 같은 답을 했다. 또다시 물었다. 또 같은 대답을 했다. 또다시 물었다. 또 동일한 답을 했다. 난 가위를 들었다. 그리고 어느 정도가 좋겠냐고 물었다.

"1mm 미만이요!"

짧게 대답한 그. 커트는 파마보다 확실히 비생산적이다. 커트에 사람들은 민감하다. 파마는 좀 지나면 스타일이 나온다고 핑계를 댈 수 있지만, 커트는 그렇지 않다. 보이는 것이 답이다. 보이는 것이 실체이다. 보이는 것을 믿는다. 영양 만점의 손님은 승려처럼 삭발을 하고 떠났다. 왠지 그 손님은 다시 안 올 것 같았다. 조금 슬펐다. 고르지 못한 그의 뒤통수가 떠올랐다. 울 정도는 아니었지만. 영양 만점의 손님이 나간 뒤, 저녁 10시까지 커트는 네 번, 파마는 세 번 했다. 중간에 화장실에 가서 녹차 두 잔을 마셨다. 폐점 시간이 될 무렵 일을 대충 정리했다. 세오 연구생이 내 도구들과 자리를 특별히 챙겨 주었다. 점심에 준 감자튀김 때문인 듯. 연구소에서 나와 세오와 대형할인마트에 갔다. 세오는 별로 마트에 갈 일이 없어 보였다. 하지만 옆에 꼭 붙어 마트에 꼭 가야겠다고 고집했다. 그리고 마트 애기는 안 하고, 연구소 일이 너무 즐겁고 연구원들의 실력이 아주 존경할 만하다고 했다. 마트에서 스파게티 소스와 스파게티 면을 고르고 1.5리터 음료수 세 병과 밑반찬 세 가지를 살 동안 세오는 계속 헤어 커트와 파마에 대해서 얘기했다. 장보기를 완벽하게 마치고 계산을 하니, 세오가 캐셔에게 다음에 또 오겠다고 인사했다. 둘은 함께 버스 정류장에 서 있었다. 세오와 나는 다른 노선버스를 이용하지만, 같은 정류장에서 탔다. 키므가 버스 정류장으로 걸어왔다. 간단히 인사를 했지만, 별다른 이야기를 하지는 않았다. 신문 가판대에 있는 명일 조간신문 헤드라인을 보고 있었다. 벨기에, 네덜란드, 룩셈부르크가 하나가 된다는 말이 하루 만에 번복되었다고 대문짝만하게 났다. 세오는 여전히 파마 기술에 대해 중얼거렸다. 키므는 인사를 하고 먼저 온 버스에 올라탔다. 5분이 지난 뒤, 세오가 타야 할 버스가 왔다. 세오는 버스를 보자 하던 애기를 다음으로 미루고 버스에 올랐다. 5분 뒤, 내가 타야 할 버스도 왔다. 옆에 서 있던 사람이 명일 조간신문을 보고 있었다. 광조병을 치료할 수 있는 백신이 개발되었다는 기사가 보였다.

샤워를 하고, 비데를 하고, 양치를 하고 스파게티 면을 삶았다. 익은 면과 소스를 섞었다. 먹음직스러운 스파게티가 완성되었다. 저녁 식사 준비를 하고 텔레비전을 켰다. 시사프로그램이 방영 중이었다. 바지를 내리고, 물론 팬티도 벗고 포크로 면을 하나만 꼭 찍어 항문에 밀어 넣었다. 면이 항문 안으로 쏙 빨려 들어갔다. 쭈루룩 빨려 들어가는 느낌이 참 좋았다. 트리니나드 토바고의 내란에 미국이 간섭하고 있어 세계적으로 반미 감정이 커지고 있다고 했다. 트리니나드 토바고의 국민들은 내전을 환영하고 있으며, 새로운 민주주의의 발판이라고 믿고 있지만, 미국은 그렇지 않다고 생각해 내전에 적극 개입하겠다고 발표했다. 스파게티를 맛있게 먹고 물을 한잔 마셨다. 트림이 항문 사이로 나왔다. "꺽." 설거지를 하고 거실에 누워 책을 봤다. 최신 헤어잡지. 마트에서 사온 음료수를 컵에 따르고 빨대를 꺾어 항문에 꽂았다. 직장을 타고 올라가는 탄산음료의 짜릿함이 하루 동안 쌓인 피로를 풀어주었다. 자정 무렵, 잠을 청하려고 하는데, 전화가 왔다. 친구였다. 근처라고 했다. 이미 술이 곤드레만드레 취한 목소리였다. 대충 옷을 챙겨 입고 나갔다. 이미 친구는 집 앞까지 와 있었다. 술이 아주 많이 취해 있었다. 보고 싶어서 왔다고 했다. 그리고 노래방에 가자고 했다. 노래방에서 친구는 세 곡을 예약했다. 그리고 한 곡만 부르고 쓰러졌다. 친구를 흔들어 깨우려 했지만 친구는 전혀 일어날 생각을 하지 않았다. 왠지 친구가 노래를 듣고 싶어 할 것 같았다. 선곡을 하고 마이크를 잡았다. 노래를 부르려고 하자, 친구가 구토를 하고 싶다고 했다. 나는 잽싸게 노래방 종업원을 불렀다. 종업원은 숙련된 동작으로 친구의 입 앞에 비닐통부를 씌우고 등을 두드렸다. 친구의 입에서 나오는 많은 양의 음식물들. 바나나 안주에 드가를 마셨다는 것을 한눈에 알 수 있었다. 친구는 세 차례 걸쳐 토했다. 그것을 보니 속이 좋지 않았다. 속이 울렁거렸다. 구토가 나올 듯했다. 구토를 막기 위해 괄약근에 힘을 주었다. 토를 다한 친구는 정신을 차리고 노래를 다시 부르기 시작했다. 마이크를 잡은 친구의 손이 이상했다. 왼손 새끼손가락의 첫 마디가 없었다. 손가락이 네 개 반뿐이었다. 하지만 왜 그런지 묻지 않았다. 부족함에는 늘 개인적인 이유가 있는 법이고, 개인적인 이유는 말하기 전에는 묻지 않는 것이 상책이라는 칼스텍 리셀버그의 말이 떠올랐기 때문이다. 말없이 탬버린을 흔들며 장단을 맞춰 주었다. 노래를 다 부르고 나오면서 친구는 내 어깨에 손을 올렸다. 그리고 알아듣기 힘든 발음으로 말했다. 사랑한다고 그리고 입을 맞췄다. 바나나의 단내와 드가의 쓴내가 뒤섞여 좋지 않은 냄새가 났다. 항문 밖으로 무언가를 토하고 싶었다. 괄약근에 힘을 꽉 주었다. 친구를 택시 태워 보내고 집에 돌아왔다. 집에 들어와 매스꺼운 속을 가라앉히기 위해 물을 한잔 마셨다. 그리고 비데로 항문을 씻었다. 양치도 했다. 그리고 친구에게 전화를 했다. 조심해서 들어가라고, 앞으로 술 너무 많이 마시지 말라고. 친구는 돈이 원수라면서 돈이 없어서 문제라면서 돈타령을 했다. 나는 그만 끊고 쉬라고 말했다. 텔레비전을 켜니 다시 뉴스가 나왔다. 그그슈 대학은 국내에서는 최고지만 국제적으로는 형편없는 대학이라고 했고, 숫자만 기억하는 병을 가진 환자 중의 한 명이 자살을 기도했다는 소식도 있었다. 지리멸렬한 뉴스들이었다. 잠자리로 향했다. 금세 잠이 들었고, 다음날 상쾌하게 일어났고, 눈을 뜨자마자 이부자리를 정돈했고, 가벼운 맨손 체조도 했고, 아침방송도 보았고, 버스를 타고 연구소에 갔고, 점심 식사도 했고, 피로할 쯤에 소다수도 마셨다. 쪽쪽쪽.

지식인
指食人

指食人 | 지식인 |

··· 1년에 손가락 하나는 먹어야 산다

그날

의사가 한 말을 도무지 믿을 수가 없었다. 의사 또한 난감한 표정을 지으며 자신의 말을 믿기 어려울 것이라고 했다. 그럼에도 불구하고 의사는 자신이 한 말은 모두 사실이라고 강조했다. 당장은 믿기 힘들겠지만 곧 그것이 사실임을 알게 될 것이라고 했다. 그 말을 듣고 두 손을 쫙 펴 보았다. 손가락 10개가 꼼지락거리고 있었다.

"하나, 둘, 셋, 넷, 다섯, 여섯, 일곱, 여덟, 아홉, 열!"

딱 10개였다. 손가락 하나당 1년은 살 수 있다니까, 일단 앞

으로 10년은 문제없구나. 하지만 11년 뒤에는 어떡하지? 11
년 뒤는 말이야. 다시 한 번 유심히 보았지만 내 손가락은 딱
10개뿐이었다. 애석하게도. 아내는 이런 사정을 아는지 모르
는지 미동도 없이 시체처럼 침대에 누워있었다. 내가 아내를
걱정스런 눈빛으로 보자, 아내는 나를 보고 싱긋 웃었다. 아
내와 함께 진료실을 나서려고 일어서자, 의사가 말했다.

“너무 신경 쓰지 마세요. 죽을병은 아니에요. 손가락만 있
으면 충분히 살 수 있답니다.”

손가락만 있으면 괜찮다! 손가락만 있으면 괜찮다!

그날로부터 11년 뒤

아침생활정보프로그램을 진행하는 남자 앵커는 무미건조
한 표정으로 전날의 우울한 뉴스들을 간략하게 언급했다. 앵
커의 목소리가 잘 들리지 않았다. 발가락으로 리모컨 볼륨 업
버튼을 세 차례 눌렀다. 텔레비전 속의 진행자는 앞서 말한
우울한 이야기들을 모두 잊은 듯 생활자들의 활기찬 삶을 전
했다. 여자 앵커는 남자 앵커의 말에 맞장구를 치며 눈웃음을
쳤다. 나는 손가락이 없는 두 손으로 아내에게 수프를 먹였
다. 그릇이 따뜻했다. 아내의 얼굴도 따뜻했다. 나는 죽으로

대충 아침을 해결했다. 손가락이 없어진 뒤로 죽이 아주 일상적인 아침식사가 되었다. 난 지름이 긴 빨대로 죽을 쪽쪽 빨아먹었다. 빨대로 자주 죽을 빨아먹다 보니 다른 사람들보다 빠는 힘이 무척 세졌다. 생활정보프로그램의 패널들은 즐거운 표정을 지으며 낄낄거렸다. 아내는 텔레비전을 보다 말고 돌아누웠다. 여전히 아무 말도 없이 벽을 본 채 눈만 깜박거리고 있었다. 해외소식을 전하는 리포터가 등장했다. 트리니나드 토바고에서 내전이 발생해 15,000명 이상이 사망했다고 전했다. 아내는 트리니나드 토바고 얘기가 나오자, 마치 자신의 일인 양 텔레비전 쪽으로 다시 돌아누웠다. 하지만 여전히 말은 없었고 눈만 깜박거리고 있었다. 아내의 큰 눈이 아름다웠다. 난 대충 설거지를 해놓고 아내를 침대에 묶어두었다. 외출 전에 반드시 해야 할 일은 아내를 침대에 묶어두기. 아내는 말은 못하지만, 아내는 일어나지 못하지만, 누워서는 비교적 잘 움직이는 편이다. 뒹굴뒹굴 잘도 굴러다닌다. 몸을 완벽하게 조절할 수 있는 것은 아니지만, 어디론가 끝없이 움직이려 하는 경향이 있다. 간혹 구르다가 바닥에 그냥 떨어져 피가 철철 나기도 하지만, 전혀 아픈 기색을 보이지 않는다. 그냥 눈만 깜박거린다. 바닥에 눕혀 두면 거실 끝까지 마구

구르거나 장롱 밑이나 침대 밑으로 들어가 버둥거리며 도무지 나올 생각은 하지 않는다. 떨어지고 구르고 부딪히고 피흘리지만 아파하지는 않는다. 거실로 나와 발코니까지 나가기도 하고, 부엌으로 가서 식탁과 의자를 넘어뜨리기도 한다. 욕실로 들어가 좌변기 옆에서 잠들기도 하고, 다용도실에 들어가 빨래를 얼굴에 덮어쓰고 있기도 한다. 아내는 활동적이다. 죽기에는 너무 활동적이고 삶의 에너지가 충분하다. 아니 넘쳐흐른다. 그래서 외출 전에는 항상 아내를 침대에 꽁꽁 묶어둔다. 아내와 나의 평온을 위해. 가족의 평온을 위해서.

아내를 침대에 묶은 뒤, 약속한 사람에게 전화를 했다. 재작년까지만 해도 손가락이 하나 있어 전화기 버튼을 누르기가 수월했는데, 작년에 마지막 손가락을 자르고 난 뒤에는 여러 가지로 불편한 점이 많다. 그중 가장 대표적인 것이 전화거는 일이다. 발가락으로 11개의 번호를 눌렀다. 약속한 사람은 11시까지 약속장소로 나온다고 했다. 약속장소로 나와 손가락이 없는 사람을 찾으면 쉽게 나를 알아볼 수 있을 것이라고 했다. 손가락이 없는 사람! 옷을 입고 작두와 검은 비닐봉지를 가방에 챙겼다. 집을 나서려고 하는데, 전화가 왔다. 아내의 친구였다. 아내의 친구가 물론 너무 오랜만에 전화를 하

긴 했지만, 그럼에도 반갑지 않았다. 난 아내가 지금 전화를 받지 못할 지경이라고 설명했다. 아내의 친구는 안부조차 묻지 않고, 혹시 주변에 미혼의 젊은 여자가 있냐고 물어봤다. 나는 없다고 말했는데, 아내의 친구는 집요하게 혹시 있는지 생각해 보라고 했다. 난 약간 화가 났다. 아내의 친구는 재차 묻고, 삼차 물었다. 난 화가 났고, 자꾸 개소리하면 손가락을 잘라버리겠다고 작고 단호하게 말했다. 그러자 아내의 친구는 그럴 필요는 없다면서 없으면 말라며 전화를 끊었다. 난 긴 한숨을 한 번 쉬고 현관문을 나섰다. 현관문을 나와 생각해 보니 아내의 친구는 예전에 젊은 여자에게 남편을 빼앗기고 혼자 사는 여자였다. 난 아내의 친구가 왠지 불쌍하게 느껴졌다. 하지만 미혼의 젊은 여자는 생각나지 않았다.

약속한 사람은 정확히 11시에 약속장소에 등장했다. 나는 그의 얼굴을 몰랐고, 그가 손가락이 하나도 없는 나를 발견하고 먼저 알은체를 했다. 약속한 사람의 생김새는 전화 목소리가 주었던 느낌과 아주 흡사했다. 가녀린 목소리처럼 작고 아담한 체구의 청년이었다. 얼굴은 뽀얀색이었고, 팔다리가 얇고 길었다. 물론 손가락도 하얗고 길고 가늘었다. 나는 그에게 점심 식사를 함께할 것을 권했다. 점심을 권한 데에는 두 가지 이유가 있었다. 첫째는 서로 조금 친숙해지기 위해, 둘째는 바로 손가락을 자르러 가기가 조금은 미안했기 때문에. 물론 돈은 충분히 주지만. 아무튼 그는 조금 이르긴 하지만 점심을 미리 먹어두는 것도 괜찮겠다고 했다. 약속장소 인근에는 수많은 음식점이 있었다. 나는 그에게 인도식 카레가 어떠냐고 물었다. 그는 인도음식은 싫다고 했고, 특히 미역과 다시마의 향이 강한 드리미리 카레는 질색이라고 했다. 그는 내게 일식은 어떠냐고 했다. 일식이 좋다고 하자, 그가 앞장섰다. 평소 자주 가던 드가로 유명한 술집 옆에 작은 일식집으로 추천했다. 나는 흔쾌히 웃으며 들어갔다. 내가 회덮밥을 주문하자, 그도 회덮밥을 주문했다.

"손가락이 없어지면서 주로 덮밥이나 비빔밥을 많이 먹게 되었어요. 허허. 혹시 덮밥이나 비빔밥을 좋아하세요?"

그의 얼굴은 순간 회덮밥 속의 딱딱하게 언 회처럼 딱딱하고 하얗게 굳어버렸다. 나는 괜한 말을 했구나, 싶었다.

"하하하, 그러세요. 전 덮밥이나 비빔밥을 즐겨 먹지는 않아요. 그냥 가끔 먹지요. 그중에 회덮밥이 제일 괜찮긴 한데."

그는 웃으며 말했지만, 턱을 살짝 떨고 있었다. 나는 인도음식이나 일본음식 혹은 한국음식을 찾아먹는 편이라고 했다. 그리고 죽도 괜찮다고 했다. 물론 수프도 좋고.

"그런데 사실 손가락이 이렇게 아예 없으면 비빔밥을 먹기도 힘들어요. 뭐, 이젠 많이 익숙해져서 상관없지만."

말이 끝나자, 회덮밥이 나왔다. 그가 친히 비벼주겠노라 말했다. 하지만 난 손사래를 치고 직접 비볐다. 손가락이 없는 내가 회덮밥을 싹싹 비비는 것을 그는 신기한 듯 바라보았다. 죽을 먹은 지 오래되지 않아서 시장하지 않았다. 하지만 회덮밥 한 그릇을 깨끗이 비웠다. 힘을 쓰기 위해선 적당한 열량이 필요했다. 식사를 하면서 그는 아침 방송에 나왔던 트리니나드 토바고 내전에 대해 이야기를 했다. 긴장이 가득했던 그의 눈에서 여유가 느껴졌다. 내전으로 많은 사람이 죽은 것이 안타깝다고. 문득 내전에 관한 뉴스가 나올 때 돌아누웠던 아내가 떠올랐다. 침대에 꽁꽁 묶인 아내는 지금쯤 무엇을 하고 있을까? 식사를 마친 뒤, 그와 나는 거리를 좀 걸었다. 젊은 이들이 많은 거리였다. 나는 사람들은 많고, 돈 쓸 일도 많다는 사실에 다소 안도했다. 그리고 내가 돈이 많다는 사실에 또다시 안도했다. 우선 약국에 들러 필요한 약품들을 사기로 했다. 그런 뒤, 은행에 들러 그의 계좌에 선금을 넣기로 했다. 자신의 계좌로 거액이 이체되는 것을 확인한 후, 그는 다시 긴장하기 시작했다. 일상적인 뉴스거리를 얘기하는 얼굴과는 사뭇 다른 얼굴이었다. 확실히 떨고 있었다. 난 무심한 척하며 약국에서 지혈제와 붕대, 상처에 바르는 연고 그리고 수면제, 진통제를 샀다. 그는 코, 목, 입 안이 답답하다면서 휘산작용[16]을 하는 캔디를 하나 샀다. 캔디를 받고 돈을 내려고 하는 손이 덜덜덜 떨렸다. 나는 캔디까지 계산했다. 나는 빨리 일을 끝내고 싶은 마음에 약국에서 가장 가까운 여관으로 가자고 했다. 그 역시 별 불만 없이 내 의견에 동의했다. 그는 갑자기 화장실에 가고 싶다고 했다. 화장실은 여관에도 있다고 말했다.

 여관 문을 열자, 20대 중반의 남자가 보였다. 남자는 오른쪽 집게손가락을 계속 만지작거렸다. 그리고 쉬었다 갈 거냐고 물었다. 그와 나는 아무런 대답을 하지 못했다. 더 엄밀히 말하자면 그는 나의 대답을 기다리고 있었고, 나는 어색함에 입을 열지 못했다. 남자는 집게손가락의 끝이 간지러운지 계속 만지작거리고 살짝 긁어 보기도 했다. 엄지로 검지를 긁던

---

16) 상온에서 액체가 기체로 변하는 현상을 휘산작용이라고 하며, 박하사탕이나 껌 등에서 응용하고 있다. 휘산작용을 응용한 제품을 최초로 만든 곳은 일본 과자회사였는데, 휘산작용을 하는 사탕이나 껌이 나왔을 때, 그들은 휘산작용이 감기 퇴치나 쉰 목소리에 효과가 있다고 광고를 했다. 몇 년 뒤, 그 휘산작용은 감기 퇴치나 쉰 목소리에 전혀 도움이 되지 않는다고 밝혀진 바 있다. 하지만 여전히 휘산작용을 하는 캔디는 전세계적으로 놀랄 만한 판매 신장을 거듭하고 있다. 이찬희 저, 『캔디의 역사』(서울 : 아시아문예출판, 2000) p 37.

남자가 답답한지 재차 쉬었다 갈 거냐고 물었다. 나는 고개를 끄덕이며 대충 얼버무렸다. 남자는 왼손으로 303호 키를 내주고 오른손을 계속 긁적거렸다. 남자는 계단을 지칭하며 3층으로 올라가라고 했다. 그에게 앞장서라고 말했다. 그는 천천히 계단을 올랐다. 난 그의 뒤를 졸졸졸 따랐다. 남자에게 받은 열쇠로 방문을 열었다. 오랜만에 맡아보는 냄새가 코끝을 자극했다. 여관 냄새. 둘 사이에 어색함이 맴돌았다. 아내와 처음으로 여관에 왔을 때가 생각났다. 그때도 참 어색했는데. 우선 그와 나는 침대에 걸터앉았다. 그리고 작업을 시작하기로 했다. 약속한 대로 난 잔금을 꺼내 침대 위에 던졌다.

"일이 완전히 끝나면 저 돈을 가져가세요. 약속했던 돈보다 조금 더 넣었습니다."

그는 대답도 못한 채 힘없이 고개를 끄덕거렸다. 그는 욕실로 들어가려고 했다. 난 우선 수면제와 진통제를 먹어두는 것이 좋을 것 같다고 했다. 그는 말없이 고개를 끄덕거렸다. 나는 가방에서 작두와 약국에서 산 물건들을 꺼냈다. 작두날이 빛났다. 진통제와 수면제를 그에게 주고 작두를 들고 욕실로 들어갔다. 세면대 위에 놓인 칫솔을 꺼내 작두로 잘라 보았다. 종이가 가위에 잘려나가듯이 칫솔이 깨끗이 댕강 두 동강이 났다. 온수를 틀었다. 물소리가 거칠게 났다. 방으로 와 텔레비전도 크게 틀었다. 세계적인 케이블 뉴스 방송에서 트리니나드 토바고 내전 소식을 실시간으로 중계해주고 있었다. 다시 욕실로 들어가 그를 불렀다. 준비를 마친 후 그를 바라보자, 그는 눈을 깜박거리면 시작할 거냐고 물었다. 나는 말없이 그에게 다가갔다. 침대에 묶여 있을 아내를 떠올렸다. 그는 휘산작용을 하는 캔디를 뱉고 이를 꽉 다문 모습으로 마음의 준비되었음을 알리고 있었다. 그의 턱이 떨리고 있었다. 그의 하얀 손가락이 유난히 길고 가늘어 보였다. 그는 작두와 두 동강이 난 칫솔을 보고 놀란 듯 주춤거렸다. 덜덜덜 심하게 떨기 시작했다. 욕실에는 김이 서리기 시작했다. 나는 그에게 온수에 손을 담가두라고 했다. 잠시 뒤, 수건을 찢어 입을 묶으라고 했다. 그는 온수에 담갔던 손을 빼고 스스로 입을 묶었다. 그리고 다시 온수에 손을 담갔다. 난 노래를 불렀다. 노래가 끝나자, 손가락은 자르기 좋을 정도로 적당하게 불었다. 난 낮은 목소리로 작두 날 위에 손가락을 올려놓으라고 했다. 그는 뭐라고 말을 했다. 하지만 입이 수건에 묶여 있어 무슨 말인지 도무지 알 수가 없었다. 오른쪽 집게손가락으로 왼쪽 손가락들을 하나씩 가리켰다. 어느 손가락을 올려놓아야 하냐고 묻는 듯했다. 난 혀를 내밀어 그의 새끼손가락을 가리켰다. 그는 손가락을 살며시 작두 위에 올려놓았다.

"처음엔 작은 것부터. 그게 좋지요."

나 역시 그랬다. 그는 파르르 떨고 있었다. 뭐라고 말을 했지만, 역시 알아들을 수가 없었다.

"고통은 순간이고, 많이 가진 사람은 나눌 줄 알아야 해요. 더군다나 돈도 받았는데."

그는 고개를 끄덕거리며 빨리 해 달라는 시늉을 했다.

11년 전, 내가 처음으로 자른 손가락도 왼손 새끼손가락이었다. 의사는 분명히 말했다. 아내는 1년에 손가락을 한 개씩 먹어야 한다고. 나는 믿을 수 없어 다시 물었다. 의사는 어린 아이가 책을 읽듯이 정확히 말했다.

"일. 년. 에. 손. 가. 락. 을. 한. 개. 씩. 먹. 어. 야. 합. 니. 다."

의사의 그 말이 있은 뒤로 나의 손가락 수난시대가 시작되었다. 매년 내 손가락 개수는 줄어들었다. 십구팔칠육오사삼이일 그리고 땡! 마치 로켓 발사 직전의 카운트다운처럼, 10층에서 1층으로 향하는 엘리베이터처럼. 그리고 10년이 흘렀다. 그사이 아내는 죽지도 더 아프지도 않았다. 매년 나의 손가락을 고아 낸 수프를 먹은 아내는 아무 말도 하지 않았고,

일어나지도 않았고, 눈만 깜박거렸다. 뒹굴기만 했고, 죽지는 않았다. 표정은 늘 온화했고, 병원에 갈 필요도 없었다. 그렇게 11년이 흘렀다. 난 손가락이 모두 없어졌다. 하지만 여전히 나와 아내에겐 손가락이 필요했다. 아내가 계속 죽지도 더 아프지도 않기 위해서는 누군가의 손가락이 반드시 필요했다. 그래서 만난 사람이 바로 약속한 사람, '손가락을 잘라주기로' 약속한 사람, 바로 그였다.

난 그에게 떨지 말라고 했다. 다시 한 번 강조했다. 고통은 한순간이고, 손가락이 하나 정도 없는 것은 사는 데 크게 지장이 없다고 했다. 한 네다섯 개 없다면 조금 불편하겠지만. 한두 개는 전혀 문제 없다고. 그것은 전적으로 나의 경험에서 나온 충고였다. 그것은 전적으로 나의 진심에서 나온 충고였다. 하지만 그는 믿지 못하는 눈치였다. 나는 그에게 나를 보라고 했다. 그는 나를 힐끔 보았다. 그리고 나의 손을 보라고 했다. 산 속에서 가다키 구렁이라도 만난 사람처럼 덜덜 떨며 나의 손을 보았다. 난, 사람들은 의외로 다른 사람의 손가락 개수에 연연하지 않는다고 말했다. 사람들이 중요하게 생각하는 것은 역시 손가락보다는 돈이라고. 손가락 하나 잃고 잃어버린 신용을 찾을 수 있다면, 그것보다 좋은 것이 어디 있겠냐고. 손가락과 하나와 평생 편히 살 수 있는 돈을 바꿀 수 있는 그는 행운아라고 말했다. 이번에 해보고 괜찮으면 매년 나를 찾아오라고 덧붙였다. 난 친절하고 소상하게 손가락과 삶에 대해 말했다. 내가 그렇게 말했건만 그는 여전히 파르르 떨고 있었다. 그리고 계속 빨리 시작하라는 눈빛을 보냈다. 눈망울에 눈물이 고였다. 난 카운트다운에 들어간다고 했다. 마치 내 손가락의 숫자가 줄어든 것같이 카운트다운이 들어갔다. 십구팔칠육오사삼이일 그리고 땡! 땡과 동시에 힘차게 작두를 눌러버리려고 했으나 그렇게 하지 않았다. 삼과 동시에 작두를 내렸다. 작두날이 빠르게 그의 새끼손가락을 향해 내려갔다. 바짝 선 날이 단번에 그의 손가락을 날릴 듯했다. 작두날이 그의 손가락을 완벽하게 잘라버리기 직전, 그의 손가락은 작두날보다 조금 빠르게 움직였다. 하지만 미처 작두를 다 빠져나오지는 못했다. 차라리 다 빠져나왔다면 더 나았을 것을. 그의 새끼손가락은 첫 마디만 댕강 작두에 잘려 나갔다. 그는 순간 소리를 질렀다. 꽥꽥꽥. 무슨 소리인지 도무지 알아들을 수가 없었다. 그는 욕실 바닥에서 미친 듯이 뒹굴었다. 엄살일 뿐. 난 손가락이 잘리는 고통을 이미 알고 있었다. 한 번 경험한 것도 아니고, 두 번 경험한 것도 아니고,

세 번도 아니다. 물론 네 번도, 다섯 번도 아니다. 정확히 열 번. 이미 11년 전 첫 번째 고통을 겪었다. 아프지 않다면 거짓말이겠지만. 하지만 참을 수 없다는 것도 거짓말일 뿐. 그가 나를 발로 걷어찼다. 나는 욕실바닥에 뒹굴었다. 그는 소리를 고래고래 지르며 여관방을 뛰쳐나갔다. 나는 그를 잡기 위해 1층까지 따라 내려갔다. 하지만 그는 이미 보이지 않았다. 카운터의 남자는 여전히 집게손가락을 긁적거리고 있었다. 난 다시 방으로 돌아왔다. 그가 남겨 두고 간 새끼손가락 한 마디와 얼음을 검은 비닐봉지에 넣었다. 그리고 작두와 약품들을 챙겨 나왔다. 물론 침대 위의 돈도 챙겼다.

집에 돌아와 침대에 묶인 아내를 풀어주었다. 그리고 약속한 남자의 새끼손가락 첫 마디를 고았다. 그리고 욕실에서 작두를 씻었다. 손가락 세 마디를 자르는 것이나 한 마디를 자르는 것이나 고통의 정도는 같은데, 왜 그는 한 마디만 자르고 도망갔을까? 나머지 돈도 못 받고. 나는 이해할 수가 없었다. 나는 다시 손가락 제공자를 찾아 나서야만 했다. 스티커 업체에 전화해 '손가락을 제공할 분을 찾습니다'라는 스티커를 1,000개만 만들어 달라고 했고, 온라인 마케팅을 하는 다국적 기업을 찾아 전세계적으로 손가락 제공자를 찾는 메일을 뿌려 달라고 부탁했다. 물론 세계적으로 유명한 포털사이트와 커뮤니티사이트에 키워드 광고와 배너 광고도 신청했다. 준비를 다 끝낸 뒤, 저녁으로 죽을 먹었다. 아내에게는 약속한 남자, 아니 배신한 남자의 새끼손가락 첫 마디로 수프를 만들어 먹였다. 아내는 아무 말도 없이 잘 먹었다. 그리고 여전히 눈을 깜박거렸다. 아내의 손가락이 마치 약속한 남자의 그것처럼 하얗고 가늘고 길게 보였다. 아내의 손가락은 작두가 아닌 가위로도 잘 잘라질 듯했다. 가늘고 긴, 길고 하얀 아내의 손가락.

11년 뒤로부터 3개월 뒤

100일 동안 백방으로 노력했지만 손가락을 제공할 사람은 나타나지 않았다. 난 이해할 수 없었다. 신장과 같은 장기를 내다 파는 사람은 그렇게 많은데, 왜 손가락에는 다들 민감한지? 안에 있는 것은 내다 팔아도 겉에 들어난 것은 안 된다는 생각을 하나?

그래서 사고를 전환하기로 했다. 가까운 곳에서 찾자. 등잔밑이 어둡다는 속담을 다시 되새기자. 결국 난 가까운 곳에서 그 답을 찾을 수 있었다. 더 이상 손가락 제공자를 찾을 필요가 없었다. 적어도 10년은 아내와 행복하게 살 수 있는 방법을 정말 쉽게 찾았다. 아주 가까운 곳에 하얗고 가늘고 길면서 자르기 쉬운 손가락이 있었기 때문이었다. 여관에 데려갈 필요도 없고, 회덮밥을 사 먹일 필요도 없고, 더 중요한 것은 돈을 한 푼 줄 필요도 없는 사람이 내 주변에 있을 줄이야.

　　예상대로 아내는 고통의 순간에도 전혀 내색하지 않았다. 아침생활정보프로그램을 보면서 손가락을 자를 수 있을 정도로 태연했다. 단지 눈만 깜박거릴 뿐이었다. 앞으로 한 10년은 손가락 걱정 없이 살 수 있게 되었다. 결과적으로 잘된 일이지만, 한 가지 아쉬운 점이 있었다. 왜 내 손가락보다 아내 손가락을 먼저 자를 생각을 안 했을까? 사람은 역시 경험이 있어야 깨닫는 존재인가 보다. 아내의 손가락은 잘 잘렸다. 싹둑싹둑.

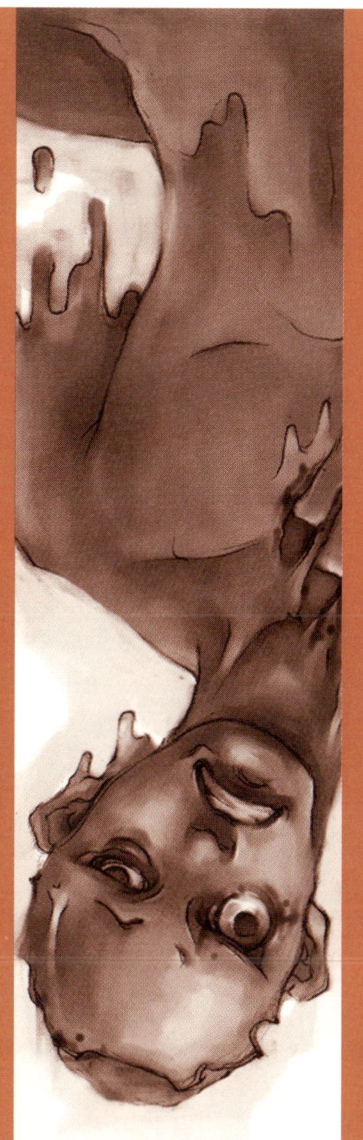

금음수자

禁飮水者

禁飮水者 |금음수자|

나는 그를 새끼라고 불렀다. 사실 영어로 그것도 아주 사랑스럽게 '베이비(Baby)'라고 부르는 편이 더 좋다고 생각했지만, 그것은 철저히 나만의 생각이었고, 그를 포함한 누구도 그 호칭에 만족하지 않았다. 결국 그는 새끼가 되었다. 새끼.

새끼는 개뻔강 남쪽에 위치한 대학에서 다시 남쪽으로 100km 떨어진 작은 마을에 자리 잡고 있는 100년 전통의 드리미리 카레가 맛있기로 유명한 식당이 있는 마을 근처의 작은 전문학교를 졸업했다. 졸업 후, 그 마을이 너무 싫은 나머지 새끼는 도심이라 불리는 개뻘강 인근으로 이사를 왔다. 하지만 고향에서 100km나 떨어진 곳에는 새끼의 연고, 인척, 친척, 친구도 없었다. 새끼는 취직을 희망했지만, 그것은 새끼의 희망사항에 그쳤다. 새끼는 전문학교를 다니는 2년간 전문지식과 기술과는 완벽하고도 철저하게 담을 쌓았고, 외국어나 그밖에 관심 분야도 전혀 없었다. 그렇다고 새끼가 도심에서 다른 할 일이 있었던 것도 아니었다. 앞서 말한 바와 같이 아는 이가 없는 관계로 만날 사람도 없었다. 새끼의 유일한 친구는 나였다. 그런 탓에 혹은 덕에 새끼는 자연스럽게 나와 자주 만났다. 내가 들은 바가 사실이라면 새끼는 사뭇 독특한 청년실업자였다. 새끼의 하루는 다음과 같았다. 새끼는 오전 7시에 일어났다. 그것은 녀석이 전형적인 백수와는 거리가 멀었기 때문이다. 오히려 전형적인 아침형 인간에 가까웠다. 그것은 새끼가 남달리 잠이 없기 때문이기도 했는데, 아쉬운 것은 그럼에도 새끼는 자신의 아침형 인간의 성향을 잘 활용하지 못했다. 새끼는 7시에 일어나 아침을 먹고, 그냥 단순히 먹는다고 하기엔 그 양이 퍽 많았다. 쉽게 말하면, 아침에 남달리 폭식을 하고. 이 역시 아주 백수의 이례적인 모습이라고 할 수 있으며 아침식사를 한 뒤, 동네 슈퍼에 가서 신문을 사온 뒤, 가부좌를 틀고 앉은 뒤, 조간신문을 면밀하게 살펴보는 습관도 있었다. 자신은 그 습관이 최신 취업 정보 획득의 수단이라고 우겼지만, 취업을 희망하는 사람이 필요한 정보가 사회면이나 정치면에 나왔는지에 대해 의문이 들었다. 그렇게 오전을 보내고 새끼는 점심을 먹은 뒤, 비로소 조금이나마 실직자다운, 구직자다운 움직임을 보이는데, 우선 컴퓨터를 켜서 취업 관련 인터넷 사이트에 접속해 사정없이 이력서를 뿌렸다. 새끼는 자신의 전공이나 관심 분야에 상관없이 무조건, 무차별적으로 이력서를 난사했다. 타타타타. 내가 언젠가 왜 그러냐고 물었더니, 자신은 전공과 관심 분야가 없기 때문이라고 했다. 인터넷 구직이 끝나면, 집 밖으로 나가 닥치는 대로 아무 상점이나 사무실에 들어가 자신에게 일거리를 달라고 했다. 물론 상점이나 사무실에 있던 사람들은 기겁을 했다. 그리고 그라산 뒤로 해가 넘어갈 무렵, 집으로 들어와 채팅을 시작했다. 그리고 나를 만난 것도 채팅 덕 혹은 탓이었다.

2년 전쯤으로 기억되는데, 새끼는 학교에서 수업을 마치고 채팅에 몰두하고 있었다. 나는 이혼을 하고 한동안 아무 일도 하지 않고, 채팅 중독에 빠져있었다. 왠지 채팅이 당시 나의 공허함을 달래주는 것 같았다. 새끼는 그때에도 졸업만 하면 그라산 옆에 그림 같은 집을 짓고 개뻔강을 보면서 유유자적 도심 생활을 즐기겠다고 했다. 졸업과 동시에 도시로 올라가 취업을 하겠다고 장담했다. 새끼가 그럴 때마다 올라오기만 하면 내가 먹고 사는 것은 걱정하지 않게 해주겠다고 말했다. 물론 진심이 전혀 아니었던 것은 아니지만, 새끼가 정말 졸업식 날 당일에 휙 하고 올라올 줄은 몰랐다. 그리고 내가 그런 말을 한 탓 혹은 덕에 새끼가 도심으로 진출한 것은 아닐까 하는 의문이 들기도 한다. 아무튼 새끼는 여전히 일자리를 찾고 있지만, 여전히 자리 찾기가 쉬워 보이지는 않는다. 그런데 문제는 새끼가 찾는 것이 일자리뿐만 아니라 하나 더 있다는 데 있다. 다른 아님 젊은 여자. 새끼는 도심 생활에 조금 익숙해진 뒤부터 젊은 도심 여자를 구해 달라고 요청했다. 처음에는 그저 농담인 줄 알고 묵살하기 일쑤였는데, 새끼는 취업보다 더 중요한 것이 젊은 여자라고 말하기 시작했다. 젊은 여자 타령은 점점 더 그 강도가 강해졌다. 그러면서 혹 젊은 여자를 만나도 나와의 관계는 반드시 유지될 것이며, 내가 원할 때는 언제든지 달려올 것이며, 혹 내가 재

혼을 한다 할지라도 나의 기쁨조로 영원히 남을 것이라고 했
다. 나 역시 새끼의 아내, 여자 친구, 애인도 아니었기 때문
에 새끼의 그러한 조건이나 간청을 굳이 매몰차게 거절하거
나 이상하게 생각하거나 삐치거나 화낼 필요가 없었으며, 한
편 젊은 여자 하나만 잘 소개해주면 평생 괜찮은 기쁨조를
얻을 수 있다는 생각에 솔깃하기도 했다. 그래서 나는 새끼
에게 여자를 소개시켜 주기로 결심했고, 새끼가 원하는 젊은
여자가 도대체 몇 살인지 물어봤는데, 새끼는 단호한 눈빛으
로 10대라고 잘라서 말해버렸고, 난 약간 난감해지기 시작했
다. 내가 아는 10대는 내 딸 그리고 내 딸의 친구들 그리고
내 친구의 자식들 그리고 전남편의 현재 부인, 쉽게 말하면
내 사촌 동생의 자식들밖에 없었기 때문이었다. 새끼가 말한
10대라는 말을 듣고, 나는 다소 절망감을 느꼈으며 기쁨조의
꿈은 물 건너갔다고 생각할 수밖에 없었다. 그러던 중 난 새
끼의 약점이 떠올랐고, 그것을 가지고 협상이 가능할 것이라
는 생각이 들어, 그 생각을 실천하기에 이르렀다. 새끼는 물
을 마시지 못하는 사람이었고, 물은 새끼에게 지상 최대의
적이자, 고통이었고, 악몽이었고, 고문이었으며, 가혹과 잔
인의 매개물이었다. 채팅을 할 때, 새끼는 물을 절대 마시지

못한다고 했다. 난 처음 새끼의 말을 듣고 믿을 수가 없었으며, 더욱 솔직히 말하면 새끼와 섹스보다는 물을 마실 수 없다는 사실에 더욱 호기심이 있었다고 해도 과언이 아니었고, 결국 물에 대한 새끼의 고백을 확인하기 위해 새끼를 유혹했다고 해도 과언은 아니었다. 처음 새끼를 만나 개뻘강 상류의 경치가 좋은 모텔에 갔을 때, 비로소 물에 대한 새끼의 미스터리가 풀리기 시작했다. 관계를 갖기 전에 나는 새끼와 함께 샤워를 했는데, 새끼는 정말 행여 물이 한 방울이라도 입에 들어갈까 봐 덜덜덜 떨고 있었다. 그것도 입을 꽉 다문 채로. 샤워를 마치고 물 한잔을 권했지만, 역시 새끼는 꽉 다문 채 고개를 절레절레 흔들었다. 키스를 할 때에도 입 안에 침이 들어가는 것이 걱정되어서인지 입술 이외에는 닿으려고 하지 않았고, 오럴섹스도 애액이 입에 들어가는 것을 두려워 할 수 없다고 솔직하게 털어놓았다. 관계 중에 흘리는 자신의 땀방울에도 주의하는 듯했고, 관계 후 맥주는 물론이고 물방울도 입에 대지 않았다. 새끼가 상상 이상으로 물과 상극인 것을 확인한 뒤, 난 또 하나의 의문이 생겼는데, 도대체 왜 새끼가 물을 먹지 못하느냐는 것과 만약 먹으면 어떻게 되느냐는 것이었다. 난 단도직입적으로 두 가지 궁금한 것에 대해 물어 봤는데, 새끼는 왜 그런지는 자신도 모른다고 했다. 어떻게 되는지에 대해서는 상상하기도 싫다고 했다. 말 그대로 고통, 그 자체라고. 고통이라는 말은 아주 애매모호하기 그지없는 말인데, 우선 정신적인 고통이냐 육체적인 고통이냐, 혹은 양쪽 모두이냐는 의문을 낳았고, 고통, 그 자체라는 것이 어느 정도의 고통을 일컫는 말인지도 알 수 없었다. 하지만 새끼가 너무 창백한 표정을 짓고 있어서 더 이상 물어볼 수는 없었다. 한 가지 명확한 것은 그 고통을 새끼가 무척 두려워하고 있다는 것이었다.

난 젊은 여자를 밝히는 새끼를 만나 물을 한잔 먹이기로 결심하고 자주 만나던 모텔로 오라고 했다. 새끼는 내가 물 먹일 작전을 짜고 있는 줄도 모르고 덥석 모텔로 찾아와 친한 척을 하며 옷을 벗었다. 나 역시 평소처럼 새끼와 동시에 옷을 벗고 몸을 포개면서 새끼의 입으로 내 입을 가져갔다. 그리고 새끼가 내 입 가깝게 다가갔을 때에 새끼의 얼굴을 잡고 입이 살짝 벌어지게 한 뒤, 작은 목소리로 물어보았다. 내가 새끼, 너에게 소개팅시켜 주고 싶은데, 꼭 10대여야 하냐고 물었고, 새끼는 씩 웃으며 고개를 끄덕거렸는데, 난 그 순간 새끼의 입 안에 침을 뱉어버렸고, 새끼는 기겁을 했고, 난 낄낄거렸다. 새끼는 방바닥을 뒹굴었고, 난 정말 10대만 아니면 좋은 여자를 많이 소개해 줄 수 있고, 그러면 새끼와 나의 관계도 더더욱 오래, 더더욱 깊게, 더더욱 쿨하게 발전할 수 있을 것 같다고 설득했다. 난 다시 새끼의 얼굴을 잡았다. 새끼의 입은 다시 내 손 안에 들어왔고, 내 입 안에는 녀석이 무서워하는 침이 고여 있었으며 새끼는 내 침을 보면서 덜덜덜 떨고 있었다. 침이 무서웠는지, 마음이 바뀌었는데 모르겠지만, 아무튼 아무나 좋으니 빨리 침 좀 삼키고 소개는 나중에 해 달라고 부탁했다. 그 말을 듣고는 안도의 한숨을 쉬면서 입 안에 고여 있던 침을 꿀꺽 삼켜버리고, 웃으며 새끼에게 몸을 맡겼는데, 이상하게도 평소와 달리 새끼의 몸은 뜨거워지지도 않았고, 경직된 것이 마치 마네킹이나 마른 장작과 같았다. 그럼에도 난 목적을 달성했기 때문에 아무런 불만이 없었고, 경직된 새끼의 몸을 보면서, 흥분하지 않은 새끼의 몸을 보면서 새끼에게 어떤 여자를 소개해 줄까, 고민하고 또 고민했고, 또 앞으로 얼마나 오랜 시간 동안 새끼를 내 노리개로 쓸 수 있을까, 상상하고 또 상상했다. 헤어진 뒤, 집에 돌아오자마자 난 전화번호부를 뒤지면서 소개할 만한 여자를 찾아보았으나 마땅한 사람이 보이지 않았다. 친구들에게 전화를 했지만, 친구들 역시 소개할 만한 젊은 여자를 알고 있을 리 없었다. 심지어 병들어 누워있는 친구에게도 전화했다. 친구의 남편이 전화를 받았다. 오랜만에 듣는 친구의 남편 목소리였다. 친구의 남편은 전혀 반가워하지 않았다. 친구의 남편은 친구가 전화를 받을 수 있는 상황이 아니니 다음에 통화하자고 했다. 난 친구와 직접 통화할 필요는 없다고 했다. 그리고 혹시 주변에 미혼의 젊은 여자가 있냐고 물어 봤다. 친구 남편은 없다고 말했는데, 나는 집요하게 혹시 있는지 잘 생각해 보라고 했다. 친구의 남편은 약간 화가 났다. 하지만 난 굴하지 않고 재차 묻고, 삼차 물었다. 친구의 남편은 기어이 화를 냈고, 자꾸 개소리하면 손가락을 잘라버리겠다고 작고 단호하게 말했다. 그래서 나는 그럴 필요는 없다고 하며 전화를 끊었다. 나는 친구가 생각보다 많이 아프다는 것을 직감했다. 10대가 아닌 20대의 젊은 여자를 구하는 일도 쉽지 않았다. 그렇다고 새끼에게 아무 여자나 소개해 줄 순 없었다. 새끼는 나와 잘 맞는 파트너였기에. 새끼는 물도 못 마시고, 시골의 변변치 못한 학교를 나왔고, 능력과 실력도 돈도 없었지만, 이두박근과 삼두박근 그리고 활배근이 아주 발달한 7등신이고, 꽃미남이라고 하기에는 다소 부족한 점이 있었지만, 부리부리한 눈과 날카로운 콧날 그리고 적당히 도톰한 입술과 오른쪽에만 살짝 파이는 볼우물이 매력적이었다. 이런저런 조건을 따져보면 새끼도 평균 이상에 포함되는 남자라는 생각이 들었고, 그러면 상대방도 최소한 그 정도 여자가 되어야 한다는 결론에 도달하게 되었다. 결국 전화번호부를 샅샅이 뒤졌지만, 적임자가 나오지 않아 적임자를 알 것 같은 사람을 찾아 전화를 했다. 그리고 통화의 통화의 통화의 통화를 통해 20대 중반의 여자 한 명을 소개받기로 하고, 새끼에게 전화를 했는데, 새끼는 의외로 무척이나 기뻐했고, 난 일견 다행이라고 생각이 되면서도 일견 배신감이 느껴지기도 했다. 그래도 난 영원한 기쁨조를 꿈꾸며 새끼에게 중간 이상 수준을 보장받은 20대 중반의 여자를 소개해주기로 했다. 새끼는 하는 일이 없었기 때문에 약속 시간을 잡기가 어렵지 않았고, 문제는 여자였는데, 다행히 여자도 아이들에게 외국어를 가르치는 아르바이트 이외에 별로 하는 일이 없다고 해서 서로 만나는 데 큰 어려움이 없었다. 난 새끼의 큰누나라고 거짓말을 하고 일단 함께 만나기로 했다. 새끼는 큰누나보다 이모나 고모가 좋지 않겠냐는 의견을 제시했지만 난 묵살했다. 물론 새끼의 만남에 내가 꼭 나가야 할 이유는 없었지만, 나간 이유는 새끼에게 나의 존재를 확실히 인식시켜 주기

위해서, 또 중간 이상 수준을 보장받은 20대 중반의 여자의 상
태를 직접 눈으로 확인하기 위해서, 이상 두 가지였다. 새끼는
그그슈 대학 근처에서 만나는 것이 좋을 것 같다고 했다. 새끼
와 나는 오전 일찍 만나 평소 하던 대로 서로 몸을 섞고, 점심
식사를 함께하고, 젊은 여자를 만나기로 한 장소로 향했다. 만
나기로 한 장소는 젊은 여자가 평소에 잘 가는 카페라고 했는
데, 카페 안의 분위기는 사뭇 젠(zen)[17]스러워서 나 같은 사람
들에게는 어울리지 않았지만, 젊은 새끼에게는 의외로 어울렸
다. 나와 새끼가 카페에 앉아 한 10분쯤 노닥거리고 있으니,
내게 전화가 왔는데, 다른 사람이 아닌 바로 만나기로 한 젊은
여자였다. 근처까지 왔는데, 차가 너무 막혀 조금 늦을 것 같
으니 기다리면서 차라도 한잔 하고 있으라고 했다. 자기가 계
산한다나. 허나 그 순간 내가 듣고 싶었던 말은 차 마시라는
말이 아니라, 계산한다는 말이 아니라 미안하다는 말이었고,
더군다나 새끼는 물도 못 마시는데, 차라니. 무슨 놈의 차냐는
생각이 들었다. 난 혼자 차를 마시면서 젊은 여자의 목소리에

---

17) 젠(zen)은 선(禪)의 일본식 발음이다. 젠 스타일이라 함은 간결미와 단순미가 강조된 형식을 일컫는 말이다.
그리고 젠 스타일은 한국, 중국, 일본 등의 동아시아 패션이나 인테리어를 대변하기도 하는데, 서양 사람들의 생
각과는 달리 한국, 중국, 일본에서는 전통적으로나 현재에 이르러서나 젠 양식을 찾아보기가 쉽지 않다. 그럼에
도 서구유럽에는 여전히 젠 스타일을 아시아의 스타일로 오해하고 있다. 미즈노 마사유키 저, 김사랑 역, 『젠의
일본식 해설』(동경 : 다리출판사. 2002) p 54.

관해 새끼에게 이야기해 주고 있었는데, 내가 그 여자의 목소리가 생각보다 아주 짜증나고 실망스럽다고 했음에도 새끼는 아무런 관심이 없다는 듯 찻잔을 보며 빨리 직접 보고 싶다고 했다. 드디어 젊은 여자가 카페 문을 열고 들어왔는데, 한마디로 압권이라고, 최고라고, 충격이라고, 기절초풍이라고, 엽기라고, 황당이라고, 기겁이라고 표현할 만했다. 난 녀석의 표정을 살짝 훔쳐보았는데, 녀석의 표정도 기겁한 듯, 황당한 듯, 엽기스럽다는 듯, 기절초풍하겠다는 듯, 충격적이라는 듯, 최고라는 듯, 압권이라는 듯 굳어 있었다. 젊은 여자는 우리를 단번에 알아보고 웃으면서 우리 자리에 앉았는데, 여자가 자리에 앉자 의자가 너무나도 좁아 보였다. 가까이서 보니 더욱 놀랍고 충격적인 형상이었다. 150cm가 조금 넘는 키, 100kg이 넘을 듯한 몸무게 그리고 테가 두꺼운 동그란 안경 그리고 시꺼먼 얼굴과 그 시꺼먼 얼굴을 받치고 있는 삼중 턱, 내 허리만큼 굵은 다리와 건강 만점인 팔뚝까지. 중간 수준 이상의 여자가 바로 이런 모습인가, 라는 의문과 함께 나의 영원한 기쁨조의 꿈은 완전히 사라진 것이 아닐까 하는 걱정이 동시에 밀려들면서 한숨이 절로 나왔다. 빨강과 파랑이 황당하게 뒤섞인 고깔모자, 유치하기 짝이 없는 분홍색 주름 미니스

커트, 회색 조끼에 초록색 체크 남방까지. 난 놀란 가슴을 진정시키고 간략하게 새끼와 젊은 여자를 서로에게 소개해주고 조용히 앉아 있었다. 둘은 어색하게 말을 주고받기 시작했는데, 왠지 모르게 난 키득키득 웃음이 나왔으나 분위기상 그럴 수 없었기에 웃지 않고 꾹 참고 있었다. 둘은 일단 호구조사부터 들어갔고, 새끼는 시골에 있는 자신의 가족들을 하나 둘씩 설명했고, 제일 마지막에 나 역시 자신의 누이라고 말했고, 여자는 부모와 위아래로 형제가 있다고 했는데, 특히 부자 오빠에 대한 이야기를 많이 했고, 그 오빠는 결혼해서 행복하게 살고 있다고 했다. 단, 오빠의 부인, 새언니가 꽤 아파서 걱정이라는 말도 덧붙였다. 오빠 또한 몇 년 전부터 손가락이 사라지는 병이 걸렸다고 했다. 새끼는 안타까운 표정을 지었다. 서로에게 충실히 대답을 하긴 했지만 가족관계는 둘이 가까워지는데 아무런 도움이 되지 않았고, 단지 일종의 요식행위에 불과했다는 느낌만 들었다. 그런데 얘기가 진행될수록 둘은 의외로 죽이 잘 맞는 것 같았다. 예를 들면 새끼가 어떤 영화를 좋아한다고 하면 여자도 그 영화를 감명 깊게 봤다고 한다든지, 여자가 사하라에 사는 지르(ZI)[18]라는 지렁이 요리가 맛있다고 하니, 새끼도 명절마다 그 요리를 너무나도 맛있게 먹는다고 했다. 한 시간 정도 흐르자, 새끼는 그녀에게 아니마, 아니무스를 아냐고 물었는데, 그녀는 당연히 모른다고 했고, 새끼는 아니마, 아니무스에 대해 설명하기 시작했다. 아니마는 남성 속의 여성성을 칭하는, 아니무스는 여성 속의 남성성을 칭하는 말인데, 모든 사람이 이런 성향을 가지고 있고, 남자의 경우, 자신 속에 지닌 여성성과 상통하는 여성을 만나면 첫눈에 반하고, 여성의 경우 그 반대가 될 수 있다고 했다. 여자가 아니마, 아니무스에 대해 이해는 하겠지만, 왜 갑작스럽게 그런 어렵고도 골치 아픈 얘기를 하는지 모르겠다고 하자, 새끼는 자신의 아니마와 그녀의 여성성이 일치하는 것 같다고 해버렸고, 그것을 여자가 계속 이해 못하자, 새끼는 한마디로 젊은 여자에게 첫눈에 반했다고 해버렸다. 처음 새끼가 아니마와 아니무스에 대해 얘기할 적에 다소 놀라웠지만, 이내 그것이 거짓임을 눈치 챘다. 난 그냥 그 자리에서 서로를 번갈아 보면서 빙그레 웃었다. 새끼는 젊은 여자를 가지고 놀고 있구나 하

---

18) 지르는 환형동물 중에 유일하게 철에 따라 이동하는 종류이다. 겨울철에는 아프리카의 각 지역에 살다가 여름이 되면 사하라를 중심으로 모이는데, 사하라에 모여서는 항상 자신의 꼬리를 자른 뒤, 다시 고향으로 돌아가는 습성이 있다. 꼬리를 자르는 이유에는 여러 가지 설이 있는데, 귀향하기 위한 최적화된 몸을 만들기 위해 몸의 일부를 자른다는 주장이 가장 설득력이 있는 설로 받아들여지고 있다. 하지만 지르에 대한 연구보다 대부분의 사람들이 관심을 갖는 것은 역시 지르 꼬리를 구하는 일이다. 지르의 꼬리는 고급 요리에 많이 이용되고, 여름철에만 먹을 수 있기 때문에 비싸고 귀한 음식으로 알려져 있다. 김민진 저, 『지렁이 요리 대백과』(서울 : 최출판, 2001) p 77.

는 생각이 들었고, 새끼의 그런 면이 참 귀여웠다. 난 새끼의 장난에 두 손, 두 발 다 들고 배꼽 잡고 뒹굴며 웃고 싶은 심정이었지만, 티를 내지 않고 고상한 웃음을 지으며 보기 좋다고 말했다. 여자는 새끼의 지적이면서도 직선적이고 갑작스러운 프러포즈에 살짝 놀라면서 한편으로 즐거워했고, 다음 장소로 옮겨 술이나 한잔 했으면 좋겠다고 제의했다. 새끼는 차도 한 잔 못 마시고 자리에서 일어나 계산을 했고, 술도 한 방울 못 마시면서 여자를 따라 술집에 가기로 결정했다. 난 새끼의 그런 모습에 조금 당혹스러웠다. 하지만 역시 내가 소개시켜 준 여자에 대한 배려라고 생각했다. 간략하게 말하면 나에 대한 배려라고나 할까? 물도 못 마시는 사람이 술을 마시러 간다니. 카페에서 나와 난 그만 집에 가겠다고 하니, 진심인지, 진심이 아닌지, 젊은 여자가 같이 가서 맥주나 한잔했으면 좋겠다고 했고, 새끼는 아무 말 없이 인상을 쓰며 내 주변을 맴돌았다. 난 그 상황에서 왠지 모르게 술집까지 같이 가야 할 것 같은 느낌이 들어 그들을 따라 나섰다. 여자는 또다시 자신이 평소에 즐겨 찾는 곳이 있다면서 앞장을 섰고, 난 젠 스타일만 아닌 곳으로 갔으면 좋겠다고 속으로 생각했고, 새끼는 여자 옆에서 시시덕거리며 걷고 있었다. 여자가 우리를 데리고 간

곳은 천장이 아주 높고 원탁 테이블이 많은 술집이었다. 역시 내게는 생경한 분위기였고, 나와 어울리지 않는 분위기였다. 여자는 평소에 자주 왔던 사람인 양, 웨이터를 불러 맥주와 안주를 시켰고, 맥주가 나오자, 나와 새끼의 잔을 찰랑찰랑거릴 정도로 채워주고 새끼에게 자신의 잔에도 술을 채워 달라고 했다. 그리고 자신 있고 당찬 목소리로 건배를 외쳤는데, 그 순간, 새끼 얼굴이 굳어버렸다. 나는 상황을 즐기면서 건배를 했는데, 새끼는 여전히 덜덜 떨면서 잔을 내려놓으려 했다. 난 순간 침을 먹었던 새끼의 얼굴이 떠올랐다. 공포에 질린 새끼의 얼굴. 그녀는 새끼에게 왜 그러냐고 어디 아픈 것 아니냐고 연신 물었지만, 새끼는 고개를 숙인 채 아무 말도 하지 않았다. 그리고 애써 미소를 지었다. 보조개가 살짝 잡히는 것이 예뻤다. 한참 뒤, 새끼는 사실 전날 과음을 해서 술을 못 마시겠다고 말했다. 정말 어설프고 구차한 핑계였다. 젊은 여자는 그럼 술 안 마셔도 괜찮다고 말하고 웨이터를 불러 탄산음료를 한 병 시켜주면서 이거라도 마시라고 했다. 그렇지만 새끼는 그것을 보고도 역시 식은땀만 줄줄 흘렸다. 옆 좌석에서 어떤 회합이 있는지 몹시 시끄러웠다. 새끼는 괜히 그쪽 테이블을 바라보면서 여자의 시선을 분산하려고 했다. 하지만 젊은 여자는 새끼의 얼굴을 쓱 만지면서 괜찮은 거냐고 재차 물었고, 나에게도 새끼가 왜 그러냐고 물었는데, 난 모른 척 입 다물고 있었다. 새끼는 잠시 뒤, 화장실을 다녀오겠다고 말하면서 일어났는데, 그동안 난 젊은 여자와 건배를 했고, 새끼의 안색에 대해 걱정을 했고, 2~3분 뒤, 새끼가 돌아왔다. 새끼는 화장실 가기 전과는 사뭇 다른 얼굴 표정으로 등장했다. 그것은 전쟁 영화에서 자주 본 출정 전 군인의 얼굴 표정과 비슷했다. 마치 무엇인지를 결심한 듯 새끼의 표정에는 비장미와 함께 단호한 결심이 엿보였고, 그 모습을 보고 나도 놀랐고, 여자도 놀랐다. 새끼는 자리에 앉자마자 그럼 술이나 한잔 하자고 했는데, 난 새끼가 미쳐서 실언한 줄 알고 새끼를 위아래로 훑어봤는데, 새끼의 표정은 진심이라고 말하는 듯했고, 여자 또한 몸이 괜찮으면 한잔하자고 했다. 여자의 말을 듣고 새끼는 의미심장한 말을 날렸다.

"솔직히 괜찮지는 않지만, 당신을 위해 한잔하고 싶네요! 하하하!"

솔직히 괜찮지는 않지만 당신을 위해 한잔 할 거라고. 여자는 웃으며 고맙다고 했다. 새끼는 자신이 마시는 것을 보면 왜 괜찮지 않다고 말했는지 알게 될 거라고 했다. 나, 여자 그

리고 새끼는 건배를 하고 맥주를 들이켰는데, 여자는 당연하
다는 듯 시원하게, 한숨에 다 넘겼고, 새끼는 잔을 들고 입 앞
에서 부르르 떨며 주춤거렸다. 잔이 떨리면서 맥주 몇 방울이
새끼의 입 안으로 들어갔고, 새끼는 갑자기 소리를 지르면서
뒹굴기 시작했는데, 영문을 모르는 젊은 여자는 무척 놀라는
모습이었고, 난 여자에게 괜찮으니 집에 가라고 했다. 여자는
입으로는 사람이 이렇게 아픈데 어떻게 그럴 수 있냐면서, 몸
으로는 자신의 짐을 챙겨 자리에서 일어났고, 발작하는 새끼
를 한두 번 돌아보더니 굵은 다리로 후다닥 떠났다. 나가는
데, 주름치마가 나풀거렸다. 난 새끼를 병원이 아닌 모텔로
데리고 갔는데, 특별한 이유는 없었고, 왠지 병원에서도 고치
지 못할 것 같다는 생각이 들었기 때문이다. 만 이틀 만에 새
끼는 발작과 수면을 수차례 반복하다가 깨어났고, 난 아무 말
도 하지 않고 웃기만 했다. 그 웃음에는 안도와 황당함이 뒤
섞여 있었다. 새끼는 내게 고맙다는 말은 잊은 채 젊은 여자
만 찾았는데, 무척 서운했지만 티를 내지는 않았고, 왜 물을
마셨냐고 물었다. 새끼는 간단하게 말해버렸다. 새끼는 여자
가 자신의 이상형이라고. 난 새끼의 말을 듣고, 한번만 더 이
상형 만났다가는 그 자리에서 죽을지도 모르겠으니 앞으로

이상형을 만나는 것을 자제하는 것이 좋겠다고 말하고, 다른 한편으로는 내가 새끼의 이상형이 아닌 것이 너무나도 다행 이라고, 정말로 다행이라고 말하고 입에 키스를 해주었다. 키 스를 하는 순간, 왠지 모르게 입 안에 침이 고였고, 그 침을 뱉어버리고 싶은 충동이 들었지만, 그러지 않고 다시 꿀꺽 삼 켜버렸다.

다음날, 새끼는 내가 구해준 집에 돌아가 아침 일찍 기상을 하고, 아침을 잔뜩 먹고, 동네 슈퍼에 가서 신문을 사고, 차분 히 앉아 신문을 읽고, 오후에 역시 식사를 하고, 구직을 했다. 그리고 밤에 가끔 내게 찾아왔고, 우리는 몸을 섞었고, 그때 마다 난 입 안에 잔뜩 고인 한 덩어리의 침을 목구멍으로 넘 겼다. 난 특별히 비가 오는 날에는 새끼가 많이 생각이 났다. 비가 오면 생각나는 그 새끼. 언제나 물을 못 마시던 그 새끼. 빗소리는 그 새끼를 추억하게 했다. 입 안에 침이 고였다. 침 을 목구멍으로 넘겼다. 꿀꺽.

진언인
眞言人

 | 진언인 |

··· 진솔슈퍼의 참말쟁이

진솔슈퍼마켓(Jeansol Supermarket)의 문은 항상 오전 6시에 열리고, 자정이 되면 닫힌다. 수십 년간 대학교 앞에 유일한 슈퍼마켓으로 군림했던 진솔슈퍼도 언제부터인가 사정이 좋지 않아졌다. 거대자본과 함께 다국적기업들이 대학가 젊은 감각에 어울릴 만한 편의점들을 많이 만들었고 대형할인마트까지 멀지 않은 곳에 생겼다. 사람들은 당연히 슈퍼마켓이 편의점보다 싸다고 생각하지만, 실상 그렇지도 않다. 편의점들도 가격할인행사를 하고, 각종 이벤트까지 하고 있으며, 제휴사들과 함께 체계적인 마케팅 전략을 수립해

영세한 슈퍼마켓들을 공격했다. 진솔슈퍼의 연일 매출은 하향 직선을 그었다. 마트 역시 공격적이고 파격적인 가격정책과 체계적이고 친절한 서비스 정책으로 진솔슈퍼를 위협했다. 뿐만 아니라 진솔슈퍼의 경우, 구비해 놓은 물품의 숫자가 마트는 물론이고, 편의점에도 못 미치니 밀릴 수밖에 없다. 거대자본에 의해서 움직이는 편의점은 페디큐어부터 음반까지, 콘돔에서 바나나까지 정말 없는 것이 없다. 심지어 시뻘건 도장용 인주와 스테이플러용 철침까지 파니, 정말 슈퍼는 그 다양함을 따라갈 수 없다. 마트의 물품 수와 비교하는 것은 두말하면 잔소리요, 세말하면 헛소리.

진솔슈퍼 주인아저씨는 그 사실을 너무나도 잘 알고 있었다. 그래서 가격은 국내 최저로, 품목은 국내 최대로 구비하고 있다면 물론 거짓말이고, 그렇게 하려고 늘 노력하고 있었다. 또한 쾌적한 슈퍼, 밝은 실내를 표방하고 나섰다. 즉석 수프를 위한 온수 서비스까지 하고 있다. 물론 드리미리 카레를 1분 안에 요리할 수 있도록 전자레인지도 비치해 두었다. 그래서 객관적으로든 주관적으로든 진솔슈퍼는 꽤나 좋은, 동급 최강까지는 아니더라도, 동급 우수 수준의 소매점이었다. 그럼에도 진솔슈퍼에는 사람이 많지 않았다. 단골이라고 말할 만한 사람은 한 명 정도. 아침마다 신문을 사가는 잘생긴 백수청년. 손님들이 바글바글해야 하는데, 바글바글까지는 아니더라도 꽤 있어야 하는데, 실상은 그렇지 않다. 심지어 옆집인 샤랄라 미용연구소의 직원들까지도 슈퍼를 찾지 않았다. 미용 연구소 직원들은 햄버거 가게만 들락거릴 뿐 슈퍼에는 오지 않았다. 햄버거는 햄버거 가게에서 사고, 소다수는 슈퍼에서 사면 가격도 저렴하고 좋을 텐데. 하지만 진솔슈퍼의 매출이 나빠진 이유는 편의점이나 마트의 위협도 한몫했지만, 결정적인 역할은 주인아저씨가 했다. 물론 수년 전 완전 독점시절에는 주변 사람 모두들 선택의 여지없이 진솔슈퍼를 찾았지만, 이제 그럴 필요가 없으니, 손님이 줄 수밖에 없는 처지였다. 아저씨는 항상 초강력 울트라 파워풀 슈퍼 캡 메가톤급 노력을 하며 늘 부지런함을 자랑스럽게 생각했다. 덕분인지 진솔슈퍼는 간신히 망하지 않고 버틸 만한 수준의 이득은 이어갔다. 하지만 아저씨의 꿈대로 손님이 바글바글한 사태는 발생하지 않았다. 문제는 무엇일까? 가격도 싼 편이며, 품목도 다양한 편이며, 깨끗하고 깔끔한 편이며, 위치도 나쁘지 않은데. 외견상으로 보면 그 문제를 찾아낼 수 없었다. 진솔슈퍼를 지나가다 본 사람들은 다 기억했다. 동네 슈퍼 같지 않은 깔끔하고 화사한 인테리어와 연애편지에서나 볼 수 있을 법한 아름다운 글씨로 쓴 가격표. 진솔슈퍼가 있는 골목을 우연히 지나가던 사람이라면 누구나 한번쯤 들러보고 싶은 곳이다. 그런데 왜 매출은 좋지 않으냐? 편의점 때문? 마트 때문? 앞서 말한 대로 아니다. 문제는 주인아저씨였다.

진솔슈퍼는 개뺀강 이남에서 가장 기억에 남을 만한 슈퍼 중 하나이다. 한번 진솔슈퍼에 들렀던 사람들은 진솔슈퍼를 절대 잊지 않는다. 물론 저렴한 가격, 상큼한 인테리어 때문일 수도 있겠지만, 더 중요한 요소는, 더 기억할 수 있게 해주는 핵심은 바로 주인아저씨이다. 한번 찾은 사람들이 진솔슈퍼와 더불어 절대 주인아저씨를 잊지 않는다는 점, 그것이 바로 진솔슈퍼의 아이러니컬한 문제점이다.

아저씨는 여느 때와 같이 오전 6시에 문을 열고 조간신문을 보면서 손님들을 기다리고 있다. 7시 40분이 되자, 잘생긴 백수청년이 와서 신문을 하나 사간다. 진솔슈퍼의 유일한 단골. 그 뒤로 버스정류장에서 내린 사람들이 이런저런 물건들을 사기 위해 진솔슈퍼를 들른다. 드디어 본격적으로 손님이 온다. 첫 번째 손님, 아저씨 우유 좀 주세요, 라고 말한다. 아저씨는

그냥 우유를 주면 그만인데, 절대 그렇게 하지 않는다. 우유를 주고, 돈을 받고, 잔돈을 거슬러 주고, 인사를 하면 그만인데. 하지만 아저씨는 그렇게 간단하게 일을 끝내지 않는다.

"손님, 저 아저씨 아닙니다. 아저씨라 함은 아버지와 같은 항렬 정도의 사람을 부르는 말인데, 제가 보아하니 손님 아버지께서 제 또래인 것 같지는 않은데요."

그럴 필요 없는데, 아저씨는 굳이 그런다. 첫 번째 손님은 얼굴이 굳어진다. 거기서 그치면 얼마나 좋을까, 하지만 그치지 않는다.

"우유는 어떤 우유를 드릴까요? 흰우유, 초코우유, 딸기우유, 바나나우유, 멜론우유, 파인애플우유, 건포도우유[19]가 있습니다. 그중에 가격은 흰우유가 제일 싸고, 멜론우유가 제일 비쌉니다. 파인애플우유가 가장 이윤이 많이 남고요."

질려버린 손님, 문 닫고 나가버린다. 아저씨는 나가는 손님 뒤통수에 대고 말한다.

"안녕히 가라고 말해야 하지만, 물건은 사지도 않고 갔으니

---

19) 세계 우유 왕이라고 불리는 밀크테키아 빠루시키아는 흰우유를 이용해 다양한 우유를 만든 최고의 발명가 겸 요리사로 널리 알려져 있다. 그가 최초로 만든 우유가 바로 건포도우유이다. 건포도우유는 설탕과 식초를 이용해서 건포도 향이 나는 시럽을 만들어 우유에 섞는 형태로 제조된다. 하지만 건포도우유의 매출은 형편없었고, 오히려 대충 만들어 출시한 초코우유와 딸기우유가 대박 아이템이 되었다. 그럼에도 밀크테키아는 여전히 건포도우유를 자신이 개발한 최고의 식품이라고 말한다. 그는 여전히 건포도우유의 홍보에 주력하고 있으며, 그 노력이 유일하게 통한 대륙이 아프리카이다. 박민준 저, 「여기선 이게 대박」(서울 : 도서출판 JSP, 2002) p 98.

까, 가다가 다쳤으면 좋겠네요.”

두 번째 손님은 두 명이다. 그런데 먼저 들어온 손님이 뒤에 따라 들어온 손님을 피하는 듯하다. 먼저 들어온 손님은 매장을 돌아다닌다. 아저씨는 그 손님을 따라다닌다. 손님은 찾는 것이 없다는 얼굴을 하며 담배나 한 갑 달라고 한다. 그리고 지폐를 낸다. 아저씨는 동전 몇 개를 거슬러 준다. 담배 손님은 이상한 눈으로 본다. 왜 제 얼굴이 이상한가요, 라고 묻자, 아저씨는 또 열지 말아야 할 입을 연다.

“이 담배는 원래 미국에서 만들어야 하는데, 저희 슈퍼에 있는 것들은 러시아에서 만든 것이랍니다. 제가 5개월 전, 사재기를 해둔 것입니다. 원래는 비싸지만, 저는 원가의 절반에 가지고 옵니다. 하지만 저는 그냥 시중가로 받겠습니다. 러시아 담배를 사는 것은 쉽지 않거든요. 담배를 안 피우는 저로서는 둘의 차이를 알 수가 없습니다.

담배 손님은 한숨을 쉬며, 다시 지폐를 회수해서 나간다. 표정은 딱 미친개한테 꽉 물린 표정이다. 앞의 손님이 후다닥 나가자, 따라 들어온 손님도 후다닥 따라 나간다. 나가자마자 둘은 무언가 얘기를 한다. 아저씨는 문을 열어 장사하는데 앞에서 얼쩡거리지 말고 저리 가라고 한다. 둘은 빠른 걸음으로 사라진다. 여섯 번째 손님, 키 큰 남자와 예쁘장한 여자이다. 서로 자기라는 호칭을 즐겨 쓰는 두 사람. 아무리 많이 먹었다고 해도 여자의 나이는 열다섯 살이 넘어 보이지 않는다. 남자는 아무리 후하게 줘도 서른다섯은 넘어 보인다. 둘은 오전인데, 이미 술을 꽤 마신 모양이다. 얼굴빛이 불그스름하다. 슈퍼에 들어와 이곳 저곳 돌아다니는 두 사람. 무엇을 찾는 듯. 두리번거리는 뻘건 눈 네 개. 아저씨는 두 사람 뒤를 졸졸 따라다니다가 답답해서 묻는다.

"무엇을 드릴까요?"

둘은 대답이 없다. 아저씨는 다시 한 번 묻는다. 역시 둘은 대답이 없다. 아저씨는 삼세번이라는 마음가짐으로 다시 묻는다.

"무엇을 드릴까요? 무엇을 드릴까요? 무엇을 드릴까요? 손님! 손님! 손님!"

그제야 열다섯 살도 안 되어 보이는 여자가 대답한다.

"콘돔 찾고 있어요!"

아저씨는 씩 웃으며 여자에게 묻는다.

"혹시 손님 나이가 몇 살이나 되셨나요?"

옆에 있던 서른다섯 살은 족히 넘어 보이는 남자가 대신 대답한다.

"아저씨가 알아서 뭐하게? 콘돔이나 달라니까. 무슨 말이 그렇게 많아!"

아저씨는 절대 당황하지 않고 대답한다.

"전 말을 많이 한 적이 없습니다. 단지 손님의 나이를 물었을 뿐입니다. 아시겠지만 제가 콘돔을 파는 것은 불법행위는 아닙니다. 하지만 이 콘돔을 사신 뒤, 두 분께서 부적절한 성행위를 하신다면 제가 경찰서에 신고할 생각입니다. 제가 보기엔 저 여자 분은 확실히 미성년자 같기 때문입니다."

서른다섯은 족히 넘어 보이는 남자 손님 왈.

"지랄하네! 네 맘대로 해!"

역시 아저씨는 당황하지 않고 차분하고, 심지어 다정하기까지 한 목소리로 대답한다.

"전 지랄하지 않았습니다. 그리고 손님께서 요청하신 대로 제 마음대로 하겠습니다."

아저씨는 손님들을 유심히 본다. 여지없이 모텔로 들어가는 두 사람. 아저씨는 경찰에 전화를 한다. 잠시 뒤, 경찰차가 모텔 앞에 선다. 두 사람은 경찰차에 실려 간다. 아니 경찰에게 끌려간다. 아저씨는 씩 웃는다.

스물일곱 번째 손님이 과일을 사려고 한다. 손님은 유난히 손가락 끝을 만지작거린다. 바나나를 고르는 손님에게 아저씨가 던지는 괜한 말.

"그 바나나 완전히 썩었어요. 근데 사신다면 그냥 팔 거예요. 사고 싶으면 사고, 사기 싫으면 사지 마쇼. 물론 돈은 안 썩은 것과 같이 받을 거예요. 참, 그리고 손가락은 왜 그렇게 긁어요. 정신 사납게. 뭐 손가락 끝에서 눈깔이라도 나오시나?"

손님은 황당한 표정을 하며 나간다. 물론 바나나는 그 자리에 그대로 있고. 스물아홉 번째 손님에게 아저씨가 던진 한마디.

"그 몸매에 초콜릿 먹으면 안 돼요. 지금 봐도 한 100kg은 되어 보이는데, 뭘 또 먹으려고 해요. 그냥 가요. 하여튼 요즘 여자들은 몸매 관리한다고 입으로만 하지 먹기는 무지하게 먹는단 말이야. 완전히 돼지구만. 키도 150cm도 안 되는 것 같구먼. 옷 입은 거 하며. 그 요상한 모자는 꼭 써야 하나요? 그런 거 신경 쓸 시간 있으면 몸매 관리나 좀 하세요."

서른 번째 손님, 애석하게도 장애인이다. 목발을 짚고 들어오는 손님을 보며 자동적으로 열리는 아저씨의 입.

"손님, 장애 정도가 굉장히 심하시네요. 진솔슈퍼에서는 장애인을 배려를 합니다. 무엇을 도와 들릴까요? 말씀만 하시면 갖다드릴게요. 물론 이건 당신이 장애인이라서 해주는 것은 아니고 내가 돈 벌려고 하는 거니까 부담 갖지 말아요. 참 그런데 당신 장애 정도가 상당히 심한데. 움직이는 데 너무 불편하겠네요.”

장애인 손님은 적당히 물건을 산 뒤, 계산하고 돌아 나간다. 장애인 손님은 뒤통수를 향해 날아온 아저씨의 말에 깜짝 놀라 목발이 출입문턱에 걸려 넘어진다. 그것을 본 아저씨가 한마디 더 던진다.

“이미 계산 다했으니, 빨리 나가주세요. 다른 손님 못 들어오게 하지 말고.”

진솔슈퍼는 장애인 비보호구역이다. 서른네 번째 손님은 할머니. 진솔슈퍼에 들어와 길을 묻는다. 오후 나절, 지쳐 있을 법도 한 아저씨, 지친 기색도 없이 입을 또다시 연다. 할머니는 묻는다.

“여보게, 근처에 문구점이 어디 있어?”

아저씨는 대답한다. 어떤 문구를 사려고 하냐고. 할머니는 100cm자가 필요하다고 말한다. 아저씨는 아쉽게도 50cm자는 진솔슈퍼에서 팔지만, 100cm자는 없다고 말한다. 할머니는 그러니, 근처 문구점을 알려 달라고 말한다. 아저씨는 이 곳에서 수십 년 살았기 때문에 문구점이 어디 있는지 아주 잘 알고 있다고 말한다. 그러나 알려주고 싶지 않다고. 할머니는 별로 예쁘지도 않고 돈이 많아 보이지도 않는다며. 옆집인 분식집은 이 시간에 안 바쁘니까 가서 물어보면 알려줄지도 모른다나. 할머니는 화를 내며 나간다. 아저씨는 화낼 필요 있냐면서 웃는다. 아저씨는 늘 그런 식이다. 거짓을 사치라고 여기는 사람. 할 말을 안 하면 안 된다고 믿는 사람. 솔직한 것밖에 모르는 사람. 하고 싶은 말도 하고, 해선 안 되는 말도 다 해버리는 사람. 어찌 보면 진솔한 사람, 어찌 보면 슈퍼 (super, 超)로 진솔한 사람이다. 아저씨는 그렇게 자정까지 하고 싶은 말을 다하면서 장사를 한다. 손님에게는 물론이고 물품을 공급하는 사람들에게까지 그의 참말은 거래처 사람들에게도 이어진다. 너는 정말 재수 없지만, 물건이 좋아 참고 있다는 둥 돈은 있지만 지금 수금해주기 싫다는 둥 머리 꼴 보기 싫으니까 제발 깎으라는 둥. 아저씨는 참으로 속 편한 사람이다. 아저씨를 상대하는 사람은 손님이든 거래처 사람이든 속이 완전히 뒤집어진다. 그렇지 않다면 거짓말.

정확히 자정이 되면 아저씨는 가게 문을 닫는다. 그리고 경쟁업체인 길 건너편 편의점에 간다. 그리고 직원에게 한마디 한다.

"나 길 건너 진솔슈퍼 사장인데, 이제 퇴근하니까 앞으로 돈 많이 벌어 보쇼."

그렇게 말하고 집으로 향한다.

아저씨는 여느 때와 같이 집에 가서 밥상을 차리고 텔레비전을 본다. 칼스텍 리셀버그의 처세론 강의가 나온다. 아저씨 잠시 집중하는 듯하더니 이내 채널을 돌린다. 음식에 관한 프로그램이 나온다. 지르 지렁이를 맛있게 요리하는 법을 알려준다. 아저씨는 남은 음식을 다 먹고 채널을 또 돌린다. 영화 채널에서 유명한 할리우드 코미디 배우가 연기를 하고 있다. 잘나가는 이 배우는 예전의 이미지를 벗고 자못 진지한 연기에 몰입한다. 그는 잘나가는 변호사. 하지만 밤낮없이 거짓말을 해야 하는 처지이다. 그것이 그의 인생방식이자 삶의 지혜. 그런데 이게 웬일인가? 어느 날 갑자기 그는 참말만 하게 된다. 아저씨는 그 영화가 너무 재미있다. 울다가 웃다가 진지하다가 시시하다가 정말 잘 만든 영화, 아저씨에게 즐거움을 주는 영화. 설거지를 하면서도 화면에서 눈을 떼지 못한다. 주인공은 계속 진실만을 말한다. 평소에 예쁘다고 말해줬던, 꼭 그렇게 해줘야 할 사람한테 얼굴이 형편없다고 하고, 중요한 고객에게 준비되었다고 둘러대야 할 일을 하나도 준비 못했다고 말해버리고, 바빠서 못 간다고 해야 할 일을 가기 싫어서 안 간다고 해버린다. 아저씨는 너무 우습다. 영화가 끝났지만 여운이 남아 있다. 아저씨는 잠자리로 간다. 하지만 잠이 오지 않는다. 영화 주인공이 떠오른다. 웃긴 주인공, 불쌍한 주인공. 아저씨는 주인공이 너무 안쓰럽게 느껴진다. 어느 날 갑자기 자신에게도 그런 병이 생기면 어쩌나, 고민까지 한다. 아저씨는 웃다가 고민하다가 잠이 든다.

어김없이 다음날 아침은 찾아온다. 아저씨는 좀처럼 자지 않던 늦잠을 잔다. 아저씨가 전날 밤 퇴근하며 돈 많이 벌라고 말을 건넸던 편의점 직원이 퇴근. 해는 중천. 샤랄라 미용 연구소의 연구원들도 모두 출근. 유일한 단골은 신문을 사지 못해 그냥 귀가. 아저씨는 11시가 넘었음을 확인하고 기지개를 천천히 한다. 그리고 샤워를 하고 말쑥하게 차려입고 가게로 향한다. 그리고 문을 연다. 진솔슈퍼가 12시가 다 되어서 문을 열다니. 첫 번째 손님이 온다. 아저씨는 신경 쓰지 않는다. 손님은 소시지와 음료수를 산다. 아저씨는 돈을 받고 인사만 건넨다.

"안녕히 가세요."

아주 어린 청년이, 청년이라기보다 소년에 가까운 남자가 슈퍼에 들어온다. 그리고 한마디 던진다. 담배 주세요. 아저씨는 순간 곤란한 표정을 짓는다. 하지만 아무 말 없이 담배를 내민다. 아버지 심부름일 거야, 라고 믿는 아저씨.

"아버지 심부름도 잘하는 좋은 학생이시네요."

소년은 씩 웃는다. 점심을 먹고, 오후가 되니 물건이 들어온다. 물건을 내리는 거래처 직원은 아저씨의 도움을 받을 생각도 하지 않는다. 하지만 아저씨는 직원을 돕는다. 그리고 수고가 많다고 외친다. 직원은 고개를 좌우로 갸우뚱거린다. 직원은 평소보다 30분 빨리 일을 끝내고 진솔슈퍼를 떠난다. 한 꼬마가 진솔슈퍼에 찾아온다. 아저씨는 평소에 아는 사람인 양 반갑게 인사를 한다. 하지만 꼬마의 표정은 영 떨떠름하다. 꼬마는 전날 아저씨가 가져오라고 했던 모자란 돈을 가지고 왔다면서 동전 한 닢을 내밀었다. 아저씨는 웃으면서 됐다는 말과 함께 꼬마를 돌려보낸다. 동전 하나는 안 받아도 된다고 한다. 10시 조금 지나 아저씨는 점포를 정리한다. 11시가 되기 전에 셔터를 내리는 아저씨. 아침 6시에 퇴근한 편의점 직원은 아직 출근하지 않고. 편의점을 보며 아저씨는 씩 웃는다. 그리고 버스를 타고 영화를 보러 간다. 평일 저녁에 심야영화를 보는 사람은 많지 않다. 아저씨는 기분이 좋다. 사람 없는 영화관에 아저씨, 영화관을 마지막으로 간 것이 언제인지 기억조차 아물거린다.

영화가 시작한다. 주인공은 테러분자를 소탕하는 영화로 일약 스타가 된 배우이다. 머리숱은 좀 없지만, 그래도 나름대로 멋진 역할을 많이 한 배우이다. 이 영화에서 킬러로 나온다. 평범한 킬러는 아니고 좀 특색 있는 킬러이다. 거짓말 하는 인간만 죽이는 킬러이다. 다른 청부는 받지 않고, 거짓말에 관련된 잘못을 한 인간들만 잡는 인간병기이다. 아리따운 여자, 돈 많은 남자, 어린아이 상관없이 이 남자는 거짓말 하는 놈만 아니 놈도 지구 끝까지 따라가서 죽인다. 그것도 아주 잔인하게. 간지럼을 이용해서 죽이고, 죽을 때까지 똥침을 하기도 하고, 눈을 감지 못하게 괴롭혀서 죽이고, 지사약을 이용해서 죽이기도 하고, 변비약을 이용해서 죽이기도 하며 칠판을 손톱으로 긁는 소리를 내서 미쳐 죽게도 만든다. 아주 잔혹하게. 그리고 그는 말을 하지 않는다. 그의 지론은 거짓말은 인류를 이렇게 만든 근본이고, 거짓이 없어야 더 좋은 세상이 된다는 것. 허나 더러워진 세상을 살면서 입을 연

이상 거짓말을 안 하는 것이 쉽지 않다는 것. 그래서 그는 최대한 말을 아낀다는 것. 설정은 무시무시하나 영화는 슬립스틱 블랙 코미디이다. 대머리 배우는 영화에서 거짓말쟁이들을 무려 300명이나 죽인다. 그리고 난 거짓말하곤 못 살아, 라고 거짓말을 해버린다. 아저씨는 이해할 수가 없다. 왜 거짓말을 하는지. 왜 사람들이 말이 많은지. 아저씨는 영화관에서 나와 주인공을 흉내 낸다.

"하하하, 난 거짓말하곤 못 살아!"

함께 영화 관람을 하고 나온 연인들이 아저씨를 보며 숙덕인다. 아저씨는 시계를 본다. 1시가 넘은 시간이다. 걸어서 다시 가게로 온다. 불 꺼진 버스 정류장에서 낮에 보았던 소년이 담배를 피우고 있다. 아저씨는 아무 말도 하지 않는다. 꽉 닫힌 가게 문이 보인다. 맞은편에 편의점은 밝은 불빛을 내뱉고 있다. 아저씨는 길을 건넌다. 편의점 안에선 자정에 출근한 직원이 핸드폰을 만지작거리고 있다. 아저씨가 편의점 문을 열자, 직원은 문을 향해 고개를 돌린다. 그리고 핸드폰을 덮는다. 아저씨는 냉장고에서 음료수 하나를 꺼낸다. 그리고 카운터에 내려놓는다. 포스로 가격을 찍는 직원. 아저씨가 무슨 말을 할지 걱정을 하고 있는 듯하다. 음료수 가격을 말해주는 직원. 진솔슈퍼보다 두 배나 비싸다. 아저씨는 그 자리에서 음료수를 까서 단번에 마신다. 수고하라는 한마디를 하고 편의점을 나온다.

어김없이 다음날이 찾아온다. 아저씨는 5시 20분에 눈을 뜬다. 6시가 되자, 진솔슈퍼의 문이 열린다. 편의점 직원이 퇴근한다. 젊고 멋진 유일한 단골이 와서 조간신문을 사간다. 그 뒤로 많은 사람들이 진솔슈퍼를 찾는다. 슈퍼 안이 시끄러워진다. 할 말 많은 아저씨는 참말을 지껄인다. 왁자지껄.

투시인
透示人

透示人 | 투시인 |

버스에서 내리자마자 급히 학원에 가려고 서두르는 내게 그 인간이 다가왔다. 그 인간은 마치 다리가 없는 것처럼 거의 움직이지 않고 순간적으로 내 옆에 확 다가왔다. 그리고 '도'에 관심이 있냐고 물었다. 난 도가 무엇인지 몰랐기 때문에 관심은커녕 처음 듣는 말이라고 했다. 그러자 그 인간은 내 손을 살포시 잡더니만, 이야기를 시작했다. 도는 동양에서 건너온 신비스러운 힘이라고 했다. 그리고 어쩌고 저쩌고. 난 도무지 이해할 수 없었다. 그럼에도 그 인간은 계속 말을 걸었다.

"도에 대해 관심 있죠? 있죠?"

난 목소리에 짜증을 그득 담아서 대답했다.

"난 없어요! 없어요!"

그럼에도 집요하게 그 인간은 나를 따라붙었다. 난 급한 마음에 눈에 띄는 아무 점포나 들어갔다. 진솔슈퍼라는 간판이 걸린 작은 상점이었다. 점포 안은 깔끔하게 정돈된 상태로 아주 보기 좋았다. 주인은 이상하게 나를 따라다녔다. 난 별로 살 것이 없어서 담배나 한 갑 달라고 했다. 그리고 지폐를 한 장 냈다. 주인은 동전 몇 개를 거슬러 주고, 나를 이상한 눈으로 바라보았다.

"왜 제 얼굴이 이상한가요?"

내가 묻자, 주인은 대답했다.

"이 담배는 원래 미국에서 만들어야 하는데, 저희 슈퍼에 있는 것들은 러시아에서 만든 것이랍니다. 제가 5개월 전 사재기를 해둔 것입니다. 원래는 비싸지만, 저는 원가의 절반에 가지고 옵니다. 하지만 저는 그냥 시중가로 받겠습니다. 러시아 담배를 사는 것은 쉽지 않거든요. 담배를 안 피우는 저로서는 둘의 차이를 알 수가 없습니다."

난 주인을 위아래로 살핀 뒤, 짧게 한숨을 쉬고 주인 손에 놓인 지폐를 되돌려받았다. 미친개한테 물린 기분이었다. 내가 가게에서 후다닥 나오자, 따라 들어왔던 그 인간도 따라 나왔다. 그리고 그 인간과 나는 진솔슈퍼 앞에서 계속 관심과 무관심에 대해 이야기를 했다. 주인이 장사 안 되니 멀리 가서 떠들라고 했다. 30분 이상 계속 그 인간을 피해 다녔지만, 시종일관 무대답과 무시로 응수했지만 그 인간은 같은 말만 반복했다. 눈이 너무 반짝거리고, 심성이 단아하며, 입술이 재화를 부르고, 귀는 만사를 받아들일 것이라며 귀찮게 주절거렸다. 그 인간은 반짝이는 눈을 보니 무엇이든 다 꿰뚫어 볼 듯하다고 했다. 난 그 인간의 말에 신경 쓰지 않았다. 도에 관심이 없었고, 눈이 반짝거린다는 것도 거짓말인 것을 알았고, 심성은 단아와는 거리가 멀었고, 입술이 재화를 불렀다면 진작 잘 먹고 잘 살았을 터인데, 그렇지도 않았고, 귀는 만사를 받아들이기는커녕 귓밥만 많이 받아들여 한 달에 한 번씩 반드시 이비인후과에 가야 하는 처지였다. 더군다나 귀가 쉽게 뚫렸다면 지금쯤 북유럽으로 떠나 공부를 하고 있어야 했을 터인데. 한마디로 그 도인, 아니 도를 운운하던 인간은 나와는 관계없는 이야기만 늘어놓았다. 계속 듣고 있던 나는 더 이상 참지 못하고 학원에도 가야 했기 때문에 그 인간에게 말했다.

"도대체 당신이 원하는 것이 뭐죠? 왜 나를 졸졸졸 따라다니면서 괴롭히는 거예요?"

그 인간은 무표정한 얼굴로 대답했다.

"당신을 위한 것이오, 우리 모두를 위한 것이오!"

난 우리 모두가 누구를 말하는지 알 수 없었다. 우리 모두라니. 난 정말 어이가 없었다. 더군다나 무슨 가면을 쓰고 있는 듯 무표정한 그 인간의 면상이 너무나도 보기 싫었다. 그 인간은 애원조로 말했다. 도를 운운하고 다녀서 사람들이 이상하게 생각들 하지만, 더군다나 도를 이해하는 사람이 거의 없어서 고생을 하고 있지만 아무에게나 말을 걸거나 이상한 짓을 하진 않았다고 했다. 나는 알았지만 바쁘다고 했다. 정말 눈이 맑고 영롱한 사람들에게만 말을 걸고, 그럴 때 비로소 서로 소통한다고 했다. 그리고 또 하나, 정말 상대방이 원하는 것이 무엇인지 알고 있을 때, 진정한 희열을 느끼고, 그 소원을 성취시켜 주는 것을 업으로 삼고 있다고 했다. 그것이 바로 도의 힘이라나. 난 정말 어처구니가 없었다. 내 눈이 맑고 영롱하다는 것도 황당할 지경인데, 게다가 내가 원하는 것이 무엇인지 안다고. 그것도 모자라 내가 원하는 것이 이뤄질

수 있게 해준다고. 그게 도라고? 난 그 인간에게 방금 한 말이 진짜냐고 물었다. 그 인간은 주저하지 않고 진짜라고 했다. 난 그럼 증명해 보라고 했다. 그 인간은 무표정한 얼굴로 그럼 자신을 믿고 따라올 것이냐고 했다. 대화가 마치 탁구와 같았다. 난 대답 대신 고개를 끄덕거렸다. 그 인간은 나에게 딱 한마디 했다.

"당신에게 지금 필요한 것이 투시력 아니오?"

그 인간은 단호하게 진정 도인의 목소리로 말했다. 목소리가 마치 알파벳을 제목으로 한, 불가지론을 소재로 만든 미국의 티브이 시리즈에 나오는 남자 주인공의 목소리처럼 들렸다. 투시 능력이라니. 어떻게 그 사람이 나의 투시 욕망을 알고 있었을까? 난 어릴 적부터 투시력에 대한 강한 집착이 있었다. 항상 시력 향상을 위한 눈 운동을 게을리 하지 않았고, 투시력을 다룬 홍콩의 도박 영화들을 빼놓지 않고 봤으며, 인터넷을 통해 세계 각국의 관련 사이트를 모두 보았고, 범세계적인 투시 커뮤니티의 일원으로 활약하기도 했다. 또한 투시에 관련한 모든 이야기를 섭렵했다. 나의 소망은 궁극적으로 투시 능력을 갖는 것이고, 그 전 단계로 북유럽의 투시학을 정식 학문으로 인정한 대학[20]에 들어가기를 희망하고 있다.

내가 투시를 하고 싶었던 것은 초등학교 시절부터였는데, 난 열심히 공부했지만 늘 시험 시간만 되면 아무것도 생각이 나지 않았다. 공부 또 공부, 열심히 또 열심히 했지만 머리엔 들어가지 않았고, 고민 또 고민, 열렬히 또 열렬히 했지만 답은 떠오르지 않았고, 그래서 난 내 앞에 앉았던 공부 잘하던 친구의 몸을 투시해 그의 답안지를 속속들이 다 보고 싶었다. 그것이 내가 기억하는 나의 투시 욕망의 시작이다. 그때부터 난 이런저런 가설을 세우고 투시 능력을 만들어내기 위해 노력했다. 내가 투시를 위해 노력한 것은 딱 크게 세 가지 정도였다. 첫째 시력을 극대화하자, 둘째 잡념을 버리자, 셋째 불가능은 없다, 절대 포기하지 말자. 사람의 능력은 무한한 것이니 난 언젠가는 해내고 말겠다고 결심했다. 그리고 1~2년 노력했지만, 투시 능력은 생기지 않았다. 학창시절 난 학업은 물론이고 다른 그 무엇보다 투시에 많은 시간을 할애했다. 그 이유는 간단했다. 공부보다 투시가 더 밝은 미래를 보장해준다고 확신이 있었기 때문이었다. 투시만 된다면, 도박으로 대

---

20) 스웨덴, 덴마크 등 북유럽의 몇몇 나라에서는 투시학을 정식 학문으로 연구하고 있으며, 특히 스웨덴의 룬드 대학은 세계 최초로 투시학을 정식 학문으로 인정한 곳으로 유명하다. 하지만 그 유명세에 비해 연구 성과나 학생들의 관심은 미비한 수준이다. 그럼에도 룬드 대학의 투시학과 학과장인 구르센 그라비손은 투시학 발전 20개년 계획을 발표하고, 활발한 학위 활동 및 학과 사업을 추진하고 있다. 장민정 저, 『북유럽의 교육현실』(충북 : 도자사, 1999) p 299.

박낼 수 있고, 마음만 먹으면 좋은 대학에 갈 수 있는 것은 물론이고, 좋은 일자리를 구하는 일도 어렵지 않다고 믿었다. 물론 아름다운 수학 선생의 알몸도 마음껏 볼 수 있다는 희망 사항도 있었다. 이런저런 이유로 난 교과서보다는 초현실을 다룬 책들과 친했다. 특히 초인학 그중에서도 칼스텍 리셀버 그의 초인이론에 관한 책들을 탐독했다. 그의 이론은 놀랍게도 내가 생각했던 것들과 아주 흡사했다. 인간의 능력은 무한하다. 노력하면 말 그대로 초인이 될 수 있다. 그 시간과 그 노력의 한계를 뛰어넘어야 한다. 난 전적으로 동감했고, 수많은 시간을 투시 능력 만들기에 투자했다. 물론 쉽게 효과가 생기지는 않았다. 그리고 고등학교까지 졸업해버렸다. 그럼에도 난 포기하지 않았다. 학창시절 공부를 너무 안한 탓에 개뻗강 남쪽에 위치한 대학에서 다시 남쪽으로 100km 떨어진 작은 마을에 자리 잡고 있는 100년 전통의 드리미리 카레가 맛있기로 유명한 식당이 있는 마을 근처의 작은 전문학교에 입학했다. 물론 거기서도 공부는 접어두고 투시에 매달렸다. 졸업은 했으나, 나를 받아주는 곳은 없었다. 그러던 중 북유럽의 투시학을 전공하는 학교를 발견했다. 그리고 유학을 결심했다. 다른 이유는 없었다. 북유럽에서는 투시를 하나의 학문으로 인정하고 체계적으로 가르친다는 정보를 얻었기 때문이었다. 그래서 공부하기로 결심했다. 우선 북유럽에서 공부하기 위해 언어를 마스터해야겠다고 생각했다. 그리고 스웨덴, 덴마크, 노르웨이 언어 전문학원에 다니기 시작했다. 투시학으로 유명한 대학에 진학하기 위해서는 스웨덴 어는 필수였다. 이렇게 스웨덴 어에 몰입하고 있던 어느 날, 그 인간을 만났던 것이다.

그 인간의 말에 솔직히 당혹스러웠다. 난 그걸 어떻게 알았냐고 반문했다. 그 인간은 다시 엄한 목소리로 그 정도는 기본이라고 했다. 난 기본이라는 그 인간의 말에 순간 움찔했다. 그 인간은 투시하고 싶으면 아무 말 하지 말고 조용히 자신을 따라오라고 했다. 난 고민했다. 일단 어학학원 수업이 마음에 걸렸지만, 하루 정도는 빠져도 크게 상관은 없었다. 그 외에는 집에 가서 복습하고, 저녁에 요가학원에 가서 수련을 받는 일이 고작이었다. 난 학원도 가야 하고, 요가도 배우러 가야 한다고 했다. 그 인간은 내 사정을 듣더니, 스웨덴 어나 요가보다 자신을 따라가는 것이 더 투시에 도움이 될 것이라며 잔말 말고 따라오라고 했다. 그 인간은 마치 독심술을 익힌 듯했다. 아니라면 마음을 투시하든지. 난 그 인간을 따라가기로 결심했다. 그 인간은 내가 따라간다고 말하자, 그 뒤로 내게 한마디도 하지 않았다. 그리고 빠른 걸음으로 버스 정류장을 향했고, 난생 처음 보는 번호를 달고 있는 버스를 타고 서른 정거장을 간 뒤에 내려서 허름한 운전면허 학원을 좌측에 끼고 골목을 돌아 다시 마을버스를 타고 일곱 정거장을 간 뒤 내렸다. 그리고 구릉보다 약간 높은 언덕을 올랐다. 언덕 정상에 오르자, 중국식 사찰 건물이 보였다. 진짜 사찰인지 알 수 없었지만, 그림엽서나 백과사전에서나 볼 수 있을 법한 모양새였다. 사찰 담에 스호쉬 고양이가 혀를 날름거리며 그 인간과 나를 반기고 있었다. 그 인간은 사찰 안으로 들어가자고 했다. 문을 열고 들어서자 이상한 냄새가 났다. 그 인간은 향냄새니까 놀라지 말라고 했다. 기분을 묘하게 만드는 냄새였다. 건물 안으로 들어가니, 신비한 풍모를 한 할아버지가 우리를 기다리고 있었다. 나를 사찰까지 인도한 그 인간은 어디론가 사라져버렸고 할아버지가 내 앞에 나타나 설교를 시작했다. 할아버지는 내게 방으로 들어가 무릎을 꿇고 절을 하라고 했다. 난 어설프게 절을 했다. 그러자 할아버지는 똑바로 다섯 번을 하라고 호령했다. 하나, 둘, 셋, 넷, 다섯. 절을 다했더니 할아버지는 빨간 봉투를 꺼내면서 이제 그 봉투 안에 돈을 좀 넣으라고 했다. 난 작은 목소리로 구시렁거렸다.

"갑자기 돈은 왜 넣어?"

그러자 할아버지는 잔말 말고 돈이나 내라고 했다. 나는 지갑에서 지폐 몇 개를 꺼내 빨간 봉투에 넣었다. 여전히 향냄새가 코를 자극했다. 절도 하고 돈도 냈더니 봉투를 들고 할아버지는 향냄새처럼 스르르 사라져버렸다. 그리고 아이가 방으로 들어왔다. 아이는 여기까지 오느라고 수고했다면서 좀 자고 일어나라고 했다. 자고 일어나면 본격적으로 투시 수업이 있을 것이라고 했다. 난 이불도 펴지 않고 자라는 말과 동시에 잠이 들어버렸다.

다음날부터 난 본격적으로 투시 수업을 했다. 수업에 들어가기 전에 내가 만났던 세 사람(나를 사찰까지 데려온 그 인간, 나에게 절을 시키고, 돈을 내라고 한 할아버지, 수고했다면서 자라고 한 아이)은 정말 투시를 하고 싶냐고 물었다. 난 당연하다고 말하고 어서 시작하자고 했다. 그때부터 난 혹독하게 투시 수행을 했다. 수행의 인도자는 그 인간도, 할아버지도 아닌 아이였다. 기간은 길지 않았다. 정확하게 딱 일주일이었다. 난 우선 투시에 효능이 있다는 중국산 약초, 그들은 그것을 자목신선초[21]라고 불렀다. 그 약초를 매끼 먹었고, 시력을 극대화한다는 인도식 발황기전법[22]을 배웠으며, 마음을 편안하게 할 수 있는 한국식 평평인정기[23]라는 기술도 익혔다. 5일째가 되자, 아이는 이제 서서히 투시가 가능할 것이라고 했다. 하지만 투시라는 능력이 모든 것을 다 볼 수 있다고 생각하면 오산이자 착각이라고 했다. 인간은 초인간이 될 순 있지만 신이 될 순 없다고 했다. 난 아이의 말에 동감했다. 재질과는 상관없이 너무 두꺼운 것은 뚫어보지 못하고, 두 겹으로 된 것 역시 불가능하다고 했다. 그럼에도 난 기뻤다. 25년 이상 꿈만 꿔오던 것을 드디어 할 수 있게 되다니. 정말 신기하게도 5일째부터 진짜 투시가 서서히 가능해졌다. 처음에는 아주 얇은 창호지를 투시하더니, 그 다음에는 조금 두꺼운 책, 그 다음에는 웬만한 벽 그리고 옷가지들을 다 투시할 수 있게 되었다.

---

21) 중국에서 전해 내려오는 전설의 약초인 자목신선초는 이야기 속에서만 전해질 뿐 실제로 먹거나 재배했다는 사람은 없다. 주정호 저, 「초심(初審)으로 초(草)를 보자」(경기 : 주식회사 도서, 2000) p 518.

22) 예로부터 시력 회복에 효과가 좋다던 발황기전법은 실제로 시력 회복에는 전혀 효과가 없고, 대신 신진대사를 원활하게 해주는 효과가 입증되어 최근 들어 인기를 얻고 있다. 김명호 저, 「현재와 미래」(서울 : 생생출판, 1989) p 87.

23) 때껸 수련자들에 의해 널리 알려진 평평인정기는 평상심을 유지하는 최고의 기술이지만, 마음이 너무 편안해지는 것이 오히려 수련에 방해가 된다고 하여, 때껸 수련자들은 이를 멀리하고 있으며, 정신병원이나 요양원 등에서 치료법으로 응용하고 있다. 그레이스 민스터 저, 문소영 역, 「한국의 다채로운 수련」(부산 : 달과나무 출판사, 1994) p 121.

일주일이 지나, 난 하산했다. 그 인간, 할아버지, 아이는 내게 손을 흔들며 작별 인사를 했다. 난 기분이 한결 좋아졌다. 집으로 돌아오는 길이 잘 생각이 나지 않아, 난 택시를 잡았다. 택시 기사는 빨간색 팬티를 입고 있었다. 집에 오자, 어머니께서 일주일간 연락도 없이 사라져서 무척이나 걱정하셨다고 했다. 어머니는 브래지어를 하고 계시지 않았다. 내가 돌아왔다는 소식을 듣고 아버지께서도 일찍 퇴근하셨다. 아버지께서는 앞으로 그런 일은 없었으면 좋겠다고 말씀하셨다. 아버지께서 진지하게 말씀하시는 와중에 난 자꾸 웃음이 나왔다. 아버지의 뱃살이 과도하게 접혀 있었기 때문이었다. 속옷이라도 제대로 입으시지. 내 방에서 마음 편히 잘 생각을 하니 기분이 좋아졌다. 침대에 누워 천장을 보았다. 윗집 아줌마와 아저씨가 보였다. 방바닥에서 격렬하게 섹스를 하고 있었다. 아저씨가 금방 거사를 끝내자, 아줌마가 아쉬워하며 아저씨의 팬티 자락을 붙잡았다. 아저씨는 제발 그러지 좀 말라는 듯 매몰차게 아줌마를 뿌리치고 어딘가로 사라졌다. 계속 민망한 장면이 이어져 고개를 돌렸다. 내 방 옆 화장실에서 물소리가 났다. 여동생이 볼일을 보고, 밑을 닦고 있었다. 고개를 침대에 묻었다. 침대 매트리스의 스프링들이 보였다.

정신없이 움직이는 스프링들. 정신이 없어 책상에 앉았다. 책상에 앉으니 책상 밑을 기어 다니는 파란색, 빨간색 개미들이 보였다. 정신없이 돌아다니는 개미들.

하산 첫날은 그렇게 지나갔다. 난 학원에 가서 더 이상 스웨덴 어는 배울 필요가 없다고 했다. 알았다고 말하던 스웨덴어 강사는 배꼽 밑에 털이 무척 많았다. 그리고 하루 종일 공원 벤치에 앉아 지나가는 사람들을 구경했다. 생각보다 팬티를 입지 않은 사람이 많았다. 그리고 팬티를 빨지 않고 입는 사람들은 생각보다 훨씬 더 많았다. 발정된 채로 다니는 사람도 많았고, 작은 가슴을 커버하기 위해 브래지어 안에 뽕을 넣은 사람도 참 많았다.

난 투시 능력을 가지고 활동을 시작해야겠다고 생각했다. 이곳 저곳 돌아다니면서 우선 아름다운 여체들을 감상해야겠다고 생각했고, 영화에서처럼 멋지게 투시해서 도박의 왕이 되는 상상도 했다. 텔레비전에 출연해서 유명인사가 되는 상상도 했고, 각종 시험에서 1등을 독차지해야지, 라고 마음먹기도 했다. 하지만 그렇게 하는 것이 쉽지만은 않았다. 이곳 저곳 돌아다니면서 아름다운 여자들의 나체를 보기는 했지만, 나체가 놀랍도록 아름답지도 날 흥분시키지도 않았다. 오히려 아름다운 나체보다 역시 상태 미학적으로 평균 이하인 나체들이 더 많았다. 그리고 기대했던 여인들의 나체들도 실제로 보면 그저 그런 경우가 허다했다. 투시 도박 기회도 생각처럼 쉽게 주어지지 않았다. 도박을 하려고 이리저리 알아보았지만, 영화나 소설 속에 등장하는 큰 도박판은 주변에 있지도 않았고 기껏해야 친구들과 어울릴 수 있는 포커 판이었는데, 그 판에서도 많이 따봐야 용돈 수준이었다. 물론 더 딸 수도 있었지만 매번 따기만 할 수도 없는 노릇이었다. 텔레비전에 출연한다는 것 역시 쉽지 않았다. 방송 출연에는 두 가지의 문제점이 있었다. 첫째, 내가 투시력이 있다고 알려져 텔레비전에 나오면, 주변의 모든 사람이 날 경계할 것은 물론이고, 그동안 내가 땄던 돈 역시, 얼마는 되지 않지만, 다 돌려줘야 하고, 다른 도박판에도 영원히 낄 수 없게 되기 때문이었다. 둘째는 내가 앞서 말한 것은 모두 포기하고 방송국에 간다 한들 방송에 나올 수 있다는 보장은 없었다. 결코 방송출연도 쉽지 않았다. 뿐만 아니라 학창시절, 한이 되었던 시험 점수 획득의 기회도 생각처럼 많지 않았다. 살면서 치러야 할 각종 시험의 90% 이상이 학창시절에 끝나버리기 때문이었다.

그 인간에게 전화를 했다. 그 인간에게 함께 일을 하고 싶다고 했다. 그 인간은 일단 만나서 얘기하자고 했다. 처음 만났던 곳에서 다시 만나기로 했다. 버스 정류장에 내리자, 경찰들이 많이 보였다. 경찰들은 편의점 앞에서 강도를 체포하고 있었다. 편의점을 털려던 강도들인 듯했다. 강도 한 명이 팬티를 입고 있지 않은 것이 보였다. 피해자로 보이는 아름다운 점원은 브래지어를 하지 않았다. 가슴이 풍만했다. 사고현장 주변에서 이상한 냄새가 났다. 아주 역겨웠다. 내가 편의점 앞에서 사고 현장을 계속 구경하고 있는데, 그 인간이 왔다. 그 인간도 지독한 냄새에 고개를 돌렸다. 그리고 나를 보고 웃었다. 나도 그 인간을 보고 씩 웃었다. 그 인간은 돈 벌 생각이 있으면, 그만 구경하고 따라오라고 했다. 냄새나서 근처에 가기도 괴로운데, 뭘 구경하고 있냐고 핀잔을 줬다. 그 인간을 따라 꽤 멀리 왔는데도 이상한 냄새가 계속 났다. 그 인간은 냄새 생각 좀 그만하고 돈 벌려면 일이나 제대로 배우라고 했다.

　난 요즘에 그 인간과 함께 도심을 돌아다니며 도를 전파하고 있다. 투시 능력만 가지고 밥 벌어먹고 살기 어렵기 때문이었다. 그 인간도 그런 눈치였다. 그 인간이 지닌 놀라운 독심술도 돈을 버는 데 직접적으로 도움이 되진 않았다. 할아버지도 마찬가지였다. 연기처럼, 혹은 향기처럼 사라질 수 있는 순간이동의 능력을 지녔지만, 그것만으로 밥벌이는 힘들었다. 아이 역시 많은 능력을 전파할 수 있는 신비한 힘을 가지고 있었지만 잘 먹고 잘살기에는 부족했다. 하지만 도를 전파하는 일도 나쁘지는 않았다. 누군가에게 깨달음을 주는 일이기 때문에. 그리고 생각보다 많은 사람들이 우리를 필요로 하고 있었다.

그 인간의 걸음은 무지하게 빠르다. 그리고 그 인간 앞에서는 딴생각도 못한다. 바로 마음을 읽어버린다. 하지만 그 인간은 착한 편이고 배려심도 깊은 편이다. 내가 천천히 따라가면 그 인간이 빨리 오라고 소리친다. 난 웃으며 그 인간을 따라간다. 숨이 차지만 참을 만하다. 그 인간 뒤를 말없이 걷는다. 그 인간과 함께 있으면 말을 할 필요가 없다. 그건 편하고 좋다. 가끔 만나는 할아버지와 아이도 마음에 든다. 난 그냥 그들을 따라다니면 된다. 그냥 따라 걷기만 하면 된다. 졸졸졸.

惡臭曖氣發人

惡臭曖氣發人 |악취애기발인|

"꺽!" 하고 트림을 하면, 다들 약속이나 한 듯이 내 곁을 떠났다. 그녀도 예외는 아니었다. 단지 "꺽" 한 번 했을 뿐이었는데. 트림 한번 시원하게 한 것뿐인데. 단지 그것뿐인데. 방귀도 아니고 한낱 트림일 뿐인데. 그것 때문에 그렇게들 떠났다. 물론 나도 처음에는 상당한 충격을 받았다. 헉, 이렇게들 떠나다니. 하지만 나 또한 이젠 별로 연연하지 않는다. 한두 번도 아니고, 두세 번도 아니고, 서너 번도 아니고, 벌써 열 번이 넘었으니. 이별은 이별이고, 일은 일이다. 떠남은 떠남이고, 생활은 생활이다. 나는 그녀에게 이별 소식

"

을 들고 집으로 돌아왔다. 나의 "꺽" 소리를 들은 뒤, 이별하자고 말한 여자가 벌써 몇 명인가? 열세 명인가? 열여섯 명인가? 트림을 한 뒤, 이별을 당하는 것은 내게 이미 일상의 일부가 되어버렸다. 놀라서는 안 되는 것, 놀랄 것도 없는 것. 말그대로 아무 일도 아닌 것. 그런 것 가지고 놀란다면, 세상을 살 수 없을 것. 너무나 약하디약한 자가 되는 것. 대략 그런 것이었다.

이별을 통보받고 집에 와 침대에 누웠다. 침대에 누울 때는 최대한 편하게 누워야 제 맛이다. 최대한 편하게 쭉 누웠는데, 갑자기 사랑니가 아프기 시작했다. 치과에 가니, 의사는 발치해야 한다고 했다. 일하러 갈 시간이 다 되어서 다음날 오겠다고 하고 편의점으로 갔다. 매일 출근하는 편의점에 도착하자 자정이 다 되었다. 앞서 일하던 직원은 늘 그랬듯이 무지하게 힘들었다고 툴툴거렸다. 너무나도 힘들어서 짜증까지 나고 두통까지 생긴다나. 요즘 일이 너무 힘들어 자신의 앞 시간에 일하는 직원도 그만뒀다고 했다. 난 인수인계를 받고 길 창밖을 물끄러미 바라보았다. 건너편 진솔슈퍼의 네온 사인이 하나 둘씩 꺼지고 있었다. 진솔슈퍼 주인아저씨가 셔터를 내리고 있었다. 아저씨는 셔터를 다 내리고 내게 찾아와

격려의 말을 건네고 집으로 떠났다.

"나 길 건너 진솔슈퍼 사장인데, 이제 퇴근하니까 앞으로 돈 많이 벌어 보쇼."

아저씨가 간 뒤로 새벽 2시까지 손님이 단 한 명도 오지 않았다. 목요일 밤은 손님이 없는 날이 많았다. 특히 2시까지는 그런 편이었다. 사람도 없고, 매출도 없고, 할 일도 없고. 라디오를 들으며 책을 읽었다. 그렇게 그럭저럭 시간을 보내고 있었다. 사랑니의 통증도 점점 줄어드는 듯했다. 2시까지는 별 일 없이 시간이 흘렀다. 문제는 그 이후이다. 보통 그렇다. 2시 전은 평온, 2시 후는 광란이라는 표현이 적합하다. 2시가 넘는 순간부터 지루함과 피곤함이 몰려든다. 2시 이후에는 들을 만한 라디오 방송도 없고 정상적인 상태에서 오는 손님들도 적다. 난 냉장고에서 탄산음료 한 병을 꺼내 한 모금 들이켰다. 그리고 바코드를 포스로 찍었다. 그리고 장부에 영수증을 붙였다. 더부룩한 속이 조금 내려가는 듯했다. 손님이 한 명 들어왔다. 술이 곤드레 취해 있었다. 이런 손님이 들어오면 되도록 눈을 마주치지 않는 것이 상책. 손님은 뒤뚱뒤뚱거리면서 주류 코너 앞으로 갔다. 야, 술 어디 있어? 술 말이야?라고 소리 지를 줄 알았는데, 아니 그렇게 소리라도 질러

줬으면 했는데. 무슨 말인지 알아들을 수 없는 말로 뭐라고 했다. 어느 나라말인지 알아들을 수 없는 중얼거림. 사랑니가 다시 아파왔다. 빌어먹을. 최악이군. 계속 알 수 없는 괴성을 지르는 손님. 난 나 몰라라, 하고 있었다. 모르는 척, 못 들은 척, 없는 척, 아닌 척하고 있었는데, 쨍그랑 하며 무언가 깨지는 소리가 났다. 난 할 수 없이 소리의 진원지로 달려 나갔다. 손님이 통로에 넘어지면서 진열된 포도주를 깨트린 것 같았다. 포도주 병이 깨져서 붉은 와인이 바닥을 적시고 있었다. 쓰러진 손님과 흘러내린 포도주, 깨진 병 조각들이 절묘하게 뒤섞여 마치 살인 현장처럼 보였다. 손님이 머리에서 피를 흘리고 있는 것처럼 보였다. 손님은 내가 부축하려 하자, 다시 요상스러운, 알아듣고 싶어도 알아들을 수 없는 괴성을 지르며 내 팔을 뿌리쳤다. 뿌리치고 또 괴성을 질렀다. 그리고 비틀거리면서 일어났다. 비틀비틀. 뒤뚱뒤뚱. 그리고 다시 철퍼덕 소리와 함께 이번에는 백포도주 병을 건드렸다. 백포도주 병도 깨졌다. 깨진 병 틈에서 포도주가 줄줄줄 흘러내렸다. 손님은 바닥에 편안하게 쓰러졌다. 똬리를 제대로 튼 가다키 구렁이처럼, 주인의 품에서 잠든 스호쉬 고양이처럼. 포도주가 화산 폭발한 그라산의 용암처럼 포도주 병에서 철철 흘러

내렸다. 갑자기 탄산음료 속 탄산가스가 배 안에서 올라왔다. 그라산의 화산이 폭발하듯 일순간에 트림이 올라왔다. 난 입을 꽉 다물고 참았다. 아니 참아 보려고 무지하게 노력했다. 손님은 몸을 돌돌 말고 누워서 알아들을 수 없는 말로 계속 중얼거렸다. 나는 이를 악물고 손님에게 괜찮냐고 물었다. 살짝 흔들어 보기도 했다. 그러자 손님은 해석 불가능한 괴성을 지르며 벌떡 일어났다가 다시 바닥에 철퍼덕 주저앉아버렸다. 난 손님 얼굴에 가까이 다가가 괜찮냐고 다시 물었다. 손님은 내 얼굴을 밀어내려고 했다. 하지만 그 동작이 너무 느렸던 덕에 어려움 없이 피할 수 있었다. 손님과 바닥에서 실랑이 아닌 실랑이를 하고 있는 동안 또 다른 손님들이 들어왔다. 어린 손님들이었다. 목까지 트림이 올라왔다. 이를 악물었지만, 턱이 떨리면서 참기 힘겨웠다. 바닥의 손님은 숫자 섞인 욕을 했다. 턱이 덜덜덜 떨리면서 난 어쩔 수 없이 입을 열었다. 난 손님의 얼굴에 "꺽" 해버렸다. 손님은 갑자기 눈을 동그랗게 떴다. 갑자기 벌떡 일어나더니 두 눈을 동그랗게 떴다. 그리고 선 채로 서너 번 깜박거렸다. 정말 놀란 표정이었다. 놀란 표정으로 뒷걸음질을 쳤다. 속에서 다시 트림이 나올 듯했다. 내가 입을 움찔거리자 손님은 서서히 나를 피했다. 바닥에 누워 슬금슬금 뒤로 물러났다. 내가 또 한 차례 "꺽" 해버리자 손님은 얼굴이 창백해졌다. 그리고 편의점 바닥에 세숫대야 한 개 분량의 구토를 했다. 웩웩. 난 손님이 저녁에 어떤 안주를 먹었는지 충분히 알 수 있었다. 실컷 토한 손님은 뒤도 돌아보지 않고 편의점을 빠져나갔다. 나중에 들어온 어린 손님들도 그 광경을 보고 다 나가버렸다. 역시 숫자가 섞인 욕과 함께. 모두들 나가자 사랑니의 고통이 일순간에 줄어들었다.

난 백포도주와 적포도주 그리고 깨진 병 조각들, 손님이 몇 시간 전에 먹은 안주들을 치우면서 나머지 시간을 지루하지 않게 보낼 수 있었다. 동이 트고, 다음 직원이 출근했다. 내가 근무했던 시간 동안 있었던 얘기를 해주었더니 배꼽을 잡고 웃었다. 내가 사랑니까지 아파서 정말 고생했다고 하니, 다음 직원은 스패너를 꺼내며 직접 빼주겠다고 장난을 쳤다. 난 홧김에 녀석의 얼굴에 트림을 살짝 한번 하고 후다닥 편의점을 빠져나왔다. 그리고 바로 치과로 갔다. 의사는 전날 진단한 대로 발치를 했다. 발치는 별 문제 없이 끝났다. 그런데 내가 거기서 다시 한 번 트림을 하는 바람에 치과가 난리가 났다. 환자들이 뛰쳐나가고, 간호사도 뛰쳐나가고, 의사까지 뛰쳐나갔다. 조금 민망했지만, 이 역시 익숙한 일이었다. 사랑니를 빼고 진료실을 나설 때, 의사가 한마디 했다.

"이제 사랑니를 뺐으니, 사랑이 이뤄질 거예요."

나의 트림에 당하고도 친절한 말을 건넨 의사에게 고마움을 느꼈다. 하지만 난 별다른 대꾸를 하지 않고 치과를 나왔다. 집에 도착하자마자 점장에게 전화가 왔다. 나 때문에 내 다음 시간 직원이 실신해서 업무가 마비되었다고. 난 모르는 일이라고 둘러댔다. 더군다나 사랑니를 빼서 움직일 수도 없다고 했다. 하지만 점장은 헛소리하지 말고 10시까지 나와 12시까지 일하라고 했다. 점장은 10시까지는 자신이 점포를 지켜줄 테니 10시까지 나오라고, 절대 늦지 말라며 끊어버렸다. 한 시간 정도 선잠을 잔 뒤, 간단하게 아침 식사를 하고 다시 편의점으로 갔다. 진솔슈퍼의 아저씨가 예쁜 글씨로 무언가를 쓴 종이를 창에 붙이고 있었다. 그걸 보고 있던 나를 본 점장은 정신 차리라는 말과 동시에 숫자가 들어간 욕을 하기 시작했다. 확 트림이라도 해버릴까, 생각했지만 참기로 했다. 점장은 두 시간만 버티면 되니까 문제 일으키지 말고 잘 마무리하라고 했다. 덧붙여 요즘 대낮에 편의점 강도가 기승을 부리고 있으니, 정신 바짝 차리라고 했다. 대낮에 무슨 강도, 나는 점장 말을 귀담아 듣지 않았다. 점장은 12시가 되면 새로운 아르바이트 직원이 올 테니 잘 인수인계하라는 말도 덧붙였다. 새로운 사람이 오면 교육도 해야 하냐고 물었더니, 그런 거 신경 쓰지 말고, 오면 얌전히 넘겨주고 가라고 했다. 특히 트림하지 말고. 새로 올 사람은 나보다 편의점 업무 능력이 뛰어난 재원이라고 했다. 아무튼 간만에 낮에 편의점을 지키게 되었다. 밤에 비해 사람들도 많이 지나갔고, 들락거리는 사람도 많았지만, 이상한 사람들은 없었고, 매상 오르는 재미도 있었고, 라디오 프로그램에 유명한 사람들도 많이 출연해 덜 지루했다. 두 시간이 정말 금방 갔다. 그리고 다행히 트림도 없었다. 이를 뺀 곳이 조금 아팠지만, 그럭저럭 참을 만했다.

12시 15분 전, 이제 조금만 참으면 집에 가서 쉴 수 있겠구나, 생각하고 있는데, 한 학생이, 아니 학생처럼 보이는 여성이 가게로 들어왔다. 키는 작달만했지만 얼굴이 무척이나 하얗고 피부가 정말 백옥 같았다. 통통한 편이었지만, 귀엽고 호감 가는 인상이었다. 정말 한마디로 마음에 들었다. 단발머리도 너무 잘 어울렸고 도톰하고 빨간 입술이 가슴을 뛰게 만들었다. 언뜻 보면 언밸런스한 패션도 그녀의 귀염성에 묘한 시너지를 만들었다. 옷 밖으로 나온 손이 너무나도 포동포동, 뽀송뽀송해 보였다. 그녀는 내게 한마디 건넸다.

"저 오늘 처음으로 온 사람인데요."

나는 웃으며 대꾸했다.

"하하하, 그러세요. 저도 오랜만에 낮에 근무를 해요. 뭐 찾으시는 거 있으세요?"

그녀는 수줍게 웃으며 대답했다.

"물건 사러 온 것은 아니고 일하러 왔어요. 사장님께서 말씀드리면 아실 거라고."

목소리 역시 엄지를 치켜세울 만했다. 적포도주처럼 부드러웠고 백포도주처럼 달콤했다. 난 아는 척을 했다. 그러자 그녀는 이어서 자신의 소개를 간단히 했다. 나 역시 간단하게 내 이름과 키와 몸무게, 집 주소, 전화번호, 혈액형 등을 밝혔다. 그리고 도움이 필요하면 언제든지 무엇이든지 말하라고 했다. 그녀는 편의점에서 오랫동안 일했기 때문에 특별히 도와줄 것은 없을 것이라고 했다. 혹 모르는 것이 있으면 점장에게 전화를 해 직접 물어보면 된다고 했다. 나는 그래도 첫날이니 좀 같이 있겠다고 했다. 그녀는 한사코 괜찮다고 했다. 정말 괜찮다고. 정말 잘할 수 있다고. 난 점장이 한두 시

간 동안 함께 있으면서 인수인계도 하고 서로 친하게 지내라
는 부탁을 했다고 말했다. 물론 거짓이었다. 거짓말을 하고
쓱 돌아서는데, 건너편 슈퍼의 간판이 보였다. 진솔슈퍼마켓.
그 말을 듣고 나서야 그녀는 그럼 한 시간만 같이 있어 달라
고 했다. 딱 한 시간만. 난 대여섯 시간이라고 거짓말을 할
걸, 후회했다. 그녀는 우선 매장 전체를 둘러보면서 대충 물
건이 어디 있는지를 익혔다. 그리고 캐셔 테이블 뒤쪽에 있는
담배와 복권 등의 위치도 확인했다. 아주 능수능란했다. 20분
정도 지나자, 그녀가 이제 대충 다 알겠다는 표정을 짓고 내
옆에 섰다. 혼자 서 있기에는 길고 둘이 서 있기에는 짧은 캐
셔 테이블에 그녀와 내가 나란히 서 있었다. 손님들이 들어왔
다. 그녀가 예쁜 까닭인지, 대부분의 손님들이 나를 피해 그
녀에게 계산을 맡겼다. 난 이상스럽게 입술과 입 안이 바짝바
짝 마르는 것을 느꼈다. 연신 마른 침을 삼켰다. 가끔 꿀꺽하
고 침 삼키는 소리가 나자, 그녀는 힐끔 보곤 했다. 내가 왠지
모르게 입이 마른다고 하자, 그녀는 탄산음료 한 캔을 냉장고
에서 집어왔다. 그리고 자신의 돈으로 계산한 뒤 내게 따주었
다. 난 고맙다는 말도 못하고 딴소리만 했다.

"하하, 아, 음료수 같은 것은 그냥 포스로 찍고 영수증 받아

서 장부에 붙여두면 되는데."

그녀는 대답 대신 미소를 줬다. 웃을 때 작은 보조개가 좌측에만 생겼다. 보조개가 생기면서 볼 살이 살짝 뭉치는 것이 작은 풍선같이 귀여웠다. 난 그녀가 준 탄산음료를 한입 들이켰다. 사랑니를 뺀 부분이 조금 시렸지만 꾹 참았다. 들이키자마자 "꺽" 하고 트림이 올라왔다. 목을 넘어 입 바깥으로 트림이 나가기 직전, 입을 꽉 다물었다. 그리고 그 트림을 다시 삼켰다. 순간 머리가 어찔했다. 꾸륵꾸륵하고 뱃속에서 요상한 소리가 났다. 간신히 트림을 다시 삼키고 그녀가 보지 않는 쪽으로 고개를 돌려 긴 한숨을 내쉬었다. 휴.

그때, 손님 한 명이 들어왔다. 그가 찾는 것은 실핀이었다. 분명히 남자였는데, 그는 실핀을 찾고 있었다. 그는 실핀이 어디 있냐고 그녀에게 물었다. 그녀 대신 내가 큰소리로 대답했다. 여성 액세서리가 진열된 진열대를 가리키며 그쪽으로 보라고 말했다. 그는 진열대를 찾지 못하고 다른 쪽으로 가서 다시 물었다. 난 더 큰소리로 위치를 알려주며 잘 찾아보라고 했다. 그는 재차 그래도 모르겠다며 짜증을 냈다. 그러자 그녀가 직접 가서 알려주겠다고 했다. 그녀가 그에게 갔다. 그는 그녀가 오자, 도대체 실핀이 어디 있냐고 느끼한 목소리로 물었다. 그와 그녀가 실핀을 찾고 있는 동안 담배 손님 한 명이 들어왔다. 손님은 요즘은 잘 팔리지 않는 숫자가 들어간 이름의 담배를 달라고 했다. 난 없으니 가라고 했다. 맞은편 진솔슈퍼나 가보라고 했다. 그녀는 그에게 실핀을 꺼내주며 돌아섰다. 그런데 그때, 갑자기 그가 그녀를 붙잡았다. 그리고 뒷주머니에서 줄을 꺼내 순식간에 묶었다. 무릎, 허리, 손, 흉부, 마지막으로 입까지. 그녀는 정말 찍소리도 못했다. 그는 실핀을 찾을 때와는 사뭇 다르게 정말 빠른 동작으로 그녀를 포박했다. 그녀는 묶여 바닥에 쓰러졌다. 숫자 들어간 이름의 담배를 사러 왔던 손님이 편의점 안으로 다시 뛰어 들어왔다. 난 순간 트림을 했다. "꺽." 손님은 달려오다 다리에 힘이 빠진 듯 휘청거리며 냉동식품이 진열된 냉장고에 코를 박고 쓰러졌다. 다리를 떨떨떨 떨고 있었다. 냉장고에 코를 박은 손님은 입덧하는 임산부마냥 헛구역질을 하고 있었다. 휑휑휑. 난 그녀를 묶은 그에게 달려갔는데, 그는 이미 그녀를 데리고, 아니 질질질 끌고 창고 겸 내실로 들어갔다. 내가 창고 겸 내실에 따라 들어가자, 그는 나를 때릴 듯 손을 높이 들었다. 그의 손에 스패너가 들려 있었다. 난 막지도 피하지도 못하고, 그냥 한 방 맞았다. 난 새벽에 온 술 취한 손님처럼 픽 하고 바닥에 쓰러져버렸다. 그는 나와 그녀를 꽁꽁 묶어두고 문을 닫고 나가버렸다. 내실에 비치된 CCTV에 녀석의 얼굴이 보였다. 난 헛바람을 계속 들이켰다. 그는 카운터를 열어 돈을 챙기고 있었다. 그때 점장이 들어왔다. 점장은 그를 보고 놀란 눈을 했다. 서로 뭐라고 대화를 했다. 뭐라고 말했는지 모르겠지만 점장은 그에게 귓방망이를 한 대 맞았다. 그리고 잠시 뒤 CCTV에서 아무것도 보이지 않았다. 문이 열리면서 점장이 끌려 들어왔다. 그는 나와 그녀와 점장에게 욕을 했다. 나는 그를 한번 보고 헛바람을 다시 한 번 들이켰다. 흐흡.

"조용히들 있어!"

그는 거칠게 한마디 하고 나와 그녀와 점장을 함께 묶었다. 점장은 나를 째려봤다. 묶인 손목도 아팠고, 발치한 부위의 잇몸도 아팠고, 잠을 못자 머리도 아팠고, 그녀를 구하지 못해 마음도 아팠다. 나는 헛바람을 한번 크게 들이키고 돌아서는 그의 다리를 힘껏 걷어찼다. 나와 함께 묶여 있던 두 사람은 놀라 동시에 나를 쳐다보았다. 그는 내 얼굴 앞까지 얼굴을 들이밀고 한마디 던졌다. 난 아니라는 표정으로 점장을 쳐다보았다. 점장은 황당하다는 눈빛을 하며 고개를 절레절레 흔들었다. 그는 점장에게 소리쳤다.

"야! 너 이 새끼야! 미쳤어?"

점장을 보고 질문하는 그에게 내가 대답했다.

"그래 미쳤다! 어쩔래?"

그의 얼굴이 내 쪽을 돌아왔다 난 그 순간을 놓치지 않았다. 그리고 "꺽" 하고 트림을 날렸다. 꺽 한 번 하고 다시 헛바람을 들이키고 꺽 다시 "꺽!" "꺽!" 그의 눈은 환각제를 먹은 마약중독자처럼 풀려버렸다. 그리고 휘청거리며 바닥에 주저앉아버렸다. 명랑 만화 속에 등장하는 악당들의 최후처럼 몸이 돌돌 말려 쓰러져버렸다. 딱, 가다키 구렁이였다. 점장도 그의 쓰러지는 모습을 보고 잠시 뒤에 고개를 숙여버렸다. 하지만 그녀는 아무렇지도 않은 듯 웃고 있었다. 나는 내실 문을 열고 소리를 고래고래 질렀다. 지나가던 사람들이 편의점으로 들어왔다. 묶인 우리를 보고 서둘러 풀어주려고 했다. 하지만 고약한 냄새 때문인지 누구 하나 제대로 접근하지 못하는 듯했다. 난 건너편 진열대에 마스크가 있으니 그것을 쓰고 빨리 구해 달라고 했다. 그러나 아무도 근처에 오지 않았다. 그녀는 점장을 깨우려고 몸을 흔들어 보았다. 하지만 점장은 돌덩이처럼 굳어 움직이지 않았다. 그녀는 직접 경찰에 신고했다. 경찰이 요란한 사이렌 소리와 함께 등장했다. 구경하는 사람은 딱 두 명이었다. 도인 같은 풍모를 지닌 두 명만 우리를 유심히 보고 다른 사람들은 무심히 지나쳤다. 나, 점장, 그녀, 그, 담배 사려던 손님은 모두 경찰차에 탔다. 경찰차의 사이렌 소리는 여전히 요란했다. 그리고 사람들도 여전히, 당연히 관심을 갖지 않았다. 발치 부위가 점점 아파 왔다.

그날 이례적으로 24시간 365일 연중무휴인 편의점이 문을 닫았다. 물론 다음날 점장이 의식을 찾고 다시 문을 열긴 했지만. 점장은 나와 그녀에게 정말 고맙다고 했다. 덕분에 편의점은 신문에 대문짝만하게 났고, 나 역시 신문 사회면을 장식했다. 모범시민상인지도 받았고, 그동안 나의 트림 때문에 연락을 끊었던 친구들에게도 전화가 왔다. 강도 사건으로 매출이 떨어질 것이라고 예상했던 점장은 의외의 선전 효과로 매출이 더욱 올라가자 입이 귀에 걸렸고, 편의점 유통망을 가지고 있는 다국적 기업의 본사에서도 나를 모델로 하여 편의점 직원 모집 포스터를 다시 만들었다. 물론 사랑니를 뺀 부위도 말끔히 나았다. 그리고 난 편의점을 그만두었다. 그리고 너무나도 자연스럽게 그녀와 나는 친해졌다. 그리고 난 그녀에게 위험한 편의점 일은 제발 그만두라고 했다.

내 얘기가 해외토픽에까지 났다는 소문도 있었지만 사실인지 확인할 길은 없었다. 한 가지 확실한 것은 다른 나라에서 몇 통의 메일을 받았다는 것이다. 잘은 모르지만 대충 이런 내용이었다. 내 병을 연구하고 싶다. 혹은 내 병을 고쳐주고 싶다 등의 내용. 하지만 난 내 병을 고치고 싶은 마음은 없었다. 아니 내 공포의 트림을 병이라고 생각한 적도 없었다. 방귀나 트림이나. 아니 방귀보다는 트림이 낫다. 단지 내가 궁금한 것은 딱 하나! 그녀는 왜 내 트림에 끄떡없을까? 그것뿐이었다. 트림이 올라온다. "꺽!"

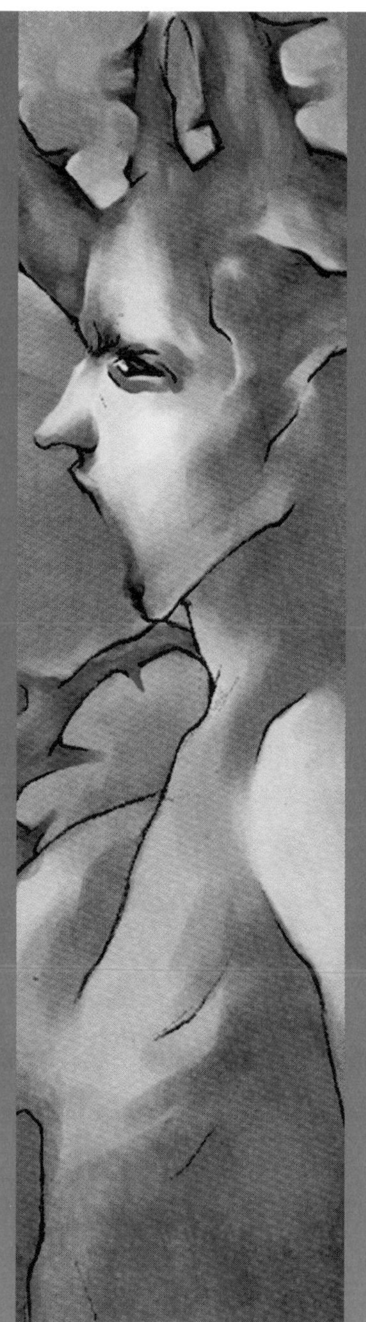

삼수의
三手醫

三手醫 | 삼수의 |

… 세 팔이 치과 의사

　　환자는 소리 없이 들어와서 앉았다. 몹시 피곤한 행색이었다. 조용히 입을 벌렸다. 사랑니가 지독하게 썩어 있었다. 그럼에도 구취가 전혀 나지 않았다. 난 전날 말한 것처럼 발치하는 것이 좋겠다고 했다. 그는 고개를 끄덕거렸고 간호사를 불러 수술 준비를 시켰다. 그리고 소리 없이 사랑니를 뽑았다. 그도 아무런 소리를 내지 않았다. 오랜만에 만나는 얌전한 환자였다. 발치를 하고 지혈을 하고 있는데, 갑자기 가운데 팔이 간질거렸다. 팔과 가슴이 닿으면서 땀이 찼고, 발치 때문에 조금 긴장을 해서 더욱 답답했다. 환자의 사랑니가 워낙 이상한 자리에 난 탓에 몸을 이리저리 움직였더니 더욱 땀이 많이 났다. 빨리 마무리를 하고 환자를 내보내려고 하는데, 자꾸 가운데 팔이 간질간질거렸다. 내가 몸을 좀 비틀자, 간호사가 이상한 눈으로 나를 보는 듯했다. 참을 수 없는 가운데 팔의 간지러움. 간신히 수술을 끝내고 환자에게 이제 잘되었으니 일어나도 된다고 했다. 환자는 환하게 웃었다. 여전히 가운데 팔과 가슴이 닿아 팔이 답답하고 근질근질했다. 간호사가 환자에게 물 한잔을 주며 입을 헹구라고 했다. 환자는 고개를 끄덕이며 물 컵을 받았다. 냉수를 한번에 들이키는 환자. 간호사가 분명 입을 헹구라고 했는데. 분명히 그렇게 말했는데. 간호사가 그거 마시지 말고 입 헹궈야 하는데, 라고 말했다. 환자는 머리를 긁적거리며 마시면 죽나요, 라고 물었다. 간호사는 그건 아니라고 했다. 생수니까 그럴 리 없다고 했다. 생수를 벌컥 마신 환자는 잠시 후 "꺽" 하고 트림을 했다. "꺽" 하는 소리와 함께 이상한 냄새가 병원을 가득 메웠고, 냄새의 강도는 상상을 초월했다. 나 역시 너무나도 놀랐고, 간호사도 놀랐다. 기다리던 환자들도 트림 냄새에 다들 코를 막고, 수납직원은 병원 창문을 열었다. 간호사 한 명이 공기청정기와 환풍기를 켰다. 다들 병원 밖으로 뛰쳐나갔다. 그 틈에 난 병원에서 나와 화장실로 향했다. 같은 층에 자리 잡고 있던 내과에서도 난리가 났다. 건물 전체가 냄새로 소동이 일어났다. 무슨 놈의 트림이 그토록 지독한지? 화장실 안에 들어가 문을 닫고 가운데 팔을 움직였다. 냄새의 지독함보다는 가운데 팔의 답답함이 더 곤욕스러웠다. 간지러움과 답답함이 좀 가시는 듯했다. 휴지로 팔에 난 땀을 닦았다. 역겨운 트림 냄새가 짜증나긴 했지만, 덕분에 잠시 병원을 빠져나와 가운데 팔의 간지러움을 해결할 수 있어 일견 고맙기도 했다. 잠시 숨을 돌리고, 다시 병원에 들어갔다. 냄새가 완전히 빠져나간 것 같진 않았다. 문제의 사랑니 환자는 여전히 시술침대에 앉아있었다. 대기 중이던 환자들의 얼굴이 누렇게 떴다. 다시 들어가 트림한 환자에게 사랑니 발치 후 조심해야 할 일들을 일러줬다. 그리고 이제 사랑니를 뺐으니 사랑이 이뤄질 거라고 말했다. 그는 미안한지 아무 말도 하지 않았다. 그가 다시 입을 벌리자, 나도, 간호사도, 환자들도 놀랐다. 다행이 그는 아무 말도 하지 않고, 다시 입을 다물고 나갔다. 그날 공포의 트림 손님 이외의 열 명의 손님을 더 치료했으며 힘들지도 편하지도 않았다. 하루가 그렇게 흘러갔다.

집에 와 샤워를 했다. 날마다 보는 벗은 몸이지만 역시 마음에 들지 않았다. 가슴 가운데 자리 잡은 작은 팔 하나. 샤워하는 데는 참으로 큰 도움이 되고, 집에서 혼자 일을 하는 데도 역시 큰 도움을 주지만, 밖에만 나가면 이놈의 팔은 골치였다. 세 개의 팔로 손쉽게 샤워를 마치고 텔레비전을 보았다. 누워서 한 팔로 턱을 괴고, 한 손으로 리모컨을 잡고, 다른 한 손으로는 땅콩을 먹었다. 휴식의 순간, 전화벨이 울렸다. 지난달 맞선을 본 여인이었다. 한 달 동안 만나면서 그럭저럭 친해진 터였다. 난 여자를 사귈 의향이 없다고 분명히 말했지만, 여인은 그럼 친구로 생각하면 된다고 말했다. 꽤나 쿨한 여인이었다. 나이 서른이 넘자, 보는 사람마다 나에게 결혼, 결혼, 결혼, 제발 결혼 좀 하라고 했다. 치과의사에 얼굴 핸섬하지, 키 크지, 몸매 좋지, 더군다나 돈도 많잖아. 그런데 왜 결혼을 안 하는 거냐고 닦달했다. 치과의사에, 얼굴 핸섬하지, 키 크지, 몸매 좋지, 더군다나 돈도 많지만 가슴 복판에 팔이 떡하니 있는데, 어찌 결혼을 하겠는가? 그 사람들은 가슴 정가운데 팔이 없어 내 심정을 모른다. 스무 살이 넘어 갑자기 생긴 팔 때문에 여자와 동침 한번 못해 본 사람의 마음을 어찌 알겠는가? 여인의 전화를 받고 일어나 외출복을 입었다. 땅콩 부스러기들을 대충 정리하고 집을 나섰다. 퇴근 후 집에 들어왔다가 다시 밖으로 나가는 일은 참으로 귀찮은 일이지만, 마땅히 할 일도 없을 뿐더러 여인이 마음에 들기도 했다. 가운데 팔만 없었다면, 진작 같이 잤을지도 모른다. 결혼했을지도 모르고. 가운데 팔을 접어 붕대로 감았다. 간혹 여인이 나에게 덥석 안기는 경우가 있어서, 그때를 대비해서 붕대를 감아두는 것이 좋다. 답답하지만 붕대로 감아두면 웬만해선 가운데 팔을 알아챌 수 없다.

한가로운 바에서 여인은 나를 기다리고 있었다. 바에 앉아 있는 자태가 아름다웠다. 살짝 꼰 다리가 여러 사람의 이목을 끌기에 충분했다. 종아리의 곡선이 참으로 보기 좋았다. 나를 보고 손짓하는 모습 역시 예사롭지 않았다. 평소에도 특별하다고 생각했지만. 여인은 나에게 무엇을 마실 거냐고 물었다. 차를 가지고 와서 무알코올 음료를 먹고 싶다고 하자, 바에서 집까지 운전해 주는 기사가 있으니 걱정하지 말고 마시라고 했다. 왠지 함께 마시고 싶다나. 붕대 안에 있는 가운데 팔이 답답했다. 술에 대해 문외한인 난 여인이 권하는 대로 마셨다. 여인이 추천한 술은 드가라는 술이었다. 마시면 마실수록 눈이 밝아진다는 술. 술을 좀 마시고 취기가 오르자, 붕대로 감겨진 팔이 더욱 근질거렸다. 눈이 밝아져서 그런지, 여인의 자태가 더욱 아름답고 선명하게 보였다. 간지러움도 아름다움 앞에서 눈 녹아내리는 듯 사라졌다. 한 잔이 두 잔을, 두 잔이 세 잔을, 세 잔이 4잔을 계속 불렀다. 여인은 나보다 술을 훨씬 더 잘 마셨다. 술기운이 어느 정도 올라왔을 무렵, 고속도로에 진입한 차량 운전자처럼 여인은 갑자기 음주 속도를 높였다. 안주 없이 연신 드가를 한입에 털어 넣는 여인. 여인이 나에게 술을 강요하진 않았지만, 나 역시 여인의 속도에 맞출 수밖에 없었다. 고속도로에서 나 홀로 저속할 수 없듯이. 거푸 술을 마시니, 밝아져야 할 눈이 침침해지기 시작했다. 시야가 좁아지면서 여인을 제외한 것이 눈앞에서 사라졌다. 화장실에 가려고 일어나는 순간, 다리의 힘이 쭉 빠져버렸다. 빌어먹을. 여인은 나를 일으키려고 했다. 하지만 여인도 다리의 힘이 쭉 빠져버렸던지. 여인도 빌어먹을. 바텐더가 나와 여인과 나를 번쩍 들었다. 난 지갑을 바텐더에게 줬다. 다행이 계산은 끝났지만 나도, 여인도 제 발로 일어서서 나가기가 쉽지 않았다. 바텐더는 여인과 나를 소파에 앉혔다. 앉아있던 나와 여인은 자연스럽게 누웠다. 바텐더와 주인은 속닥거리는 것 같았다. 그렇게 여인과 포개져 잠이 들어버렸다.

눈을 뜨니, 바 인근의 호텔이었다. 정면에 개쁜강이 보이고, 후면에는 그라산이 보였다. 어찌된 영문인지, 침대 위에 나와 여인이 나란히 누워있었다. 그 순간 갑자기 정신이 번쩍 들었다. 어머니 이외의 여자와는 단둘이 침대에 누워 본 적도 없었고, 더구나 여인처럼 아름다운 여자와 동침은 상상하기조차 힘들었다. 내가 일어나자 여인도 몸을 움직였다. 꼼지락 꼼지락거리면서 일어선 나를 잡아끌었다. 얼떨결에 여인에게 안겼다. 여인은 사랑을 운운하면서 내게 키스를 했다. 나 역시 가만히 응해주고 있었다. 수동적인 복종이라고나 할까? 술 냄새가 나긴 했지만 그래도 달콤했다. 드가의 기운이 사라지면서 눈도 다시 밝아지는 것 같았다. 여인은 내 바지 속으로 손을 넣었다. 이미 단단해진 성기가 조금 쑥스러웠다. 여인은 자신의 옷을 벗기 시작했다. 그리고 내 옷을 벗기기 시작했다. 나는 강하게 저항했다. 그러나 여인은 더욱 강하게 나의 저항을 이겨 보려고 했다. 가운데 팔을 생각하면서 난 모질게 저항을 하고 여인의 손을 뿌리쳤다. 여인은 나의 팔을 본 적도 상상한 적도 없으니 날 이해할 리 없었다. 나의 모진 저항에 단호하게 대처하는 여인. 결국 내가 여인을 밀게 되었다. 여인의 머리가 벽에 콩 하고 부딪혔다. 아파 보였다. 상당히. 반쯤 감겼던 여인의 눈이 똥그래졌다. 그리고 왜 그러냐고 그랬다. 나긋나긋했던 여인의 음성이 딱딱해졌다. 살짝 걸쳐 있던 속옷까지 다 벗어던지고 앙칼지게 말했다. 여인은 자신이 싫냐고 물었다. 난 아무런 대답도 못한 채 고개를 숙였다. 여인은 다시 싫으면 가라고 했다. 정말 싫은 것이냐고 물었다. 난 고개를 숙이며 절레절레 흔들었다. 그런데 왜 그러냐고 다시 소리치는 여인. 고민했다. 붕대 안의 가운데 팔이 아려왔다. 난 솔직하게 말하기로 결심했다. 아니 결심이라기보다 그럴 수밖에 없었다. 이야기를 시작했다. 혹시라도 이해해준다면 섹스를 할 수 있을지도 모르니. 쿨한 여인의 성격 덕에, 혹은 술기운에 모든 것이 순조롭게 풀릴지도 모르니. 난 마음을 차분히 가라앉히고 입을 열었다.

"저는 여인님과 정말 섹스를 하고 싶습니다. 진심입니다. 하지만 피치 못할 사정으로 여인님과 섹스를 할 수 없을 것 같습니다. 그러니 여인님이 이해해주시면 감사하겠습니다. 물론 여인님께서 저의 사정을 완벽하게 이해해주신다면 일은 생각보다 간단하게 해결될지도 모릅니다. 하지만 여인님께서 절 이해해주실 확률은 여인님께서 지나가던 개와 섹스를 하실 확률보다 적다고 생각합니다. 그럼에도 여인님께서 제 사정에 대해 듣기 원하신다면, 말씀은 드릴 수 있습니다. 예, 그럼 한번 이야기를 해보지요. 전 원래 구구절절하게 이야기하는 스타일이 아닌지라 바로 이야기하겠습니다. 아니 이야기보다 보여드리는 것이 더욱 효과적이겠네요. 자 보세요. 이게 저의 본 모습입니다. 이 붕대를 풀면 정말 놀라실 겁니다. 사랑한다는 말이 쏙 들어갈지도 모릅니다. 섹스를 하고 싶던 마음이 싹 사라질지도 모릅니다. 저랑 다시는 만날 수 없을지도 모릅니다. 보세요! 양 옆의 팔보다 작긴 하지만 엄연히 이것도 팔입니다. 그렇습니다. 제 가슴 가운데는 이렇게 징그럽게 생긴 팔이 하나 있는 것입니다. 솔직히 뭐 징그럽다고 할 정도는 아니지만요. 어떠세요? 잘 움직이죠? 여인님께서 이 팔만 이해해주신다면, 우리는 서로 더 가까운 사이가 될 수 있을 것입니다. 물론 징그러워하신다면 계속 친구로 남는 것이죠. 어떠세요?"

이야기는 끝났고, 여인은 옷을 입기 시작했다. 옷을 입고 갈 채비를 다한 여인이 한마디 했다.

"뭐? 이런 미친 새끼가 어디 있어? 우리가 친구라고?"

꽝 하는 문소리와 함께 여인은 연기처럼 향기처럼 사라졌다. 알딸딸하던 술기운은 여전했지만 왠지 예견된 결과임에도 슬펐다. 여인의 자취는 전혀 없었다. 여인은 내 팔을 본 것이 꿈이라고 생각할지도 모른다는 생각이 들었다. 뭐 중요한 것은 아니지만. 여인은 떠났고, 난 혼자가 되었다. 많지는 않지만 내 팔을 본 사람들은 늘 아무 말도 못하고 혹은 안 하고 어디론가 떠났다. 그런데 여인은 한마디 했으니, 그것으로 충분한 위안은 되는 법. 남자도 그랬고, 여자도 그랬다. 내 팔을 보면 모두 떠났다. 그 뒤로 그들 중 다시 연락하거나 만난 사람은 단 한 명도 없었다. 그것이 가슴 가운데 팔을 지닌 자의 운명이었다. 호텔 로비로 내려가, 내 차가 어디 있냐고 물었더니, 모른다고 했다. 여인을 처음 만났던 바로 돌아갔다. 새벽녘이었지만 사람들은 꽤 많이 있었다. 바텐더는 나를 보고 놀란 표정이었다. 난 주인에게 차 때문에 왔다고 말했다. 주인은 알았다면서 차 키를 줬다. 그런데 운전은 못해 주겠다고 했다. 나 역시 부탁할 생각은 없다고 했다. 바텐더는 여인은 어디 있을까 하는 눈빛으로 나를 유심히 바라봤다. 결국 여인은 술값도, 호텔숙박료도 내지 않았다. 그리고 섹스도 하지 않고 도망갔다. 나는 바텐더에게 냉수나 한잔 달라고 했다.

바텐더는 냉수에 방울토마토를 하나 넣어서 줬다. 돈은 받지 않겠다고 했다. 방울토마토를 띄운 생수가 상큼했다. 난 애초에 생수 값을 줄 생각도 없었다고 했다. 바텐더는 무언가를 물어볼까, 말까 한 표정을 지으며 내 앞에 서 있었다.

"여인은 혼자 집으로 갔어요."

난 아무 일도 없었다는 말했지만 바텐더는 불쌍하다는 표정을 지으며 명함 한 장을 줬다. 난 바텐더가 준 명함을 받고 남은 생수를 마시고 바를 나왔다.

집 앞에 주차를 하고 집에 들어왔다. 자려고 바지를 벗는데, 주머니에서 바텐더에게 받은 명함이 떨어졌다. 자세히 보니 바텐더의 명함이 아니었다. 명함에는 언제든지 불러만 달라고 적혀 있었다. 아리따운 여자들이 웃으며 부름을 갈구하고 있었다. 빨간 글씨로 초보자 환영이라고 강조되어 있었다. 초보자 환영. 자려고 누웠는데, 천장에 초보자 환영이라는 빨간 글씨가 보였다. 초보자 환영! 초보자 환영!

"저, 초보자인데, 정말 괜찮나요? 몸이 약간 다른 사람과 다르기도 하고요. 아니 그렇진 않아요. 예, 오실 거면 빨리 좀 와 주세요. 내일 아침에 병원에 가야 하거든요. 아, 아픈 것은 아니고, 제가 작은 병원을 운영하고 있어서. 예, 맞아요. 그

골목에서 좌회전하시면, 저희 집이 보여요. 예, 거기로 오시면 되요. 예. 예.”

20분 후에 초인종이 울렸다. 여자는 나를 보고 방긋 웃었다. 그리고 계산부터 해 달라고 했다. 난 여자가 원하는 금액만큼 지불했다. 여자는 나에게 샤워를 먼저 하라고 했다. 난 이미 했다고 말했다. 여자도 이미 했다고 했지만, 하지 않은 것 같았다. 냄새는 나지 않았지만. 여자는 옷을 휙휙 벗었다. 여자의 속옷이 방바닥 여기저기에 퍼져 나갔다. 나체가 된 여자가 내 옷을 벗겼다. 여자는 옷을 휙휙 벗겼다. 내 옷도 방바닥 여기저기에 퍼져 나갔다. 여자는 나의 가운데 팔을 보았다. 하지만 놀라지 않았다. 그러더니 발가락부터 빨기 시작했다. 나는 깜짝 놀랐다. 여자가 발가락을 빨고, 종아리를 핥고, 정강이를 빨고, 허벅지를 핥았다. 그리고 사타구니 쪽으로 접근할 때, 난 사정해버렸다. 여자는 내가 사정한 정액을 보며 방긋 웃었다. 그리고 침대 위에 있던 티슈를 뽑아 정액을 정성스럽게 닦아줬다. 난 쑥스럽고 창피했다. 여자는 쑥스럽고 창피해야 할 필요가 없다고 했다. 여자는 괜찮다고 그런 사람들 많다고 했다. 아쉬우면 한 번 더 해줄 용의도 있다고 했다. 난 괜찮다고 했다. 충분히 만족한다고 했다. 여자는 내 옆에 누워 내 가운데 팔을 만지작거렸다. 난 왜 가운데 팔을 보고 놀라지 않냐고 물었다. 여자는 의외로 간단하게 대답했다.

"이런 일을 하다 보면 별별 사람 다 만나게 돼. 자기는 가운데에 팔 하나밖에 없잖아. 얼마나 귀여워! 작고 귀여운 팔이야. 어떤 사람은 다리가 다섯 개고, 지지난 주에 만난 손님은 등 뒤에 다리가 있더라. 이것저것 다 따지면 일을 어떻게 해. 그리고 팔, 다리 한두 개 더 있는 게 어때서? 다 같은 사람이야. 피, 소심하기는. 그러니까 빨리 나오지. 킥킥."

그렇게 말하고 여자는 방긋 웃었다. 한 15분 정도 침대에 누워 이야기를 한 뒤, 여자는 일어났다. 그리고 내게 자신의 명함을 줬다. 나 또한 여자에게 명함을 줬다. 여자는 내 명함을 보고 놀랐다. 난 이 아프면 언제든지 오라고 했다. 물론 돈은 받는다고 했다. 여자도 섹스하고 싶으면 언제든지 부르라고 했다. 물론 돈은 받는다고 했다. 난 웃었다. 여자도 웃었다. 나는 가운데 팔을 내밀어 여자와 악수를 하고 헤어졌다. 문을 닫고 여자를 어딘가로 걸어갔다. 여자의 구두 소리가 귓가에 울렸다. 경쾌했다. 또각 또각 또각.

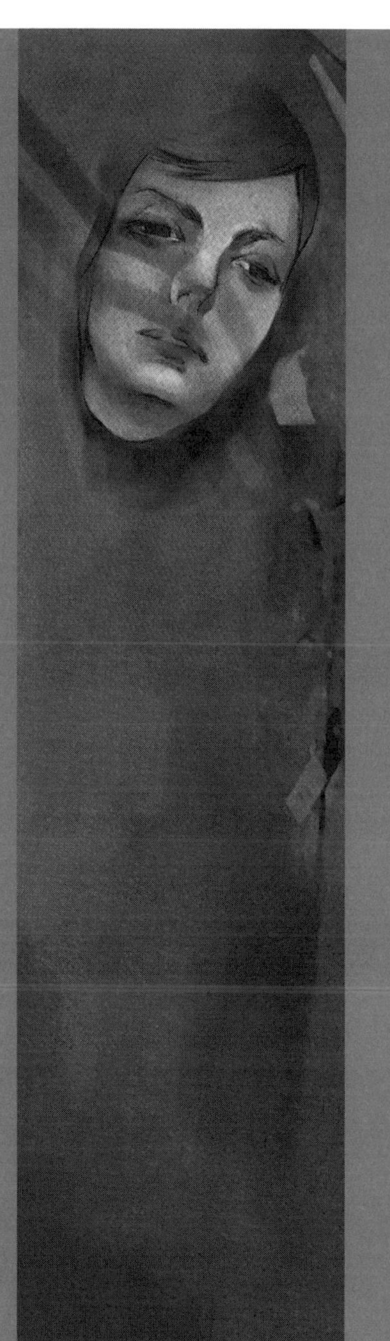

통벽인
通壁土人

通壁人

… 벽을 드나드는 것도 병이라면 병

그라산 자락 아래 위치한 병원은 주변보다 공기도 좋았고, 실내도 아주 쾌적한 편이었다. 건물에는 내과, 산부인과, 정형외과, 치과, 안과가 있었다. 2층에는 내과와 치과가 같이 있었는데, 내가 내과를 가기 위해 2층으로 오르는 순간, 치과에서 불이 났는지 사람들이 뛰쳐나오고 있었다. 환자들, 간호사들 심지어 의사까지. 소리를 지르면서 복도로 뛰쳐나왔다. 한마디로 난리법석이었다. 치과의사는 병원에서 나오자마자 화장실로 뛰어 들어갔다. 난 무슨 일인가 싶어 치과 쪽으로 가보았는데, 순간 구역질을 할 뻔했다. 역한 냄새가 치과에서 새어 나오고 있었다. 난생 처음 맡아본 냄새였다. 정말 구역질이 났다. 치과에서 나는 냄새도 궁금했지만, 내 병이 어떤 병인지가 더욱 궁금했기 때문에 치과에 가지 않고, 원래 계획대로 내과로 향했다. 그 냄새가 내과까지 진동했다. 난 무심한 척하며 진료카드를 제출하고 의사를 만났다. 의사는 젊고 섹시하고 발랄한 여성이었으면 했지만 그와는 거리가 먼 늙고, 머리숱이 없고, 꼬장꼬장한 남성이었다. 그럼에도 의사에게는 묘한 카리스마 같은 것이 있었다. 왠지 그는 명의와 같은 느낌이 풍겼고, 거짓말 따위는 절대 하지 않을 듯했으며 심지어 누군가가 거짓말을 하면 바로 지적할 것 같았다. 베테랑들만이 지닌 강한 아우라가 느껴졌다. 의사는 왜 왔냐고 물었다. 난 대답을 하지 못했다. 말을 하고 싶었지만, 내 말을 믿지 않을 것이라는 생각에 망설이고 있었다. 의사는 딱 한 번만 더 말하겠다며, 왜 왔느냐고 물었다. 다른 의사라면 모르겠지만 정말 그 의사는 다시는 묻지 않을 것 같았다. 그래서 난 솔직하게 털어 놓기로 했다.

"의사 선생님, 전 정말 이상한 병에 걸리고 말았답니다. 정확히 언제부터 이런 병이 생겼는지는 모르겠지만, 제가 이런 증상을 발견한 것은 정확히 한 달 전 일입니다. 그날은 여자 친구와 만난 지 300일 되는 날이었답니다. 우리는 300일을 기념하기 위해 여행을 가기로 했답니다. 저는 여자와 처음 떠나는 여행이라 무척이나 들떠 있었답니다. 사랑하는 그녀와 가는 것이기에 더더욱 그랬고요. 이틀 전부터 지도를 펴고 어디에 가서 구경을 하고 어디에 가서 맛있는 것을 먹을지 계획을 짰답니다. 그리고 밤이 되면 둘만의 뜨거운 밤을 보낼 생각도 했지요. 그때까지는 저는 어떤 여자와도 자본 적이 없거든요. 아무튼 300일 되었고, 여행을 가게 되었습니다. 둘은 버스를 타고 바닷가로 갔지요. 한적한 봄 바다는 둘의 사랑을 더욱 각별하게 만들어 주는 듯했습니다. 바닷가에 도착해서 둘은 인근 숙소에 여장을 풀었답니다. 숙소는 작은 오두막이었는데, 마치 그림엽서에서나 나올 법할 정도로 비현실적이었답니다. 그녀는 여장을 풀자 밖으로 나가자고 했습니다. 저 역시 좋다고 했지요. 그래서 둘은 신나게 바닷가를 거닐었습니다. 모래사장을 걷기도 하고 조금은 찬 봄 바다에 발을 담그기도 했고, 웃으며 도망가는 그녀를 잡는 식의 유치한 연인 놀이를 하기도 했습니다. 그리고 어둠이 깃들었을 때, 네온사인이 인상적인 식당에서 해산물이 듬뿍 들어간 드리미리 카레를 두 접시씩 먹었답니다. 물론 드가도 한잔했지요. 그리고 다시 오두막에 들어왔습니다. 텔레비전을 보면서 이런저런 이야기를 했습니다. 그때까지 물론 그녀와 나는 꼭 껴안고 있었지요. 그런데 12시가 넘자, 그녀는 행동이 변하기 시작했습니다. 그녀가 먼저 꺼낸 말은 이제 자야겠다, 였습니다. 그래서 그래 자자고 했습니다. 그랬더니 그녀는 같이 자는 것이 아니고 각자 자는 것이라고 했습니다. 난 놀라서 각자? 남녀가 여행을 와서, 연인이 함께 여행을 와서 각자 잔다는 것이 어디 말이 됩니까? 남자끼리, 여자끼리 따로 놀러온 사람들도 하룻밤에 또는 몇 시간 만에 마음이 맞아 같이 자는 것이 작금의 우리나라 젊은 남녀들의 추세인데. 그녀와 저는 엄연히 같이 놀러왔고, 연인이고 또 300일 기념 여행인데, 각자라니요. 전 정말 억울했습니다. 그래서 부드러운 음성으로 같이 자면 안 되냐고 물었습니다. 그녀는 완강히 까칠한 음성으로 안 된다고 했습니다. 완강히. 까칠하게. 그러더니 날 오두막 집의 좁은 현관에서 자라고 했습니다. 신발장이 있고 신발이 있는 현관 말입니다. 어디 말이 됩니까? 그 좁은 현관에서 잔다는 것이. 더군다나 현관은 신발들이나 자는 곳이지, 사람이 자는 곳은 아니잖습니까? 저는 안 된다고 했습니다. 그렇지만 그녀는 막무가내였습니다. 그리곤 현관과 안채를 드나들

수 있는 문을 잠그더군요. 그리고 미안하다면서 이불 하나를 던져주더군요. 저는 할 수 없이 신발장 옆에 자리를 만들어 가다키 구렁이처럼 몸을 돌돌돌 말고 누웠습니다. 그렇게 잠이 들었으면 괜찮았을지도 모릅니다. 하지만 문제는 그때부터였습니다. 그 좁은 자리에서 제대로 잠을 들 수 없었고, 또 문제는 작은 유리창 사이로 그녀의 모습이 보였다는 것입니다. 간혹 보이는 그녀의 자는 모습 그리고 그녀의 속옷 그리고 속옷 안에 살들이 저를 미치게 했지요. 선생님 같으면 안 미치시겠어요? 속옷 차림의, 무방비 상태의 여인이 그것도 사랑하는 여인이 창 너머에 있다면. 제 성기는 열두 번도 더 커졌다 작아졌다 반복했습니다. 저는 더 이상 참을 수가 없었습니다. 그래서 과감히 문을 향해 돌진했습니다. 문을 부숴버릴 생각으로 그랬지요. 문을 부숴버리면 그녀도 어쩔 수 없겠지, 라는 생각으로 문을 향해 있는 힘껏 돌진했습니다. 그런데 이게 웬일입니까? 부서져야 할 문은 가만히 있고 저만 문을 뚫고 오두막 안채로 들어가 버린 것입니다. 저는 깜짝 놀랐고, 달리던 속도 때문에 바닥에 넘어졌습니다. 그리고 데굴데굴 굴렀지요. 그녀는 곤히 자고 있었고요. 아무튼 전 방 안으로 진입하는 데 대성공을 했지요. 문이 안 망가졌으니 더더욱 잘된 것이죠. 그녀 곁에 살짝 누웠습니다. 그리고 그녀의 몸을 구석구석 만지기 시작했습니다. 처음에는 모르던 그녀가 조금 시간이 지나자 제 손을 거부하더군요. 그럼에도 전 계속 그녀의 몸을 더듬었죠. 어느 순간 그녀는 제 손을 보고 놀라 소리를 질렀고, 그때 이미 그녀의 몸 위에 올라와 있는 저를 그녀가 밀치는 바람에 벽으로 튕겨져 나갈 판이었습니다. 놀란 그녀는 저를 벽 쪽으로 힘차게 밀었습니다. 마치 대낮에 편의점이라도 털러온 강도 취급을 하더군요. 전 그녀의 밀침 때문에 벽으로 휙 하니 날아가고 있었습니다. 그 순간, 벽에 부딪히면 참으로 아프겠구나 생각을 하면서 저는 벽으로 날아갔죠. 그런데 이게 웬일입니까? 전 벽에 부딪히지 않고 벽을 뚫고 오두막 밖으로 나가버렸습니다. 밤바다의 바람이 꽤 강했습니다. 하지만 몇몇 젊은이들이 모닥불을 만들어놓고 놀고 있더군요. 전 미안하다고 하며 다시 벽을 통해 오두막 안으로 들어왔죠. 벽을 뚫고 들어온 저를 보고 그녀는 기절했습니다. 그 후로 저와 그녀는 헤어졌습니다. 그녀는 제 곁을 떠나면서 딱 한마디를 했습니다. 벽을 뚫고 다니는 남자와는 사귀기 싫다고. 다른 것은 다 용서해도 벽만은 안 된다고. 선생님, 전 어떻게 해야 하나요? 벽을 뚫기 싫은데, 왜 저

는 벽을 뚫게 되었을까요? 선생님께서 좀 고쳐주세요.”

라고 길게 말하고 싶었지만 난 그렇게 길게 말할 필요를 느끼지 못했다. 그래서 짧게 요약해서 말했다. 며칠 전부터 저겐 벽을 뚫을 수 있는 능력이 생겼습니다. 그런데 그 능력을 없애고 싶습니다, 라고 말했다. 그게 능력인지, 병인지 잘 모르겠지만. 그러자 의사는 고개를 끄덕거렸다. 그리고 서류를 뒤적거리기 시작했다.

“청년의 사정을 들으니 참으로 딱하네. 손자뻘 되는 것 같아 더욱 안쓰럽고. 하지만 너무 걱정은 하지 말게나. 그런 증상이 그렇게 대단한 것은 아니야. 물론 일반적인 것도 아니지만 그 병을 앓은 사람들 중에 가장 유명한 사람은 프랑스의 뒤티유월[24]이라는 사람이 있지. 혹시 알고 있나? 하긴 알고 있다면 여기 왔을 리도 없지. 뒤티유월은 평범한 사람이었는데, 그 사람은 약을 먹어야 하는데, 약을 먹지 않는 바람에 벽으로 드나들게 되었지. 그 사람은 그 능력 덕에 유명 인사가 되었고, 교도소도 수차례 다녀왔지. 의적 활동도 했고 벽으로 드나들면서 사랑하는 사람과 연애도 신나게 했지. 결국 뒤티유월은 실수로 약을 다시 먹어 벽 속에 갇혀버리고 말지. 그러니 벽을 뚫고 다니는 자네도 그 병을 꼭 고치려고 하지 말게. 그 능력을 잘 이용하는 것도 하나의 방법이야. 패트릭[25]이라는 미국 남자도 벽을 드나들곤 했지. 그 남자는 스스로 죽었다고 생각하면서 벽을 드나들었던 남자야. 결국 벽을 드나드는 능력 덕에 사랑하는 여인과 다시 만나기는 하지만 자신이 스스로 죽었다고 생각하는 바람에 정말 죽어야 했던 남자지. 결국 그 남자가 자신이 사랑하는 여자와 헤어져야 했던 이유는 벽을 뚫는 능력 때문이 아니었고, 죽었다고 착각했던 것 때문이었어. 물론 자네 입장에서는 조금 다르다고 봐. 자네의 여자 친구는 분명히 벽을 뚫는 남자를 싫어한다고 했으니. 이제 자네의 결정만 남았어. 그런 류의 병을 치료하는 것은 아주 쉽지. 누워서 침 뱉는 것보다 쉬워. 그리고 뱉은 침이 다시 얼굴에 맞을 확률만큼 실패하는 경우도 적지. 알약 두 개면 해결이야. 물론 의료법이 개정된 이후로 우리가 직접 알약을 팔지는 않지만 이 아래 약국에 가면 쉽게 구할 수 있어. 당연히 처방전은 내가 써 줄 테니. 다시 한 번 생각해 보게. 자네 정말 벽을 뚫는 능력을 버리고 싶은가? 물론 그것이 병이라고 생각하면 버려

---

24) 뒤티유월은 현재 벽 속에 살고 있지만, 편하고 좋다고 말하고 있다. 벽은 생각보다 따뜻하고 세상의 시련에서도 안전하다는 것이 그의 주장이다. 그의 얘기를 듣고 많은 사람들이 벽 속으로 침투하려고 노력하고 있지만 뜻대로 되지 않고 있다. 신윤장 저, 『삶은 다양하다』(서울 : 하나출판, 2001) p 198.

25) 위대한 연인의 대명사인 패트릭은 미국인으로 알려졌지만, 사실 멕시코 사람이었다. 하지만 여전히 패트릭은 지고지순한 사랑의 대명사로 통하고 있다. 이제형 저, 『사랑의 전설』(경기 : 디자인북, 2005) p 76.

야지. 그 능력을 잘 이용한다면 자넨 세계의 영웅이 될지도 몰라. 테러진압의 선봉장이 될지도 모르고 인류 평화의 수호자가 될 수도 있어! 슈퍼맨보다 더 멋지지 않나? 월맨(Wall Man)! 어때? 싫나? 표정을 보니 영 싫어하는 눈치군. 역시 슈퍼 히어로가 되기보다는 사랑을 지키고 싶다는 말인가? 허허. 그래 사랑이란 그런 것이지. 억만금과도 바꾸기 싫은 것. 그래 알았네. 약을 살 수 있도록 처방전을 써주지. 건강보험 혜택이 안 된다는 사실을 미리 일러줄게. 한마디로 조금 약값이 비싸다는 것이지. 그럼 이거면 될 거야. 뭐 그렇다고 무지하게 비싼 것은 아니야. 단지 다른 약들보다는 비싸다는 얘기지.”

라고 길게 대답할 줄 알았지만 의사는 짧게 처방전을 하나 써주고, 별일 아니라는 듯이 나가 보라고 했다. 나는 처방전을 받고 지하 1층에 있는 약국으로 갔다. 약사도 묘한 아우라가 느껴지는 인간이었는데, 의사만큼 강력하지는 않았다. 약사는 약을 주며 필요할 때 먹으라고 했다. 효능은 한 알에 3년 정도라고 했다. 그리고 9년에 걸쳐 매년 세 알씩 꾸준히 먹으면 완치도 가능하다고 했다. 왠지 완치라는 단어는 적합하지 않은 것 같았지만 약사는 분명히 완치라고 했다. 난 집에 가자마자 알약을 먹었다. 그리고 여자 친구에게 전화를 했다.

여자 친구는 전화를 받긴 받았지만 아주 퉁명스러운 목소리였다. 난 그녀에게 한 번만 만나 달라고 했다. 하지만 그녀는 퉁퉁거리면서 싫다고 했다. 중요한 인터뷰가 있다고 했다. 난 꼭 하고 싶은 말이 있다고 했다. 소설가를 만나 인터뷰를 하고 원고를 써야 한다고 했다. 하지만 난 조르고 또 졸랐다. 조르고 또 조르니 결국 그녀는 승낙했다. 대신 인터뷰가 끝나고 원고를 넘긴 뒤, 나를 만나주기로 했다. 난 기분이 좋아졌다. 이제 병도 고쳤고, 그녀도 다시 만나게 되었으니 모든 것이 다 잘될 거라는 확신이 생겼다. 난 병원 옆에 있던 작은 카페에서 그녀를 보기로 했다. 그라산이 한눈에 들어오는 전망 좋은 카페였다.

그녀는 약속시간에 늦지 않고 도착했다. 여전히 아름다웠고 매력적이었다. 여자 친구로서 손색이 없었다. 난 간단히 안부 인사를 하고 이제 병을 다 고쳤다, 그러니 다시 만나자고 했다. 그녀는 잠시 머뭇거렸다. 그리고 주문한 커피를 조금씩 홀짝거렸다.

"정말이야? 이제 다시는 벽을 뚫고 나오는 일은 없는 거야? 정말 잘되었네. 내가 예전에 약속한 것처럼 이제 다시 예쁘게 만나자, 300일 아니 300년간 같이 있자. 나도 자기를 얼마나 보고 싶었는지 알아? 사실 자기한테 일부러 그랬던 거야. 어서 병 고치라고. 안 그러면 자기는 성격이 우유부단해서 병도 못 고치고 그러다가 더 큰일 생기면 어떡해? 그래서 내가 그렇게 말한 건데, 자기가 그걸 알고 이렇게 빨리 치료해서 너무 기뻐. 그동안 많이 힘들었지? 자기 힘들었던 만큼 내가 더 잘해 줄게. 이제 마음 푹 놓고 우리 마음껏 사랑하자! 그리고 다시 만난 기념으로 여행가자. 이번에 가면 같이 자자! 나이제 섹스도 문제없다고. 그때는 정말 내가 미안해! 앞으로 현관에서 자지마! 같은 침대에서 편하고 행복하게 함께 자자. 자기도 괜찮지? 아, 생각만 해도 마구마구 기뻐진다. 자기 너무 고맙고, 그동안 정말 미안했고, 또 지금은 너무 사랑해.”

라고 말해야 하는 그녀는 그렇게 말하지 않았다. 그냥 계속 커피를 휘휘 젓고 있었다. 그녀의 몸에서 커피향이 나는 듯했다. 마치 헤어지자는 말이 곧 터질 것만 같았다. 난 불안했다. 그녀의 얼굴이 굳어 있었다.

“그래 네 마음 잘 알겠어. 나도 너를 참 좋아했어! 아니 사랑했다고 하는 것이 맞을 거야. 항상 너는 내 곁에서 많은 힘이 되어 주었지. 그리고 너와 있었던 수많은 기억들도 소중하지. 300일이라는 시간이 짧은 시간은 아닐 거야? 길고 소중한 시간들이지. 하지만 생각해 보면 우리 삶 전체에 비해서는 아주 짧은 시간일 뿐이야. 우리 그동안 서로에게 최선을 다했잖아. 그것으로 충분히 가치 있는 시간이었던 것 같아. 미안하지만 사실 난 네가 벽을 뚫고 안 뚫고는 중요하지 않아. 그냥 그건 핑계일 뿐이었어. 그냥 네가 납득할 수 있도록 만든 핑계였을 뿐이야. 하지만 고마워! 나를 위해 마지막까지 노력해 줘서. 하지만 나는 너를 위해 별 노력을 해줄 수 없구나. 그 노력은 거짓일 테니. 사실 나 다른 남자가 생겼어. 그 사람 좋은 사람이야. 그리고 우리가 같던 300일 여행은 원래부터 이별여행이었어. 그 사람 아직은 직업도 없는 백수이지만, 마음이 따뜻하고 좋은 사람이야. 벽과는 상관없이 너와 나는 어차피 헤어질 운명이었어. 너 힘들다는 거 알아. 하지만 나도 그만큼 힘들다는 거 알았으면 해. 그리고 힘듦은 각자의 몫 아니겠어? 더 이상 나를 괴롭히지 말아줘. 그냥 좋은 추억만 기억하고 쿨하게 헤어지자. 그럴 수 있지? 나를 조금이라고 사랑했다면 지금 보내주렴. 그럴 수 있지?"

라고 말했다면 좋았겠지만, 그것도 아니었다. 그녀는 그냥 휘휘 젓던 티스푼을 바닥에 살며시 내려놓았다.

"왜 자꾸 귀찮게 하니? 자꾸 그러면 경찰 부른다. 경찰! 야,

잘 들어! 나 사귀는 사람 있다고. 넌 왜 이렇게 말귀를 못 알아듣니, 내가 너 싫다고 했잖아. 너 같으면 싫은 사람이랑 놀러가서 같이 자겠냐? 나 순결주의자 아니야. 그냥 너랑 같이 자기 싫어서 너한테 현관에서 자라고 한 거야. 벽을 뚫든지 말든지, 관심도 없어. 넌 자존심도 없냐? 불알 두 쪽 찬 남자 아니야? 내가 그렇게 싫다고 했으면, 좀 알아듣고, 꺼지면 안 돼? 어제도 작가 인터뷰 있어서 바쁘다고 했는데, 왜 이렇게 만나 달라고 졸라? 잠시나마 너를 만난 것 자체가 수치스럽다. 이렇게 직접 얼굴 보고 무시를 당해야 정신을 차리니? 사실 난 너 돈 많은 줄 알고 꼬신 거야? 그런데 보니 돈도 없더만. 정신 차려! 응? 제발 정신 좀 차려라!”

라고 말하질 않길 간절히 바랐건만, 그녀는 내 바람을 완전히 져버렸다. 그녀의 마지막으로 한 말, 제발 정신 좀 차려라는 말이 내 정신을 잃게 했다.

그리고 그녀는 카페 문을 열고 나갔다. 빨강과 파랑이 조화롭게 어우러진 고깔모자를 쓰고 분홍색 주름 미니스커트에 회색 조끼와 초록색 체크 남방을 입고 있던 그녀가 카페를 나가자 다른 손님들이 유심히 바라보았다. 나는 남은 차를 마시고 밖으로 나갔다. 그라산에서 개뻗강까지 걸었다. 개뺀강은 유유히 흐르고 있었다. 이런저런 생각을 하니 시간이 흘렀다. 시간이 꽤 흘렀고 정신도 돌아왔다. 여전히 강둑을 따라 운동하는 사람들이 있었고, 강변에는 시시덕거리는 연인들이 있었고, 강물은 여전히 흘렀다. 시간과 강물은 잘도 흐르지만 세상은 크게 변하지 않았다. 굳이 변화라고 말하자면, 하늘에 별들이 뜬 것이 고작이었다. 총총총.

作者面談

… 작자, 스페셜 인터뷰어를 만나다

장민영

스페셜 인터뷰어(special interviewer) 동국대 학사, 한림대 석사과정

이 인터뷰는 현재 아프리카 스카리니아에 체류하고 있는 『상상 인간 이야기』의 작자 강병융과 메일을 통해 이뤄진 것임을 밝힙니다. 일부 내용은 인터뷰어에 의해 수정이 되었습니다.

장민영 : 흔히 상상할 수 있는, 혹은 절대 상상하기도 힘든,

또는 정말 상상하기 싫은 인물들이 등장하는 『상상 인간 이야기』라는 소설을 쓰셨습니다. 도대체 이런 소설을 쓴 작자에겐 특별한 문학관이라고 있는 겁니까?

강병융 : 15세기에 활동했던 불가리아의 작가 소니아 델리아는 문학의 출발은 자위라고 하였소. 나 또한 그렇게 생각하오. 많은 작가들이 공리적인 양 자신의 문학관을 필력하지만서도 그것은 거짓부렁이고 순 구라요, 개뻥이라고 생각하오. 뭐 일부 진짜 그럴 수도 있겠지만. 내게 있어 문학은 즐거운 놀이요, 일종의 오락이라고 하겠소. 섹스와도 같고, 게임과도 같고, 일견 독서와도 같으며, 영화 감상하고도 비슷한 것이라고 할 수 있겠소. 우간다의 국민작가 데키리글은 문학을 위해선 예술의 제단에 무언가를 바쳐야 한다고 했거늘, 난 그의 말에 절대적이든 상대적이든 동의할 수 없소. 문학은 엔조이해야 할 것이라 믿소. 문학이 날 괴롭힌다면, 혹은 어느 날부터 소설쓰기가 고통스러워진다면, 난 과감히 한글 프로그램과 마이크로워드 프로그램 그리고 메모장까지 지워버리겠소. 다행스럽게도 지금까지 내게 문학은 즐거운 자위요. 질리지 않는 즐거운 자위. 발정하지 않아도 즐길 수 있는 자위. 즐길 수 없는

일이라면 애초에 시작하지도 않았소.

장민영 : 문학은 즐거운 자위라는 작자의 말이 상당 부분 동의하지만 일견 이해할 수 없습니다. 그럼, 당신에게 그러한 영향을 끼친 작가가 있습니까? 특별히 영향을 끼친 작가가 없다면, 좋아하는 작가라도 괜찮습니다. 어떤 작가들에게 끌리십니까? 손꼽는 작품이나 최근 읽은 작품 중 기억에 남는 작품이 있다면 말씀해주십시오.

강병융 : 너무나도 당연한 얘기지만, 나 역시 작가이기 이전에 평범한 독자요. 특히 서아프리카 문학을 좋아하는 평범한 독자. 물론 지금은 스카리니아에 체류하고 있지만, 라이베리아나 부르키나파소. 나이지리아 작가들에게 예전부터 지대한 관심을 가지고 있었소. 그네들은 프랑스, 영국 등의 식민통치를 받아서 영문학, 불문학의 영향을 많이 받았고 더불어 자국의 토착 문학도 잘 지켜왔소, 결국 여러 문화가 융화되어 새로운 문학을 창출해낸 셈이오. 그래서 상상력 자체가 다른 나라와는 사뭇 다르오. 나이지리아의 신세대 작가로 불리는 세리르 라고스가 최근 내가 가장 주목하고 있는 작가인데, 그의 최

근작 『욕망의 분출구는 없다』를 보면, 배경은 중국의 청나라, 인물은 현재의 중앙아시아인들, 주제는 친미적인, 아주 이색적인 접근을 보이고 있소. 서로 접할 수 없는 것들을 오묘하게 조합하는 것이 그들의 매력이라면 매력이겠소. 난 아마 그런 매력에 빠져있는 듯하오. 지금 살고 있는 스카리니아의 경우는 피진 어, 영어 그리고 포르투갈 어를 동시에 사용하고 있는데, 문학작품에서 이러한 다국어를 적절히 섞어서 사용하고 있소. 이 역시 실험적이고 선험적인 일이라고 믿고 있소.

장민영 : 소위 변방의 문학에 관심이 많으신 것 같습니다. 대한민국에서 장르문학 특히 환상문학을 접한다는 것은 서아프리카의 문학을 접하는 것보다 더 힘든 일 같습니다. 작자가 생각하는 장르문학에 대해 말씀해주십시오.

강병융 : 장르문학이라는 말 자체를 이해할 수 없소이다. 단지 난 장르문학이라는 조어를 만든 사람들에게 경의를 표하고 싶소. 그네들은 장르문학의 반대편에 순수문학이라는 말을 붙이곤 하는데, 이 역시 정말 대단하오. 대단하다 못해 위대하오. 순수문학의 반대라면 불결문학이라 하지, 뭐 하러 장

르문학이라고 하오. 또한 문학 자체가 순수한데, 그 앞에 왜 순수를 붙이는지. 도무지 이해를 할 수가 없소이다. 그리고 문학의 장르에 시, 소설, 희곡 등이 있고, 소설의 장르에 여러 구분법이 있겠지만 소재별로 본다면 SF, 환상, 공포 등이 있을 수 있겠지만, 어떤 기준으로 문학 앞에 장르라는 단어를 붙일 수 있는지 도무지 이해가 되지 않소. 장르미술, 장르음악이라는 말이 있는지 한번 생각해 보면 알 것이오.

장민영 : 작자의 이야기들은 늘 이상한 소재들과 괴상한 인물들이 주를 이루는데, 이러한 소재와 인물의 힌트는 어디에서 얻습니까?

강병융 : 애석하게도 내 머리에서 나오는 것은 아니고, 몇 년 전 산 『이야기 생성기』 덕에 이런저런 소설을 쓸 수 있는 것이오. 다른 작가들도 살까 싶어 어디서 샀는지는 말할 수 없지만, 암튼 그 덕에 여러 이야기를 쓸 수 있게 되었소. 자주 충전해야 한다는 단점이 있긴 하지만 한번 구입하면 별 이변이 없는 한 반평생 살 수 있다는 장점이 있소. 혹시라도 관심이 있다면, 개인적으로 접촉하면 살짝 알려줄 순 있소이다만.

장민영 : 『무면허』 그리고 『상상 인간 이야기』 등 작자의 작품에 등장하는 인물들 중, 신체적으로 특이한 사람들이 특별히 많은 편인데, 이와 같은 인물들을 만들어내는 의도가 무엇입니까? 그 인물들을 통해 말하고자 하는 것이 무엇입니까?

강병융 : 역시 『이야기 생성기』 탓이오. 생성기는 모델에 따라 소재 발생 시스템이 다른데, 내가 구입한 것은 그런 류의 인간들, 변형을 좋아하는 인간들, 다소 변신을 꿈꾸거나 변신되어진 인간들을 주로 생산하는 MI-341A형 모델이라서 그렇소. 나중에 소설이 잘 팔려 돈을 손에 좀 쥐게 되면, 다른 모델을 살까 생각 중이오. MZ형이나 앞으로 나올 예정이라는 L 시리즈를 탐하고 있소. 그러기 위해선 돈이 필요하오.

장민영 : 다양한 직업을 지녔고, 특히 영화에 대한 애정이 남다르다고 들었는데, 영화라는 매체가 창작에 영향을 주는지 알고 싶습니다.

강병융 : 영화는 언제나 내 작품에 많은 영향을 주고 있소. 주로 악영향을 주는 것이 일반적이오. 예를 들자면, 집필에 집

중해야 할 시간에 항상 티브이에서는 신나는 영화가 방영되오, 그럼 난 가서 영화를 보게 되지. 또 주말에 마감 원고를 위해 회사에서 일찍 퇴근하다 보면 개봉영화 포스터를 단 버스가 맞은편으로 지나가지, 그럼 역시 영화의 유혹에 빠져 원고를 마감하지 못한다오. 그러고 보니 정말 악영향이구려.

장민영 : 「변태」를 보면, 엽기적인 소재와 재기발랄한 문장들 속에서도 사물에 대한 깊은 인식 등이 독특하게 그려졌는데, 작자는 왜 그렇게 썼는지, 변기가 되고 싶은 주인공의 욕망을 통해 작가가 드러내고자 한 주제는 무엇입니까?

강병융 : 난 참으로 지고지순한 사람이오. 지고지순한 사람은 지고지순한 사랑을 한다는 사실을 아는 이는 별로 없을 것이오. 그래서 난 그것을 설파하고 싶었소. 이 세상에는 지고지순한 사람이 많다. 고로 지고지순한 사랑도 많다, 뭐 그런 이야기를 하고 싶었던 것이오. 변기라 함은 너무 소중하고 사랑스러운 것이오. 그 예를 우리 선조들의 생활을 보면 쉽게 알수 있소. 선조들은 변기를 너무 소중하게 생각한 나머지 저녁에도 방 안에 들여놓고 있지 않았소. 또한 그 모양새를 떠올

려 보시오. 변기처럼 아담하고 안기 좋은 물건이 주변에 있는지? 그런 것이 있었다면 난 그것을 소재로 썼을 것이오.

장민영 : 변기로 변태한 남자 이야기인 「변태」는 정말 흥미로운 작품입니다. 변태, 기형, 똥, 오줌, 구토, SM, 섹스 등 평범하지 않은 것들이 마구 쏟아져 나오는 데도 전혀 거부감이 들지 않습니다. 아마도 간결하면서도 재치 있는 문장력과 작자만의 독특한 유머감각 때문인 것 같습니다. 특별히 글을 쓸 때 주안점을 두는 것이 있습니까?

강병융 : 변태, 기형, 똥, 오줌, 구토, SM, 섹스는 모두 내가 좋아하는 것들이오. 내 주변에 널려있는 것이오. 그것으로 이야기를 안 한다면 무엇으로 이야기를 할 수 있겠소. 만약 내 주변에 '모범', '표준', '정갈', '럭셔리', '명품', '정상위' 같은 것들만 있었다면, 난 그런 것들을 주물러 소설을 썼을 것이오. 산은 산이듯, 소재는 소재일 뿐이라고 중국의 대시인이자 승려인 왕후청이 말하지 않았소. 그냥 내 주변에 있던 것을 토해냈을 뿐이라오. 그 이상도 그 이하도 아니오. 어느 날, 내가 이사를 가게 된다면, 혹 지금 만나던 사람들과 헤어지고 다른 사

람들을 만나게 된다면, 다른 이야기가 나올지 혹시 모르겠소.

장민영 : 어찌 보면, 눈에 확연히 드러나는 신체적인 기형이
아니더라도 사회에서 정상적으로 수용하지 못하는 타자는 많
으리라 봅니다. 이를테면, 광인이 그렇죠. 특별히 소설 속의
인물들처럼 사회에 끼지 못하는 타자에 대한 애정이라도 있
습니까?

강병융 : 애정은 없소. 최근 들어 사회에 끼지 못하는 타자를
사회학적으로 관심을 많이 갖고, 그것을 총칭하는 용어까지
생겼지만, 역시 애정은 없소. 애정의 전 단계인 관심이 있을
뿐이오. 역시 타자보다는 변태, 기형, 똥, 오줌, 구토, SM, 섹
스 등에 더 깊은 관심과 애정이 있소.

장민영 : 전작 「변태」에서는 작품 속에 등장하는 특별한 사람
들을 너무나도 자연스럽게 받아들이고 있지만, 근작 『상상 인
간 이야기』에서는 등장하는 비정상적인 사람들이 병원에 가
기도 하고 스스로 병이나 때론 능력에 대해 고민하고 고치려
하기도 노력하기도 합니다. 물론 상황에 따른 전복이 있어 웃

음을 자아내기도 하지만, 그 속뜻이 무엇인지 알기가 쉽지 않습니다.

강병융 : 웃음을 자아냈다니 정말 대단한 통찰이 있는 독자라 할 수 있겠소. 이상한 사람들의 등장은 일차적으로 웃음을 주기 위한 수단이오. 내 소설 속에서 병이라고 불리는 것들은 대략 감기라고 보면 되겠소. 감기 걸린 사람에 대해 아무도 관심을 갖지 않소. 감기는 어떤 의사도 진단할 수 있소. 어떤 때 걸린 감기는 모두들 당연시하고, 어떤 때 걸린 감기는 사회로부터 격리되기도 하오. 그럼에도 감기는 감기고, 역시 소재는 그냥 소재일 뿐이오. 그러니 속뜻 같은 것이 있을 리 만무하오.

장민영 : 문학에 관한 이야기 말고 특별히 하고 싶은 말씀이 있으십니까?

강병융 : 어서 남북통일이 되었으면 좋겠소. 그래서 자가용으로 아프리카까지 가보고 싶소. 마누라와 자식새끼도 뒷좌석에 태우고. 출발!

장민영 : 저 역시 하루 빨리 그런 날이 오길 기대합니다. 마지
막으로 한 가지만 더 묻겠습니다. 앞으로 어떠한 소설을 쓰고
싶습니까?

강병융 : 스카리니아 생활이 안정되고 소설가로 유명해진다
면 본격 포르노 소설 아니 포르노 이상의 더 강력한 소재를
다룬 소설, 그렇게 된다면 새로운 용어나 명명법이 생겨야 할
것 같소. '하이퍼 포르노'라고나 할까? 뭐 그런 것을 써보고
싶소이다. 마광수 선생이나 장정일 선생은 물론이고, 그 사드
나 기욤도 상상 못할, 초강력 하드코어 써서 전세계 남성들을
발정나게 하고 싶소. 여자들까지 발정난다면 더 좋겠소이다.
아니 전세계 남녀가 동시에 분수처럼 사정할 수 있는 그런 작
품을 쓰고 싶소이다.

장민영 : 인터뷰에 응해주신 것에 정말 감사드립니다. 앞으
로 세계를 떠들썩하게 할 '하이퍼 포르노'를 기대해 보겠습
니다.

강병융 : 나 또한 감사하오.

상상 인간 이야기

초판 1쇄 인쇄일 | 2005년 6월 10일
초판 1쇄 발행일 | 2005년 6월 15일

지은이 | 강병융
펴낸이 | 이숙경
편 집 | 최정원

펴낸곳   이가서
주소   서울시 마포구 서교동 370-15   1F
전화 · 팩스   02-336-3502~3   02-336-3009
홈페이지   www.leegaseo.com
등록번호   제10-2539호

ISBN   89-5864-123-1   03810

가격은 뒤표지에 있습니다.
저자와 협의하여 인지는 생략합니다.